인간시장
4

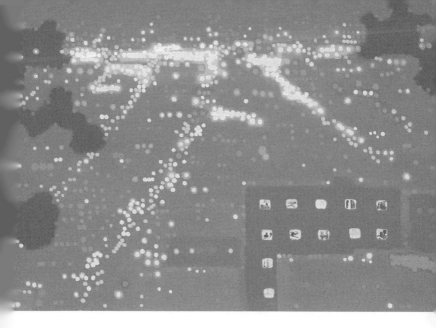

김홍신 장편소설

어 두 운   무 대

인간시장

해냄

| 차례 |

점쟁이

"우리 점치러 갈까?"

다혜가 아침나절에 전화를 했다.

"차라리 날 잡어 잡수."

내가 힘없이 빈정거렸다. 점쟁이집에 여자들이 많이 들락거린다는 소문은 들었지만 다혜까지 점 보러 다니는 줄은 몰랐다.

"심심하니까 가보는 거지, 뭐. 어때, 누가 점 믿고 살까?"

"내가 봐줄게. 대학 다닐 때 나도 한때는 점쳐서 먹고산 적이 있으니까 말야."

"그런 엉터리 점을 누가 믿어?"

"짜했지. 계집애들이 정신 못 차리게 덤볐으니까."

"알쪼지, 머."

"쓸데없는 짓 말고 답답한 거 있으면 말해. 애인이 생겼다든지 말 못할 사연이나 과거가 괴롭다든지."

"얼씨구."

"신부처럼 나 혼자만 알고 있을게. 죽을 때까지 영원히 비밀을 지킬 테니까 말이다."

다혜는 재미로 볼만한 거라고 말했다.

"집에서 노니까 답답해 죽겠어. 다 늦게 취직하기도 그렇고 대학원에나 가겠다니까 집에서 난리고."

"이 세상에서 가장 좋은 취직자리 놔두고 딴생각이나 하니까 그렇지. 후딱 시집이나 와라."

"지금 날 데려갈 자신 있어?"

"물론이지."

"그런 걸 웃긴다구 하는 거야. 실업자한테, 겨우 스물세 살짜리한테 누가 시집을 가겠어? 자유는 착각올시다."

"악착같이 가야겠니?"

"찬이는 미래가 궁금하지도 않아? 설사 거짓말이라고 하더라도 말야. 반쯤은 맞는 거잖아."

"그건 나도 알아. 대학교 다닐 때 기가 막히다는 소릴 들었으니까."

"밑져야 본전 아냐. 우리 가자, 응!"

"밑지면 밑지는 거고 본전이면 본전이지, 밑져야 본전이 어디 있어?"

"말장난 말고, 갈 테야 안 갈 테야?"

"안 간다면 어쩔래?"

"나 혼자 가지, 머. 되게 재네."

결국 나는 다혜를 따라나서기로 했다. 사실 점쟁이에게 가보고 싶은 때가 없는 건 아니었다. 내 미래가 어떻게 펼쳐질지 궁금하기도 했다.

"그럼 내가 유명한 곳을 챙겨볼게. 그쪽에 도사 한 녀석이 있으니까."

전화를 끊고 재용이한테 전화를 걸었다. 녀석은 좀 뻣뻣하게 나왔다.

녀석은 내 충청도 사투리를 흉내 내며 말했다.

"너두 벨수 읎구나. 이 새끼이 지랄 박박하드니."

녀석은 나이에 걸맞지 않게 한학과 보학에 조예가 깊은 녀석이었다. 학교에 다닐 때 교수들은 녀석이 써내는 시험지를 제대로 다 읽지 못해서 백 점 만점을 줄 때도 있을 정도였다. 영어 해석이나 수학 공식까지는 커닝이 불가능했다. 8절지 앞뒤로 빡빡하게 쓰는 깨알 같은 한문 답안을 옮겨 쓸 재간이 있는 녀석이 없기 때문이었다. 졸업 때 추종을 불허하는 점수로 전교 수석을 했다.

내 등쌀에도 전학년 평균 점수 98점이라는 유례가 없는 성적표를 가진 녀석이었다. 대학교 졸업하고 한의학 공부하겠다며 한의대에 편입한 녀석이었다. 녀석의 아버지는 4대째 한의사를 하고 있어서 장안 병줄을 다 잡는다는 평판이었다.

녀석이 내게 점성술이나 음양오행을 가르쳐줬기 때문에 내가 사기점을 쳐서 여학생들을 우롱할 수 있었다. 정말 대통령 시험이 있다면 녀석은 벌써 대통령이 되었을 녀석이었다.

"좀 봐주라."

"넌 점 보나마나야. 빤해. 오래 살지도 못할 거고, 오래 살아봤자 여러 사람 잡을 테니까."

"그럼 너 술 먹여서 한 번 더 염라대왕한테 보낼 테다."

"그때 친해둬서 걱정 없다."

술을 억수로 마시는 버릇을 고치려고 언젠가 산 위로 끌고 가 막소주를 대두병으로 다섯 병인가를 억지로 먹인 적이 있었다. 녀석은 싫다거나 귀찮다는 표정 없이 들이켰다.

그리고 가버렸다. 숨도 끊어졌고 손발도 백납처럼 하얘졌다.

나는 녀석을 싣고 녀석의 아버지 병원 앞에 짐짝처럼 내려놓고 도망가버렸다.

술과 고집 때문에 녀석은, 그 아까운 녀석은 죽어버린 것이었다.

일주일 뒤에 녀석은 다시 학교에 나왔다.

그런 질긴 녀석이었다.

"부르는 대로 받아써라. 다 돌아다닐 수는 없을 테니까 가고 싶은 곳을 짚어라. 약도 알고 싶으면 다시 연락해."

"너두 더럽게 잰다."

"이럴 때 안 재면 잴 기회가 없는 거다."

"니기미."

"써라."

녀석이 불러준 곳은 꽤 유명세가 붙은 곳이라고 했다.

신촌 청대문집, 청량리 총각무당, 미아리 호두집, 약수동 예언의 집, 한남동 보재기집, 을지로 철학사, 삼각산 쪽집게 스님, 신촌의 컴퓨터 철학사, 삼릉 곰보만신, 작명의 김봉수와 장백수, 중앙시장 무수리, 남산의 봉사무당, 미아리 태주집, 장충동 역술사, 미아리 백일홍, 도봉산 애꾸도사, 우이동 태주할미, 미아리 아씨만신…….

녀석은 점쟁이들의 족보를 줄줄 외고 있었다.

"임마, 이왕이면 가볼 만한 곳을 좀 찍어주라."

"신촌 청대문집이 그중 널 홀릴 거다. 미국서도 유명한 점쟁이니까. 그 박수무당 소문은 쩌렁쩌렁하다. 그리고 삼각산 쪽집게 스님을 찾아가라. 네 주머니 속에 있는 돈 액수까지 맞힐거다."

"야, 이거 기죽이지 마."

"그담엔 삼릉 곰보만신. 교회 열심히 믿으라며 점쟁이한테 돈 많이 바치는 사람들을 쪼다라고 하는 사람이다. 컴퓨터 철학사나 미아리 아씨만신도 꽤 터가 센 곳이다."

"돈 좀 잡아먹겠다."

녀석은 점술에 관해 아는 것도 많았다.

별점, 태양점, 달점, 신수, 예언, 관상, 수상, 작명, 해몽, 풍수, 역리, 전조(前兆), 탁선(託宣), 신탁, 신명 따위의 방법으로 초인간적인 어떤 존재와의 접촉을 시도하여 과거와 현재와 미래를 파악하려는 인간의 나약한 심성의 작용으로부터 점술이 발전했다고 한다. 자연현상에 대한 인간의 근본적 공포심이 점술을 지속시킨 것인지도 모른다.

동양에선 전래로 팔괘(八卦), 육효(六爻), 음양오행 등의 방법으로 인간의 길흉을 판단한 것이 특색이라고 했다.

점쟁이를 흔히 무당, 만신, 복자, 점자, 주역선생, 복술가, 점술가라고 불러왔지만 요즘은 시대의 변천 때문인지 거창하게 역술사, 철학사, 역리사, 도사 또는 철학원장 따위의 직함으로 현대화하기도 했다.

"네 이녀언! 사내 아삭아삭 파먹고 속이 팍팍 썩었구나. 사내가 곶감이더냐 송편이더냐. 다리 괴고 빼 처먹었구나아. 천방지축 휘저었구나아. 썩 되돌아 앉거라아. 팔자 드센 년이 팔자 고친다구 삼신할미를 깔고 앉았구나아. 서방 곡소리가 들리는구나아. 자식새끼 염불하는구나아."

장지문 사이로 목쉰 여자의 호통 소리가 들렸다. 잔뜩 쉰 소리에 음률이 섞여 있어서 한 곡조의 육자배기라도 듣는 것 같았다.

다혜와 나는 서로 얼굴을 쳐다보고 웃었다.

"괜히 이런 델 왔나 봐."

다혜가 주눅 든 표정으로 말했다.

점사 받으러 온 사람을 저렇게 호통치는 걸로 미루어 우리들도 욕지거리를 바가지로 얻어먹는 게 아닌지 몰랐다.

대기실에는 사십 대 여자들과 삼십 대 여자들이 둘러앉아서 장지문 저쪽에서 나는 소리에 혀를 차고 있었다. 젊은 여자도 두엇 있었지만 친구 사이인 것 같았다. 안에서 커졌다 작아졌다 하는 아씨만신의 목청은 신경이 거슬릴 만큼 요란했다.

점사 받으러 오는 사람이 많아서 플라스틱 번호표대로 방에 들어갔다.

"어째 뒤숭숭해."

다혜가 이렇게 말하고 내 등을 자꾸 찔렀다.

"같이 들어가줄게, 걱정 마."

"그래두……."

"삼천 원씩 육천 원이나 들었어. 본전은 빼얄 거 아냐?"

"글쎄."

안에서 워낙 소리 높여 다잡는 목청이 들려와서 기가 꺾인 모양이었다.

방문이 열리고 혼쭐나던 여자가 나왔다.

나는 웃었다. 다혜도 안도의 숨소리를 내었다. 사십 줄의 여자는 관상 볼 줄 모르는 사람이라도 대충 꿰어 맞추면 형통하게 맞출 것 같았다.

"저런 여자라면 나도 알아맞히겠다. 물장수, 서방 관계 복잡, 초년고생, 물주 잡아 여생을 편히 살고 싶은 마음에다 속병, 깨진 곗돈 행방, 퍼질러놓은 자식 걱정, 뭐 그런 식으로 주워섬기면 얼추 맞지 않겠니?"

"돗자리 사줄게 나서지그래?"

"그래볼까."

우리 차례가 되어 장지문을 열고 들어섰다. 복채표를 점상 위에 놓고 앉았다.

아씨만신이라고 해서 소녀무당일 거라고 생각한 것이 잘못 짚은 것이었다. 아씨만신의 나이는 어림잡기 어려운 기묘한 인상이었다. 마흔 살에서 예순 살 사이의 여자인 것만은 짐작하겠는데 그 이상은 알기 어려운 모습이었다.

나는 마귀의 마누라가 있다면 저런 인상일 거라는 생각을 했다. 머리에는 창호지로 만든 두건을 썼고 손엔 가죽으로 만든 채찍을 쥐고 있었다.

점상 위엔 열대여섯 개의 호두가 놓여져 있었다. 아씨만신의 목에는 세 겹짜리 염주가 매달려 있었지만 어울리는 모습은 아니었다. 흰 무명천으로 만든 한복자락에 때가 묻어 있어 퀴퀴한 방 안 냄새처럼 지저분해 보였다.

아씨만신은 호두를 두 손으로 쓸어 모았다가 흩어버리고 흩었다가 쓸어 모으는 것을 계속했다. 호두 한 개가 또르르 굴러

내 발목에 걸렸다. 깨뜨려 먹고 싶었지만 꾹 참았다. 다혜가 옆에 있지 않았으면 깨뜨려 먹었을지도 모른다.

우리 두 사람을 한참 노려보았다. 눈매가 매서웠다. 흰자위가 많은 눈동자를 빨리 굴렸다.

"우리 대주 양반 귀한 손이구나. 박복한 부모 덕에 자수성가 하였구나아."

맞으면 고개를 끄덕거리라는 시늉을 했다. 나는 속절없이 고개를 끄덕거렸다. 아씨만신은 호두를 연신 들고 까불고 있었다.

"두루두루 삼재수 꼈구나아. 오다가다 만난 지주 득남수로구나."

다혜가 고개를 돌렸다. 우리 두 사람을 부부로 착각하고 있는 것 같았다.

"우리 지주 팔자 복 차고 나왔구나. 지천역에 동거동락이로구나아. 작심 후회로구나. 살이 끼고 살이 껴서 한 풀 데 없구나아. 시어미 눈꼴이 시구나아."

노랫가락처럼 다혜의 팔자를 짚어나갔다. 나는 웃고 있었지만 다혜는 긴장을 풀지 않고 방석 밑으로 발가락을 꼼지락거렸다.

"우리 대주 운세구나아. 열칠팔 세에 죽었던 몸이구나아. 쇳소리 끼고 살겠구나아. 작심삼일이로구나아. 관운 복 박차고 문서 꾸려나갈 수가 막혔구나아. 명년엔 의인이 나서 터잡아 앉힐 수로구나아. 서른아홉 수에 죽는 순데 액 떼려고 장가 두 번 가는 수구나아. 액 떼면 수명장수, 팔십에 이남 일녀요, 자식 중에 한 푸는 놈 나오겠구나아. 정이월에 금전망실이었구나아. 삼사월에 복구하고 사오월에 의인 만나 염천에 칭송이요 구시월에 이사수가 있구나아. 동남방으로 달려가면 명경지수요 북서방이면 삼재수 인다아. 동지 섣달 필 수구나아."

맞는 것 같기도 했고 틀리는 것 같기도 했다. 어떤 것은 무슨 말인지조차 알 수가 없었다.

"우리 지주 보자아. 쌀독이 늘었구나아. 십시일반이라 호객 식구 많구나아. 대주 허리에 마적 끼어서 근심 털 날 없구나아. 복삼재 끼었으니 근심 중에 웃음이로다아. 고생 다했구나아. 훠월훨 날 수요, 호상 있으니 속 편하겠다아. 액이 쌓여서 복이니 역삼이로구나아."

호두를 소리 나게 방바닥에 흩었다 주워 담으며 아씨만신은 노래하듯 우리들 점사를 마쳤다.

"물을 것 없는가?"

여전히 반말이었다. 목이 잔뜩 쉬어서 안타까운 생각도 들었다.

"관운이 영 없겠습니까?"

내가 겸연쩍게 웃었다.

"언감생심 어디다 발 뻗느냐아. 명 재촉 말고 뻗을 데다 뻗거라아."

"이 사람 태기는 언제나……."

"삼신할미 비쳤다아. 득남수구나아."

나는 키득거리며 웃었다. 다혜가 내 발목께를 꼬집었다.

"다음!"

목쉰 소리가 문지방을 넘어갔다. 사십 대의 여자가 호들갑스럽게 절을 하며 들어왔다. 나는 일어나 인사를 했다.

밖으로 나왔다. 허망한 느낌이 들었다. 다혜가 나를 노려보았다.

"봐, 별수 없다구. 점쟁이가 태기 있다는 데야 어쩔 거야. 거기다 아들이래잖아."

"그만 다닐 거야."

"점쟁이는 진실만 얘기하는 사람이야. 믿자구. 믿는 자에게 복이 온댔잖아."

"되게 좋겠다."

다혜는 기분이 언짢은 것 같았다. 우리 두 사람을 묶어서 점사를 봤으니 태기 얘기가 나오고 두 사람의 불화 얘기도 나온 것이었다. 나는 별로 기분 나쁠 게 없었다. 장가 두 번 간다는 말이 은근히 기분 좋게 들렸다. 다만 서른아홉 수에 죽을 수라는 게 꺼림칙했다. 도대체 무슨 액땜을 하라는 말인지 모를 일이었다. 서른아홉까지는 아직 멀었다.

"이젠 따로따로 보면 되잖아. 괜히 같이 가자구 해서 나도 피 본 사람이야. 멀쩡한 총각이 느닷없이 유부남이 됐잖아."

나는 갑자기 마음이 변했다. 얼추 맞힌다는 생각도 들었다.

열칠팔 세에 죽었다 살아난 것이라든지, 아버지가 일찍 타계한 것, 어머니의 신역이 고되다는 것, 손이 귀한 씨받이라는 것들은 너무나 정확한 것이었다.

나는 점이나 무당을 믿은 적이 없었다. 그런 것들은 모두 내가 배운 대로 미신이라고만 생각되었기 때문이었다. 내 미래가 어떻게 변할 것인지 궁금하기도 했지만 내가 점쟁이들 눈에 어떻게 비치는지 알고 싶었다. 나를 정확하게 평가해 주는 사람은 없었다. 그러나 점쟁이들은 돈 받은 만큼 자신의 눈이나 느낌으로 내 얘기를 하게 되어 있었다. 그것이 사실이든 아니든, 되는대로 얘기하든, 영감을 얻거나 신명을 받아서 하든 남이 보고 느끼는 내가 어떤 실체로 나타나는지 알고 싶었다.

내 호기심을 다혜는 꺾지 못했다. 두 사람은 따로따로 다니기로 결정했다.

간판만 보고 들어선 컴퓨터 철학사 집은 비좁은 단칸방이었다. 컴퓨터가 놓여 있는 자리가 따로 있는 모양이었다. 사십 대 중반의 대머리 진 사내가 다리를 괴고 앉았다.

"컴퓨터로 점을 보신다고 해서 왔습니다."

"잘 오셨습니다. 복채를 놓으시오."

삼천 원을 앉은뱅이 책상 위에 놓았다.

"컴퓨터는요?"

내가 궁금해서 물었다. 컴퓨터로 점치는 것치곤 복채가 싸다는 생각도 들었다.

"인간 컴퓨터죠."

사내는 이렇게 받아넘겼다. 대뜸 속았다는 생각이 들었다. 그렇다고 복채를 되찾아 나올 배짱은 없었다. 어떤 점사인지 궁금하기도 했다.

벽에는 한일역리학회 등록증이 걸려 있었고 가운데엔 태극기와 철학사 자신이 외국인과 유명 인사들에게 점사를 보아주는 대형 컬러 사진이 걸려 있었다. 자기 선전을 위한 전시용인 것 같았다. 왼쪽 벽에는 주역의 근본이랄 수 있는 8괘와 64괘, 효사, 십익의 두루마리 도표가 걸려 있었고 점상 위엔 주역과 잡기장이 흩어져 있었다.

철학사는 까만 사인펜으로 내 생년월일과 시를 갱지에 적어 내려갔다. 그는 주역을 펼쳐놓고 손가락으로 수를 따지더니 알아보기 힘든 한자를 너절하게 종이에 썼다.

"뭐 좀 나옵니까?"

"기다려요."

"인간 컴퓨터가 뭘 따지고 그럽니까? 척 보면 아셔야죠."

내가 빈정거렸지만 사내는 끄덕도 않았다.

"웬만하면 진짜 컴퓨터 한 대 들여다 놓으시죠. 컴퓨터 비슷한 거라도 말입니다."

사내가 나를 올려다보았다. 얼굴이 두껍게 생긴 것 같았다. 쉽게 내 빈정거리는 행동에 자극 받을 사람 같지 않았다. 나는 그가 쓰는 글씨를 넘겨다보며 웃었다. 애들이 장난한 종이 같았다.

"선생은 순조롭지 못합니다."

격한 소리로 이렇게 말했다. 나는 웃었다. 첫마디부터 겁주는 투였다.

"선생은 물적 면보다 정신 면에 명성을 얻어야 합니다. 선생은 직장을 버리고 사업을 해야 합니다. 선생은 신경 계통과 두뇌 계통에 위험신호가 있으니 각별히 주의해야 합니다. 선생은 하고자 하는 소망을 장애물이 있어 늦추어야 합니다. 그러나 칠월에는 매사가 형통이라 만인이 우러러볼 쾌입니다. 처액이 생기니 조심하고 팔월에 관재수, 즉 경찰이나 법원에 다닐 수가 있으니 손위 사람을 주의해야 합니다. 잃은 재물은 귀인이 나서서 보상하니 너무 집착 말고 금전 거래는 금물입니다. 그리고……."

마치 녹음기를 한 박자 빨리 돌리는 것처럼 말이 빨라졌다. 그러나 한마디도 거침 없었다.

"먹고사는 재주도 여러 가지올시다."

내가 얘기를 듣다 말고 이렇게 투정을 부렸다.

"뭐요?"

"먹고사는 재주가 용타고 했습니다. 삼천 원 날리고 일어납니다."

나는 자리에서 벌떡 일어났다. 그 스스로 컴퓨터 철학사라고 할 만큼 너무 많은 대목을 외고 있는 것 같았다.

"여보 선생, 무슨 말요?"

컴퓨터 철학사가 역정을 냈다.

"내가 선생 신수나 한번 봐드리다. 이건 공짜요. 선생은 초년고생 했고 사기술을 타고 나서 공갈대회 나가면 틀림없는 장원급제요. 선생은……."

컴퓨터 철학사의 눈이 커졌다. 나는 씨익 웃고 나왔다.

"여보 선생!"

"본전 못 찾고 갑니다."

나는 티격거리기 싫어 얼른 구두를 신고 튀어나왔다.

하느님, 보통 저런 걸 글로 푸는 점이라고 부릅니다. 본래 주역이란 중국의 주(周) 나라의 역(易)이란 말로 천지만물이 끊임없이 변화하는 자연 현상의 원리를 설명하는 것으로 그 조직은 양(陽)과 음(陰)으로 구분되는 본서법, 중서법, 약서법, 육변법, 구변법 등으로 점을 치는 것입니다.

주역을 풀어서 치는 점은 통상 화투점, 동전점, 척사점(윷점)으로 대별되는 게 보통인데 요즘은 그게 컴퓨터 철학으로 변해버렸습니다.

하느님, 하느님도 내려오셔서 점 한번 쳐보시죠.

하느님도 점쟁이 앞에 가면 별수 없습니다. 처액이 있으니 조심하고 장가 두 번 갈 수니 조심하고 칠팔월엔 물가에 가지 말며 여자 조심하고…… 그러다가 이 땅에 너무 많은 가짜 기독교도 조심하라고 할 겁니다.

삼릉 곰보만신은 한복을 곱게 차려입고 밥상을 펼쳤다. 쌀은 한 되가 넘게 부어놓고 나를 노려보았다.

음률에 맞춘 가락을 콧소리로 뽑았다. 귀에 익은 우리 가락이었다. 애간장 녹이는 회심곡 같기도 했고 상두꾼이 요령 흔들며 구성지게 망자를 떠나보내는 상두가 같기도 했다. 어찌 보면 동냥아치가 부르는 각설이타령 같기도 했고 템포 빠른 자진모리로 들어서면 흥겨운 춤가락 같기도 했다.

"하날 계신 신령님, 산에 계신 산신님, 뭍에 계신 지신님, 바다 계신 용왕님, 물에 계신 해신님, 나무 계신 성황님, 일대 계신 단군님, 좌정하신 상불님, 대문산 계신 최영 장군님, 모든 신령님들, 대왕마마 들으소서……. 여기 동짓달 아흐레 태어난 장씨 대주 전생 후생 밝히소서……."

곰보만신의 가락에 얹힌 음률은 금명 굿거리 장단으로 넘어가며 숨이 넘어갈 것 같았다. 곰보만신은 계속 흩었다 모은 쌀을 한두 톨 앞이빨로 깨물며 중얼거렸다.

눈을 지그시 감았다. 화장기 없는 얼굴 본바닥은 고와보였다. 사람들이 귀를 기울이며 지켜보고 있었지만 주절거리는 입은 쉬지 않았다.

"어이 어이, 어찌할거나. 우리 대주님 부모 후덕 없고나아…… 초년고생, 자수성가 했고나아…… 만경창파 헤치고 귀인을 얻었고나아…… 죽을 고비 두 번 넘기고도 질기게 살았고나아…… 한 번 더 남았고나아…… 어흐 어흐 불쌍토다 우리 대주님…… 전생에 무슨 죄를 졌다고 이러시나아…… 대왕마마 들으소서, 신령님네들 들으소서, 우리 대주님 앞길 밝혀주소서어……."

서른다섯 살의 과부가 제법 소리를 익힌 듯 주절주절 창을 늘어놓았다. 이십여 분 동안 나는 꿈쩍도 않고 지켜보았다.

점사가 끝나자 곰보만신은 땀을 닦았다. 복채로 놓은 이천 원이 너무 싸다는 생각이 들어서 이천 원을 더 놓았다. 곰보만신이 씨익 웃었다.

"신령님네들, 대왕마마 모두 들으소서어…… 우리 장씨 대주님 후생 밝히소서어…… 맺힌 한 푸시고 몸 성하게 돌보소서어…… 하느님 믿으시고 염덕을 쌓으소서어…… 지병 앗아가시고 심신이 편토록 살펴주소서어……."

재용이 말대로 곰보만신은 해방논리가 있었다. 절이든 교회든 열심히 믿어 신심을 가지면 누구나 복을 받는다며 신심을 강조하는 무당이었다.

아들의 시체를 안고 인(人) 다리를 밟아 만신이 되었다는 곰보만신은 내가 올려놓은 복채가 쑥스러울 만큼 축원을 해주었다.

하느님, 이런 무당도 있습니다. 하느님은 하느님 이외의 어떤 섬김도 거부했지요. 저 보잘것없을 것 같은 무당이 하느님을 믿으라고 합니다.

우리나라 사람은 그렇게 소갈머리가 넓었습니다. 하느님을 가짜로 믿는 사람들처럼 헐레벌떡 벽돌집이나 짓고 종파 싸움이나 하고 자리다툼으로 거들먹거리지 않았습니다.

무당을 미신이라는 미명 아래 무조건 때려잡은 것은 도대체 하느님의 소갈머리나 이 땅의 뭐 좀 안다는 친구들이나 같은 것 같습니다. 우리 땅의 흐름은 모두 미개한 족속의 미개한 흐름이라고 떠드는 간악한 사학자들의 쓸개는 도대체 어디서 주워온 겁니까?

우리 민족은 한 맺힌 민족이 아닙니다. 무당이 헛소리나 하는 쓰잘 데 없는 족속도 아닙니다. 우리 민족은 흥에 겨워 어깨춤을 추던 민족이었지 한이 서려 살아온 민족이 아닙니다.

쪽발이들이 만든 식민지 사관을 그대로 옮겨다 심은 사학자들이야말로 우리 민족사에 전무후무한 매국노들입니다.

그놈의 늙은 것들은 아직도 정정하게 살아서 젊은 사학자들의 목줄을 쥐고 흔들면서 박사학위라는 미끼로 어눌하게 만들고 있습니다.

하느님, 당신은 압니다. 명명백백하게 알고 있을 겁니다. 신라 중심주의의 사학으로 찬란한 백제 문화를 피폐하게 만든 늙은 추물들과 장쾌한 고구려 정신을 조악스럽게 만든 게다짝 밑이나 핥을 추물들이 아직도 살아서 꾸물대고 있는 이 현실을 말입니다.

날 잡아 잡수 하고 다리 뻗고 눕지 마시고 내려와서 우리나라 무당한테 신수나 한번 보고 올라가십쇼.

장구머리와 연목부리와 굴도리가 정연한 한옥집 앞에 섰다. 개판과 구리대의 금단청이 빼어나 보이는 집이었다. 파란 페인트 글씨의 청대문 집이란 간판이 가로로 걸려 있었다.

지하실 계단을 지나 신당으로 들어섰다. 꽤 웅장하고 풍치가 나는 규모였다. 놋향로가 방 한가운데 놓여 있고 그 좌우에 작은 향로들이 늘어서 있었다. 놋촛대와 제기들이 청동 특유의 빛살을 뿜고 있었다. 징, 시접, 향합, 바리가 늘어선 신당 옆엔 깃털 달린 붉은 갓과 대감 벙거지가 놓여 있었고 그 뒤엔 열두 마지와 세 필의 정교한 붓끝을 연상케 하는 화분(불교에서는 탱화라고 한다)이 걸려 있었다. 신령님이 운집해 있다는 명두가 여러 개 자리 잡은 벽에 원두창검, 삼지창, 대신칼, 오방기가 꽂혀 있고 그 아래에 정통 무당들이 쓰던 매물이 주욱 진열되어 있었다.

이곳이 장안 귀신을 쩌렁쩌렁 데리고 논다는 박수무당 집이었다.

아랫목엔 청남색의 보료와 방침과 안석의자가 있어서 마치 궁궐을 연상케 하는 분위기였다.

박수무당이 자리 잡고 앉아 붉은 융단을 바닥에 깔았다. 점상을 놓고 촛불을 밝혔다. 호족반인데 손때가 곱게 묻어서 반질거렸다. 참쌀이 되가웃쯤 되게 호족반 위에 부어졌다.

"생년월일과 시를 대주세요."

청아한 목소리였다. 어찌 보면 고운 여자 목청 같기도 했다.

박수무당이 나를 뚫어지게 쳐다보았다.

미소년 같은 살결과 준수한 용모였다. 금이빨의 빛나는 반사가 없다면 손색 없는 미남 배우의 모습이었다.

"복채요."

잔잔한 목소리였다.

"얼맙니까?"

나는 주춤거리며 물었다. 꾸밈새가 보통이 아니어서 복채가 상당히 높을 거라는 생각이 들었다.

"오천 원입니다."

나는 돈을 꺼내 점상 위에 얹었다. 박수무당이 나를 노려보듯 훑어보았다. 나도 지지 않고 마주 노려보았다. 미남이었다. 사내치고는 너무 고운 이목구비였다. 여자 수난이 많았겠다 싶었다.

참쌀을 쓸어 모았다가 흩뿌리고 또 쓸어 모으는 짓을 반복하다가 무릎을 쳤다. 가냘프고 애절한 목소리였다.

"우리 대주 사줍니다."

점상을 약간 옆으로 밀어놓고 그는 이렇게 시작했다.

"초년에 고생이 많았어요. 열아홉에 죽을 고비가 있었는데

용케도 넘겼네요. 부모님께 물려받은 게 없어서 고군분투하셨구요. 작년까진 십 원 벌면 백 원 쓰고 백 원 벌면 천 원 쓰셨네요. 올해부턴 운수가 대통하여 대세가 붙들어 잡을 수네요. 삼재는 꼈는데 복삼재가 껴서 걱정은 없으시겠고 앞으로 죽을 고비가 수두룩하지만 심력이 있어서 잘 넘어가긴 하겠습니다. 서른아홉과 마흔네 살에 관운 복이 있어요. 호패 차시겠네요. 뱀띠 여자는 항상 조심하세요. 칠팔월에 관재수가 있고 장가는 두 번 갈 운세로군요. 액을 면하면 팔십 장수는 하시겠습니다. 힘이 헤프고 인정이 헤퍼서 산 너머 산이요 물 건너 물이네요. 살이 있어서 사람 몸에 손대는 걸 조심하셔야겠고……."

곱고 청아한 목소리가 유난히 은은했다. 쌍꺼풀이 깊게 파인 눈으로 눈웃음을 살살 쳤다. 웬만한 여자들이라면 간장이 녹게 생긴 사내였다.

점사가 끝나고 커피 한 잔을 내왔다. 나는 슬쩍 떠보았다.

"언제나 여복을 차겠습니까?"

"쉽지 않겠수. 여자는 많아도 정이 넘치는 데는 하나요, 그 여자 사주도 대가 세네요."

"살이 붙었다고 했는데 사람 건들면 안 됩니까?"

"혈도 보여요. 가급적 사람을 피하세요. 이 풍진 세상 살자면 명끈이 길어야지요."

"나도 점쟁이가 되고 싶은데 무슨 방법이 없습니까?"

"나 굶어 죽겠수."

"그러지 말고 좀 알려주십쇼. 밑에 와서 배우게 하든가 말입니다."

"아무나 하는 게 아닙니다. 신이 짚이면 절로 나오는 거지 꾸며대고 만들어내는 일이 아니니까요."

"좀 배워주십쇼."

나는 이렇게 물고 늘어졌다. 박수무당은 손을 흔들며 사기점쟁이가 되긴 쉬워도 신이 짚이는 무당 되기는 어렵다고 했다.

"뭐러 무당 되려고 이러는 겁니까? 무슨 답답한 사연이라도 있나요?"

박수무당이 내 태도를 진지하게 보았는지 이렇게 물었다.

"이 땅덩어리 전체, 이 땅덩어리에 사는 사람들 가슴을 몽땅 파헤쳐보고 싶어서 그럽니다. 도대체 무슨 꿍꿍이가 들어앉아서 그렇게 아리송한지 알고 싶어서요."

"모르는 게 약입니다. 덮고 사는 게 젤 편하죠."

"용한 사람은 세상일 다 알 거 아닙니까?"

"세상 다 알면 뭐하러 이 짓 합니까?"

"사람이 점치러 들어오면 뭔가 짚이게 되나요?"

"그럴 때가 있기도 하고 막막할 때가 있기도 합니다. 척 봐서 할 얘기가 있으면 그 사람은 제대로 보고 가지만 막막하게 막히는 사람은 대충 본 셈이죠. 이상해요. 어떤 사람은 들어오자마자 내가 막 지껄여요. 그런 사람은 백발백중 맞는다고 해요. 내가 머뭇거리고 끙끙대면 틀린 거죠."

"점쟁이는 다 사기꾼이라고 하잖아요. 과학을 얼치기로 배운 사람들이 말예요. 나도 사실 지금 이 순간에도 점이라는 걸 의심하고 있어요."

"그건 그래요. 우리는 뭐가 중뿔나게 알아서 하는 건 아니죠. 신이 짚이니까 하는 거죠. 전통 민속과 무속은 보전돼야 합니다. 너무 미신이니 뭐니 해서 없애려고만 했었지요. 높은 사람들도, 돈이 억수로 많은 사람들도 내가 하는 공수(신이 전해 주는 말)를 녹음해 가고 그래요. 내가 틀려봐요, 그렇게 하겠어요?"

"과학적으로 설명이 쉽게 안 되잖아요?"

"그것도 맞아요. 그러나 사람의 연약한 심성은 과학 가지고 설명 안 되는 거예요. 종교도 그렇잖아요. 이성이라는 현미경 밑에 넣고 종교를 한번 관찰해 봐요. 얼마나 터무니없고 맹랑한가. 마음을 얘기하는 걸 논리적으로 어떻게 설명해요. 그런 걸 보셨는지 모르겠네요. 시퍼렇게 선 작두날 위에서 맨발로 춤추는 무당 말예요."

"봤습니다. 어려서 여러 번 봤어요. 너무 신기했죠. 지푸라기가 싹둑싹둑 잘려나가는 그 작두날 위에서 춤추었는데도 자국밖에 안 났어요. 보통 사람이 그렇게 서기만 하면 싹둑 나갈 텐데요. 눈속임이 아닌가 생각했어요."

"바로 그겁니다. 서양 사람들이 마술사의 눈속임을 우리나라 무당들의 신명 받는 장면과 같이 취급하려고 하지요. 인도의 요가하는 사람들도 그 사람들은 무슨 눈속임이라고만 생각하니까요. 그들이 믿는 종교를 믿지 않는 사람은 다 미개인이라고 말입니다. 나는 미국 가서도 점쳐주고 그랬어요. 먹고 살 만한 사람예요. 배고파서 이런 것 하는 건 아녜요. 내 생각엔 정통 기법의 무속과 민속학적으로 보전될 가치가 많은 무당은 보호하고 개발해야 돼요."

꽤 유식한 박수무당이었다. 나는 그와 두어 시간 동안 얘기를 나누었다. 그는 솔직한 심정을 제법 털어놓기도 했다.

매년 전국의 무당이 한자리에 모여 경신(敬神) 대회를 갖는다. 전국의 무당은 그 대회에서 기량을 겨루어 등수를 매기기도 한다. 청대문집 박수무당은 그런 대회에서 몇 년째 일등을 차지한 정통 박수무당이었다.

벽장 속에 가득 찬 경찰서 발행의 감사패와 공로표창은 미궁에 빠진 사건을 해결해 주고 받은 것이었다.

그는 그런 것을 공개하지 않으려고 했다. 과학수사라고 얘기하는 현대에 무당의 힘을 빌지 않으면 안 되는 그 신명은 과연 무엇일까? 사업가나 정치가들이 현대문명의 첨단에 서 있는 생활을 하면서 박수무당의 점괘를 믿으며 그의 공수를 받아 가는 이면은 어떤 것일까?

밖으로 나왔다. 무당들의 얘기가 귓가를 맴돌았다. 내 몸이 살이 있으니 남에게 손을 대면 큰일이 난다는 얘기며, 죽을 고비가 많으니 액땜을 하라는 것들은 영 개운치 않았다.

장가 두 번 간다거나 여자를 조심하라는 건 왜 그런지 싫지 않았다. 나는 어려서부터 장가를 두 번쯤은 가게 될 거라는 막연한 생각을 해왔었다.

가마가 둘이면 장가 두 번 가게 된다는 것이었다. 어렸을 때 동네 어른들은 내 머리통을 가리키며 이 녀석은 장가 두 번 가게 생겼다는 말을 했다.

우리 어머니는 외가에 가서 숟가락을 훔쳐왔다고 언젠가 내게 얘기했다. 장가 두 번 가는 액을 면하려면 외가에 가서 수저를 훔쳐오는 게 상책이라는 민간신앙을 어머니는 실천한 셈이었다.

나는 우리 어머니가 무엇이든, 어떤 숭고한 목적에서든 남의 물건을 훔쳐왔다는 걸 알았을 때 얼마나 큰 충격을 받았는지 모른다. 장가 두 번 가는 게 그렇게도 나쁜 것인지 모르던 때의 일이었다. 꼬마들과 신랑, 각시놀이를 할 때마다 나는 색시를 여러 명씩 거느렸다. 다른 놀이를 하면 내버려두던 어머니도 그런 놀이만 하면 내 등짝을 때려주곤 했었다.

아버지가 서울 색시에게 반해서 어머니를 내팽개치고 다닌다는 걸 나는 모르고 있었다. 그것이 어머니의 한이었기 때문에 나만은 그렇게 키우지 않을 작정이었는지 모른다. 지금은 야릇한 기분이었다. 좋은 얘기는 믿고 싶었고 나쁜 얘기는 미신이라는 너울을 씌워 분실하고 싶었다. 그런데도 좋은 얘기보다 나쁜 얘기가 강렬하게 내 뒤를 쫓아다녔다.

하느님, 점이 없어질 수 있는 딱 한 가지 방법이 있습니다. 그것은 이 세상 사람을 다시 에덴동산으로 불러 모으는 것입니다. 제발 모든 사람을 태어나기만 하면 행복하게 해버릴 수 없습니까? 화끈하게 봐주쇼.

조국의 처녀들

밤늦게 전화가 왔다. 은주 누나가 인터폰을 여러 번 눌렀다.
벽 시계는 밤 열두 시를 넘어서고 있었다.

"장총찬입니다."

내 목소리가 잠기 가득했다.

"저…… 서유리라고 합니다. 기억하세요?"

"그럼요."

나는 벌떡 일어나 침대 모서리에 기대앉았다. 명식이의 동정
을 떼준 여자였다. 설악산의 그 아름다운 밤을 결코 잊을 수
는 없었다.

"밤늦게 죄송해요. 춘삼이 오빠 연락처를 까먹어서 그래요.

급한 일이라 실례를 무릅쓰고 연락 드렸어요."

춘삼이 형의 연락처가 바뀐 것을 모르는 것으로 미루어 그녀의 생활 태도가 크게 변한 것 같았다.

"무슨 일 생겼어요? 내가 알면 안 됩니까?"

뭔가 답답한 사연이 있는 것 같았다. 나는 그녀에게 늘 빚을 지고 사는 기분이었다. 그 빚을 어떤 방법이든 꺼보고 싶었다.

"춘삼이 형, 요즘 정신없이 바빠요. 사업이 잘 안돼서 돈 꾸러 다니느라 정신없어요. 나한테 얘길 하세요."

내가 이렇게 다그쳤다. 춘삼이 형이 벌여놓은 사업을 추스리지 못해 고전하고 있는 건 사실이었다.

"얘기해두 될지 모르겠어요. 개인적인 얘긴데요."

"유리 씨 얘기라면 뭐든 듣겠습니다."

그녀는 한참 만에 넋두리처럼 얘기를 털어놓았다.

"박복한 년이라 이런 죄를 받나 봐요. 춘삼이 오빠 말 안 듣고 욕심내다가 이 꼴이 됐나 봐요."

"뭔지 모르지만 털어놔요. 괜찮아요."

"제가 재일동포 청년한테 시집가게 됐다는 소리는 들으셨죠?"

"그래요. 얼핏 들은 것 같애요."

"전 진작 죽었어야 할 여자였어요. 눈이 어두워서 아무것도 못 봤어요. 그저 시집 잘 가나 보다 싶어서……."

"지금, 거기가 어딥니까?"

"집예요. 답답하고 억울해서 잠이 와야죠."

"지금 가도 돼요?"

"미안해서 그렇지 저는 괜찮아요."

"전화로 얘기가 안 되겠어요. 갈게요."

"고마워요."

나는 그녀의 신변에 불행한 그림자가 닥치고 있다는 걸 알았다. 그런 얘기를 듣고 잠들 것 같지 않았다.

옷을 입으며 나는 점쟁이들의 말을 생각했다. 내 몸에 살이 묻어 있다는 말과 관재수가 있다는 말은 중압감을 주기에 충분한 말이었다.

"누나, 자동차 열쇠 좀 줘."

은주 누나의 방문 앞에 서서 내가 말했다. 방문이 열렸다. 여인의 잠옷은 컴컴한 밤일수록 더 어울리는 것 같았다.

"누나, 보통 매력 아닌데."

"애가, 자다가 주머니 긁는 소릴 다 하네."

"정말야, 매력 만점야."

"어딜 가려고 그러니?"

"열쇠나 줘."

"그러다 큰일 나려고."

"다음 주에 기필코 면허 딸게."

"믿어도 되니?"

"유행가 가사 같네. 믿어봐."

누나는 열쇠를 내밀었다. 언제 보아도 고운 손이었다.

"누나, 더 늦기 전에 시집가는 게 좋겠어."

"얘가 못하는 소리가 없어."

누나는 내 등을 때렸다.

유리는 아파트 입구에 서 있었다. 화장기 없는 얼굴이 조금
은 초췌해 보였다. 고급 술집의 접대부 노릇을 했다고 보기는
어려운 그런 맑은 얼굴이었다.

"어떻게 된 겁니까?"

내가 조급하게 물었다. 그녀가 팔짱을 끼고 앞서 걸었다.

"들어가서 얘기해요."

평수 넓은 아파트 내부는 유리의 깔끔한 성격처럼 잘 정돈
되어 있었다.

"어디서부터 얘기해야 할지 모르겠어요. 하도 어이가 없어서."

"난 상관없어요. 맘 놓고 하세요. 그래야 도와드리든 할 거
아녜요."

유리는 잠깐 뜸을 들였다. 정말 어디서부터 얘기를 시작할
지 모르는 것 같았다.

"이왕 이 지경이 됐는데 무슨 얘긴들 못하겠어요. 사실, 제
가 못된 여자였어요. 그런 몸으로 시집이나 잘 가보자는 배짱
였어요. 벌 받는 게 당연한 일이겠지만…… 그렇다고 억울하
지 않은 건 아녜요."

"그 남잘 어떻게 만났어요?"

한숨만 쉬는 그녀 입에서 얘기를 빨리 듣기는 어려울 것 같았다.

　"그래서 어른들이 팔자는 타고나는 거랬나 봐요. 참 우연한 기회였어요. 일본에 살지만 늘 고국에 대한 향수 때문에 기회 있을 때마다 나오는 남자였어요. 생긴 것도 괜찮고 여유도 있고…… 이렇게 저렇게 얽히다 보니 저도 좋아했고 그 남자도 제게 결혼해 달라고 떼를 쓸 정도가 됐지요."

　"혹시, 과거를 고백한 적이 있나요?"

　"구체적으로 한 적은 없어요. 하고 싶지도 않았고 제가 얘기할까 봐 미리 입을 막을 정도로 속이 넓은 남자였어요."

　"그게 함정이었겠군요. 내가 그런 사내라도 그랬을 겁니다."

　"대충은 알아요. 만난 곳이 내가 있던 곳이었으니까요."

　"그래서요?"

　"약혼식도 하게 됐어요."

　그녀는 울먹이기 시작했다. 다른 여자 같으면 재일교포 청년이라는 것 때문에 사족을 못 쓰고 덤벼든 것이 미워서 따귀라도 한 대 때려줬을지 모르지만 이 여자에겐 차마 그럴 수가 없었다.

　유리는 차근차근 뜯어먹힌 여자에 불과했다. 박명수라는 한국 이름을 가진 재일교포 청년의 노리개에 지나지 않았다. 유리가 그동안 헤픈 웃음과 육신을 팔아 모아두었던 아파트와 패물, 현금과 저금통장은 바닥이 나버렸다.

"우리나라에서도 사업을 시작해야겠다는 그 사람 뜻이 더 고마워서 제가 빚을 내온 것도 한두 푼이 아녜요. 그렇게 고국을 사랑하고 고국에서 살고 싶어 하는 사람을 무슨 짓이라도 해서 돕고 싶었어요."

유리는 소파 팔걸이에 기대어 울었다. 흐느끼는 소리를 죽이려고 몸을 떨고 있었다.

"그가 사기꾼일 줄은 몰랐어요. 정말 그럴 사람이라곤 상상도 할 수 없었어요. 지금도 어디서 누구에게 그런 속임수로 여자를 울리고 있는지 모르죠. 안 속고 배길 수가 없어요."

그녀가 주절주절 늘어놓는 얘기는 한 편의 훌륭한 사기극을 보는 기분이었다. 일본에 거주하는 사내인 것만은 분명한 것 같았다. 수법으로 보아 서유리라는 여자만 걸려든 것 같지는 않았다. 재일교포 미남 청년이란 사실을 사기 행각에 유효 적절하게 써먹으면 꿩 먹고 알 먹는 식의 치부를 할 수 있다고 믿는 사내이거나 아예 일본에서부터 사기술을 배워가지고 무대를 우리나라로 잡은 것인지 분간하기 어려울 정도로 단수 높은 사내였다.

"그 친구, 잡아보면 알겠지만 전과가 많겠어요."

"저도 그런 생각을 했어요. 보통 사기꾼과는 달라요. 저도 꽤 똑똑한 척했고 그런 꼴을 많이 봐서 쉽게 속으리라곤 생각지도 못했어요. 어쩌다 보니, 어느 날 아침에 일어나 보니 저는 알거지가 되어 있었어요. 이 아파트도 이미 팔려버렸고 통장은 텅텅 비어버렸어요."

"연고지는 있던가요?"

"다 찾아봤어요. 혹시나 해서 공항에 나가 체크도 해보고 친척집도 찾아가봤지만 아무 데도 아는 데가 없어요. 아주 철저한 남자였어요. 일본에 연락해 봤지만 주소도 틀리고 전화번호도 틀렸어요. 제 생각엔 지금도 어디선가 여자를, 저같이 멍청한 여자들을 농락하고 있을 것 같애요."

"그럴 사내겠군요. 일단 연고지부터 뒤져봅시다. 아는 대로 약도하고 연락처하고 친구들이 있으면 그 친구들을 알려줘요."

"제가 직접 가면 안 돼요?"

유리는 애원조로 말했다.

"그건 안 좋은 방법예요."

"나 혼자 있는 게 무서워서 그래요. 여기서 나가자니 갈 곳도 없지만 그나마 혹시나 하는 기대를 버릴 수 없구요. 여기 있자니 언제 무슨 일이 생길지 모르고요."

"나를 믿는다면 두 녀석쯤 여기 잠복시켜 놓겠어요. 꼼짝 않고 숨어서 망볼 애들이니까 같이 지내는 걸 겁내지 않아도 돼요."

"믿겠어요."

"그럼 내일 아침부터 밥이나 두 그릇씩 더 해줘요. 믿을 만한 녀석들이니까 걱정 안 해도 좋아요. 내가 그 사내의 뒤를 캐고 다니면 혹시 이쪽으로 올지도 모르죠."

유리는 같이 찍은 사진과 내가 찾아 나설 수 있는 연고지와 가까웠던 사람들의 인적사항을 적어주었다.

"이것들도 대개가 가짜였겠죠?"

"정말 그래요. 사업한다던 친구들도 가짜였어요. 이름도 그렇고 연락처도 그랬어요."

"이건 계획적인 사기꾼입니다. 쪽발이 냄새 피우는 사기꾼들이 수두룩하게 늘었어요. 재일교포의 쪽발이다 하면 눈깔이 뒤집히는 여자들 때문에 그런 사기꾼들이 활개 치고 다니죠. 몸 날리고 돈 날리고…… 나중에 찾지도 못해요. 더구나 이런 자식은 질적으로 단수가 높은 사기꾼예요. 유리 씨한테서 일찍 떠난 것은 더 먹어볼 만한 재산이 없기 때문이었을 겁니다."

"죄송해요."

유리는 흐느껴 울기만 했다. 나는 유리의 어깨를 잡아주었다. 그녀는 몸을 돌려 내 품 안에 기대었다. 온 몸이 따뜻했다.

훔치고 싶었다.

명식이와 그렇게 아름다운 밤을 엮어나간 여자가 아니면 훔치지 않고는 배길 수 없을 것 같았다.

육체의 섬세한 선이 내 몸에 전율처럼 닿았다. 나는 내 욕정의 끝이 어디인지 알고 싶었다. 나만 이런 끈끈한 욕정을 지닌 걸까? 아니면 모든 사내들은 다 그런 것일까? 그도 아니면 인간으로 태어난 모든 사람의 욕정은 그런 것일까?

하느님, 번번이 묻는 것이지만 한 번 더 묻겠습니다.

왜 인간을 이렇게 만들었는지 하느님은 아실 거 아닙니까. 어떻게 만들다 보니 이 지경에 이른 겁니까. 아니면 만들 때부터 이렇게 만들어버린 겁니까?

어째서 나는 여자만 보면 이렇게 아랫도리가 건방져지는 겁니까? 애시당초 복잡하지 않게 만들 수는 없었나요? 지금이라도 하느님은 사람들의 욕망을 선별해서 골라낼 수는 있잖아요.

핵무기 같은 것 자꾸 만들게 내버려두었다가 이 다음에 한꺼번에 처치하려는 속셈이십니까? 노아의 방주인가 하는 걸로 인류를 멸망시킨 그 잔혹성으로 이번에는 불길로 인류를 멸망시킬 작정이십니까?

만들어놨으면 책임지는 하느님이 돼보세요.

"아침에 나가려면 주무세요."

유리가 침대 위를 가리켰다.

"내가 여기서 잘게요."

나는 소파를 가리켰다.

"손님이잖아요. 침대에서 주무세요."

"나는 아무 데나 상관없어요. 걱정 말고 자둬요."

"그래도 그럴 수 없어요."

그녀도 퍽 고집스러웠다. 그렇다고 내가 같은 침대에서 같이 자자고 말할 수는 없었다.

"그럼 이렇게 합시다."

나는 가위바위보를 하자고 했다.

"이기는 사람이 자는 겁니다."

"좋아요."

우리는 가위바위보를 했다.

"다시 해요. 그런 엉터리가 어디 있어요?"

내가 약간의 시간차로 져주자 그녀가 투정하듯 말했다.

결국은 내가 침대 차지가 되고 말았다. 그녀의 냄새가 물씬 배어 있는 침대 위에 누워서 자꾸 소파 있는 쪽으로 기어가고 싶었다. 누구나 욕심을 낼 만한 여자였다.

박명수라는 가짜 이름을 가진 재일교포 사기꾼을 잡으면 그냥 두지 않을 생각이었다. 이렇게 곱고 아름다운 여자를 등쳐먹을 수 있는 배짱을 아주 요절내고 말 생각이었다.

이 떡을 치고 곤죽을 낼 사내야, 사기 쳐먹으려면 복부인 노릇 해서 혼자 키들거리며 사는 여편네의 치마를 홀딱 벗겨먹든지, 국민을 우롱하면서 돈 번 고관대작의 간을 꺼내 먹든지 할 일이지 어째서 가엾은 여자를 등쳐먹었느냐.

넌 내 손에 걸리면 왜놈들한테 배운 네 사기술의 대가가 얼마나 처절한지 보여주마. 넌 반드시 내 손에 잡혀야 한다. 그래서 조국을 사랑하는 척하면서 조국의 처녀들을 농락한 그 맛이 얼마나 비참한 결과를 낳는지 봐야 한다. 재일동포 실업가라니까 처녀들이 오금을 못 폈을 것도 안다.

그런 계집애들은 당해도 싸다는 생각을 안 하는 건 아니다. 그렇다고 해서 너를 못 잡지는 않을 것이다. 쪽발이 처녀애들을 등쳐먹어도 시원치 않은 판에…… 너는 임자 만난 것이다.

두 녀석을 불러 단단히 주의를 주었다. 내 말이라면 껌뻑 죽는 녀석들이었지만 서유리의 아름다운 육체에 반해 무슨 일을 저지를지 몰라 미리 다잡아놓았다.

애들을 몇 군데에 풀어놓았다. 재일교포라는 걸 강조하며 씀씀이가 헤픈 애들을 추적하는 일은 쉽지 않았다. 몇 군데 연고지라고 보여지는 곳에 애들을 보냈지만 거의가 사기이거나 사기를 당한 피해자들이었다. 그런 사기꾼들은 쉽게 돌아가지 않고 장소와 대상만 바꾸어 잡는다는 걸 눈치 챌 수 있었다. 이렇게 사기 쳐먹기 쉬운 곳을 떠날 수는 없을 것 같았다.

하느님, 이 땅은 외국물 먹은 사기꾼이나 외국인 증명을 내세워 거들먹거리는 놀이터가 아니올시다.

병자호란 일으켜서 우리들의 외할머니들을 그 지경으로 만들었죠, 임진왜란인가 뭔가 만들어서 또 그 지경으로 만들었죠, 쪽발이들이 아예 차고 앉아 34년 11개월 19일 동안 괴롭히게 내버려뒀죠, 6·25 전쟁 때는 또 어떤 꼴이었으며 요즘도 왜색시다 양색시다 해서 여자를 들볶는 이유나 좀 압시다.

힘없는 나라니까 밥이라 이겁니까?

죄받습니다.

월남 같은 나라 가지고 그만큼 재미있게 놀았으면 정신 좀 차려야 할 거 아닙니까. 미국이나 소련 같은 나라를 가지고 노는 게 하느님답지 않습니까? 스케일 좀 크게 가져보세요.

일본하고 중공하고 한판 붙여주세요. 우리도 전쟁통에 쪽발이들처럼 부자 나라 돼가지고 큰소리 좀 쳐보게요.

그러면 십자가에 내려오셔서 비단옷도 입혀드리고 편히 쉬실 곳도 마련해 드려서 이 땅이 하느님의 복된 나라로서 손색없도록 만들 테니까요.

호텔 출입이 잦다는 걸 기억하고 애들을 풀어놓았지만 무슨 냄새를 맡았는지 꼬리가 보이지 않았다. 꽤 유명하다는 술집과 나이트 클럽에서도 녀석의 그림자는 사라져버린 뒤였다. 일본으로 도망쳤을지도 모르는 일이었다. 본명과 일본 이름을 알 수 없기 때문에 인상착의와 사진으로 찾는 수밖에 없었다. 녀석은 보통 사기꾼은 아니었다. 남겨놓은 사진들은 모두 얼굴 중심이 아닌 배경 중심의 사진이어서 확대하기도 어려웠다.

광화문의 괴짜 할아버지에게 부탁해서 될 일도 아니었다. 계획적인 사기꾼이 그런 수법에 넘어갈 리가 없었다.

며칠 동안 찾아봐도 감춘 꼬리를 찾지 못했다. 나는 답답한 마음에 점쟁이를 찾아가보고 싶은 생각까지 했다. 내가 그렇게 많은 돈이 있다면 차라리 보상이라도 해주고 싶은 심정이었다. 유리는 초조한 빛을 감추지 못했다. 대학을 중퇴하고 그런 길로 들어선 여자의 악착같은 돈을 한 주먹에 쥐고 달아난 사내라면 쉽게 꼬리를 내놓지 않을 게 뻔했다.

초저녁에 강남 지역을 책임지고 있던 녀석이 전화를 걸어왔다.

"형, 긴지 아닌지는 모르겠고 L호텔에 비슷해 보이는 녀석이 들랑거린대요."

"직접 봤냐?"

"못 봤어요. 놀부 깔치들이 그러는데 흡사하다는 거예요. 돈을 풀풀 쓰고 다니는데 데리고 다니는 애들이 꽤 삼삼하대요."

"알았다. 잘 지켜보고 놀부 애들한테 아가리 닥치라고 해."

놀부 애들이라면 그쪽의 바람잡이 애들을 두고 하는 말이었고 놀부와 얽히고설킨 계집애들을 깔치라고 불렀다.

나는 손 빠른 애들을 데리고 강남의 새로 생긴 L호텔로 자리를 옮겼다.

전망 좋은 방 하나를 얻었다. 커피숍에 내려가기도 좋고 차에서 내리는 사람을 쉽게 식별할 수 있는 방이었다. 강변을 끼고 서 있는 호텔은 신시가지의 상징처럼 하얀 색깔이었다.

"이 사진하고 비슷한 것 같았어요."

깔치는 내가 내민 사진을 확인한 뒤에 조심스럽게 말했다.

"언제 봤지?"

"며칠 됐어요. 차는 슈퍼 살롱였어요. 옆에 계집애 하나 달고 다니던데요. 어디서 많이 봤다 싶었는데…… 생각이 안 나요."

깔치는 박명수란 사내의 행동이나 말씨를 대개 기억하고 있는 눈치였다.

"왜 관심 갖고 봤지?"

그녀가 그렇게 정확한 기억력을 지니고 있는 게 신기했다.

"한번 털어볼까 생각했거든요. 어쩐지 한 건 할 것 같았어요."

"그런데 왜 못 털었어?"

"그 사내, 의심이 많아요. 아무리 꼬셔도 모른 체했어요. 하긴 옆에 계집앨 끼고 다녔으니까 틈도 없었지만요."

"그 녀석이 어떤 녀석인데 네가 털어먹으려고 들었어."

"이렇게 싸악 털려고 했죠."

깔치는 하얀 실크 투피스의 주름치마를 들어올렸다. 눈부시게 흰 팬티가 앙증맞게 보였다. 나는 껄끄럽게 웃었다. 깔치가 그 사내를 꾀어 등쳐먹으려고 벼렀다는 게 보통 재미있는 일이 아니었다.

깔치들은 그런 식으로 돈이 있을 법한 사내들을 꼬드겨 몸을 맡기고는 야금야금 주머니를 털어먹거나 놀부 애들과 연극을 벌여 한탕을 하는 부류들이었다. 나이트클럽이나 카바레 주변에 서식하는 이른바 얌체족이었다.

"네가 당했을걸."

"내가 왜 당해요? 내 손에 걸리면 끝내주지 못한 사내 없어요."

"나도 끝내줄래?"

"아뇨."

"왜?"

"놀부 애들한테 들었어요."

"내 애길 하대?"

"그럼요."

"그 녀석, 내가 데려다줄 테니 한번 털어볼래?"

"데려다만 주세요. 한 방에 끝내줄 테니."

그녀는 다시 깊게 패인 가슴을 살짝 열어보였다. 브래지어 없는 선정적이고 탐스러운 젖가슴이었다.

"그나저나 이 자식을 어디 가서 잡아야겠니? 네 생각엔 어디쯤 있을 거 같애."

"여기 들랑거리던 사낸데 멀리 갔겠어요? 이 근처 아파트에 있거나 요상스런 데 숨어서 헐떡거리겠죠."

"그거야 네 말이 맞겠지만…… 다 뒤질 재간도 없잖아."

"기다려보죠 뭐. 세월이 좀먹는 것도 아닌데."

"자아식."

"심심하면 언제나 불러주세요."

깔치는 일어났다. 빼어난 몸매와 용모였다. 저런 여자애가 어째서 이런 길로 들어섰는지 모를 일이었다. 누가 보아도 부유한 집의 딸로 대학교 초년병쯤 보아줄 청순함이 엿보였다. 그것이 그녀의 무기인지도 모른다. 그런 무기를 사용해서 어리숙한 사내들의 호주머니를 바닥내는 것 같았다.

나는 무작정 기다릴 만큼 성질이 눅은 사내는 못 되었다. 애들을 이곳저곳으로 흩어지게 했지만 결과는 마찬가지였다. 재일동포 흉내를 내는 녀석들이 몇 명 걸려들었지만 정작 내가 찾는 녀석은 찾아낼 수 없었다.

그렇다고 여러 사람에게 신세를 져가며 찾기는 싫었다. 신세를 져서 찾는다는 보장도 없었다. 일본으로 도망간 것이 아닌가 하는 생각도 했다.

유리가 머물러 있는 아파트에도 녀석은 나타나지 않았다. 유리는 체념할 수 없다며 하루에도 여러 차례씩 전화를 하곤 했다.

또 며칠이 지났다. 운전면허장에 가려고 준비했던 서류를 찢어버릴 수밖에 없었다. 면허 없이 차를 몰고 다니는 게 불안해서 지난 주부터 시험을 치르려고 별러왔었다.

커피숍에 앉아서 신문을 읽고 있는데 내 어깨를 건드리는 여자가 있었다.

"왜 한 번도 안 불렀죠?"

깔치였다. 물빛 원피스의 짧은 팔이 아주 시원스러워 보였다. 출렁거리는 가슴과 자연스럽게 흔드는 엉덩이의 율동이 매혹적이었다.

"털릴 돈이 없으니까."

나는 깔치를 옆에 앉히고 창밖을 쳐다보았다.

"에이, 나 순진한 계집애예요. 너무 이상하게 보지 마세요."

"네가 순진한 거야 천하가 아는 사실이지."

"놀리지 마세요."

"다른 데서 본 적 없니?"

"전혀 못 봤어요. 나도 꽤 돌아다니는 계집앤데 말예요."

깔치는 자연스럽게 내 무릎 위에 손을 얹었다.

"나, 술 사줄래요?"

손이 지퍼 근처까지 왔다.

"임마, 사람 봐가며 사달래야지."

내가 슬쩍 손을 치웠다. 깔치가 곱지 않게 눈을 흘겼지만 익살스러워 보였다. 웬만한 사내라면 넘어가지 않고 못 배길 유혹이었다.

"사주기 싫어요?"

"그 자식 잡으면 실컷 사줄게. 지금은 술맛 떨어져서 내가 먹기 싫다."

"에엠. 그만한 값하면 되잖아."

코 먹은 소리였다. 여자의 비음은 언제나 사내의 속을 뒤집어놓는 것인지도 모른다.

"밤에 혼자 자요?"

계집애가 바싹 다가앉으며 물었다.

"그래."

"내가 옆에서 자면 안 돼요?"

"왜 자려고 그래?"

"그냥 좋으니까."

"왜 좋아?"

"총찬 씨 같은 남자 없대서요."

"누가 그따위 사기를 치고 다녔냐?"

"다들 그러던데 뭐. 대단하다구."

주먹질을 잘하니까 밤에 힘쓰는 짓도 대단하다는 엉뚱한 소문이 난 모양이었다.

"너 정말 기절하고 싶냐?"

"정말 그랬으면 좋겠어."

나는 어이가 없어서 계집애의 머리통을 한 대 쥐어박았다. 계집애가 대번에 뾰로통해졌다.

"평생 찾아도 그 사내를 못 찾을 거예요. 내가 찾아나서면 몰라두."

깔치가 이렇게 말하고 빠른 걸음으로 나갔다. 나는 대수롭지 않게 생각했다. 그러나 순간 그녀라면 알지도 모른다는 생각이 들었다.

밖으로 뛰어나갔다. 그녀가 탄 택시가 L호텔 정문을 빠져나가고 있었다. 뒤에 서 있던 택시를 잡았다.

"저 차 따라잡읍시다."

기사가 피식거리고 웃었다. 시동을 걸며 고개를 돌렸다.

"여자는 꽉 죄어 잡는 게 상습니다."

뭔가 아는 남자 같았다.

"그런 게 아녜요. 빨리요."

"걱정 마쇼. 도망가봐야 서울 안에 있을 거요."

기사는 느물거렸지만 제법 속력을 놓고 따라잡았다. 나는 차창을 열고 소리 질렀다.

"저 앞에서 내려! 할 얘기 있으니까."

깔치는 고개를 돌린 채 택시 기사에게 뭐라고 말했다. 그 택시가 쏜살같이 달렸다.

"따라갑시다."

기사는 벌큼거리며 웃더니 앞차를 따라갔다. 앞차도 꽤 달렸다.

한참 만에 우리는 깔치가 탄 차를 놓쳐버렸다.

"대낮 같으면 앞에다 팍 꽂는 건데……."

기사가 미안했든지 이렇게 말했다. 그건 사실이었다.

밤길을 달리며 앞차를 추적한다는 건 쉬운 일이 아니었다. 헤드라이트 불빛과 신호등과 밀려드는 차량 때문에 뒤쫓기가 여간 어렵지 않았다.

"호텔로 다시 갑시다."

"이거 미안합니다."

퍽 공손해진 말투였다.

"할 수 없죠."

호텔로 돌아와서 놀부 애들을 불렀다.

"걔를 당장 데려와라."

놀부 애들이 고개를 가볍게 끄덕거렸다. 그 깔치가 어디쯤 있는지 짐작한다는 투였다.

"급해. 빨리 찾아라."

"형, 걔 불쌍한 애니까 손찌검은 마세요."

"알았어 임마."

녀석들이 안심했는지 뛰어나갔다. 나는 찾으면 무슨 단서가 잡힐 것 같았다. 의미 있게 내뱉고 간 말이 자꾸 귓가에 맴을 돌았다.

깔치가 들어섰다. 무서운 눈초리였다.

"앉아."

"말하세요."

"아깐 미안했다. 얘기 좀 하자."

"난 할 얘기 없어요."

"이리 와."

깔치는 주춤거리며 물러섰다. 노여움이 가득 찬 눈꼬리였다.

"넌 뭔가 알고 있어. 그러면서도 얘기하지 않는 이유가 뭐냐?"

"난 아무것도 몰라요."

"아냐, 알고 있어."

"몰라요."

차가운 목소리였다. 내가 어떤 사내인지 알면서 내 앞에서 그렇게 냉랭할 수 있다는 건 그녀의 감정이 심상치 않다는 뜻이었다.

"미안하다. 내가 잘못했다."

"몰라요."

토라진 모습이 차라리 귀여웠다. 나는 다가서서 깔치의 허리를 끌어안았다. 깔치는 드세게 뿌리쳤다. 나는 힘주어 그녀를 안고 버티었다. 깔치는 눅었다. 흐트러졌다. 점점 눈을 내리깔았다.

"네 마음 안다. 하란 대로 하겠다."

나는 뜨거운 숨소리를 섞어가며 이렇게 말했다.

"미워!"

그녀의 목소리엔 투정이 질펀하게 깔려 있었다.

"잘못했다잖아."

"왜, 주먹으로 해결하지 않죠?"

"할 수도 있지. 연약한 여자에게까지 힘자랑 하고 싶진 않아. 너처럼 아름다운 여자에겐."

"난 연약하지 않아요."

"알아, 그러나 힘으로 네 입을 열게 하진 않겠어."

그녀는 대꾸 없이 돌아서서 내 티셔츠 윗단추를 풀었다. 나는 그녀에게서 귀중한 정보를 다른 방법으로 꺼낼 수 있었지만 참기로 했다.

"난 총찬 씨를 먹고 싶어요."

나는 고개를 끄덕였다. 그녀에 대한 사전 지식이 없었으면 당황했을지도 모른다. 그녀는 남자를 수집하는 괴벽이 있다고 했다. 제 마음에 드는 남자가 있으면 어떻게든 해치워야 직성이 풀리는 여자라고도 했다.

그녀는 마음에 드는 남자를 먹어치웠다고 자랑하는 여자였다. 뒤가 깨끗해서 말썽부리지 않는 게 그녀의 기질이라고도 했다.

우리는 뒹굴었다. 율동이 좋은 침대 위에서 정신없이 뒹굴었다. 땀으로 범벅이 되어버렸다. 그녀의 흡착력은 나를 얼얼하게 만들었다. 그녀는 애송이가 아니었다. 남자에게 거침없이 먹고 싶다는 말을 할 자격이 있는 여자였다.

"날 가졌다고 생각하니?"

"그래요. 내가 훔쳤어요."

"왜 그런 생각을 했지?"

"남자들이 그러죠, 여자를 먹었다고."

"젊은 애들이 그런 말 하지."

"여자라고 먹히는 암컷은 아니잖아요. 난 그런 게 싫어요. 내가 먹어치울 거예요."

"대단하구나."

"대단할 거 없어요. 그렇게 생각해 버리면 그만이니까요."

"기분 좋으니?"

"아뇨."

"왜?"

"난 언제나 그래요."

"이젠 얘기해 줄 수 있겠지?"

"나한텐 고작 그게 관심인가요?"

"꼭 그런 건 아니지만."

"좀더 솔직할 수 없어요?"

"나도 사내자식이다. 네가 욕심나는 건 사실이다."

"그래서요?"

"그러나 가장 중요한 건……."

"알아요."

그녀는 주섬주섬 옷을 입었다. 나는 돌아서서 그녀보다 빨리 옷을 입었다.

여자들은 남자보다 벗고 입는 일이 늦을 수밖에 없었다.

"탤런트 연미희 찾으세요. 그 여자랑 같이 다녔어요."

"연미희?"

나는 얼핏 기억해 낼 수가 없었다.

"텔레비전을 안 보나 보죠?"

"글쎄, 잘 모르겠다."

"몇 년 된 여자예요. 가끔 연속극에 얼굴이 비치지만 유명하진 않아요."

"그 여자랑 돌아다녔단 말이지?"

"확인해 보면 알겠죠."

"최근에 본 게 언제지?"

"한 일주일쯤 됐어요."

"어디서?"

"저쪽 구석 자리요."

그녀는 상세하게 설명해 주고 문고리를 잡았다. 나는 웃었다. 그녀가 다가와 등 뒤를 가리키며 웃었다. 지퍼를 올려주었다. 그녀가 볼에 가볍게 입을 맞추고 껑충거리며 나갔다.

하느님, 보셨겠죠?

우린 교환한 게 아닙니다. 필요해서 서로 준 것뿐입니다. 그것이 하늘나라와 다른 인간사회의 정입니다.

이 정도 재미 안 보고 사는 사내는 없겠죠. 혹시 발견하셨다면 상을 듬뿍 내려주세요. 흥부가 마지막으로 탄 박 속에서처럼 아리따운 여자들을 선물 줘보세요.

"연미희를 미행해라. 눈치채게 해선 안 된다. 그녀가 마지막 열쇠다."

애들은 쉽게 말뜻을 알아들었다. 연미희를 미행하면 재일교포 사기꾼을 잡아낼 수 있었다. 나는 유리에게 대충 진행 상황을 설명해 주고 아파트를 비워두라고 일렀다.

"열쇠는 애들한테 맡겨놔요. 일이 끝날 때까지 갑갑하겠지만 여기 와 있어요."

그녀는 그러겠다고 했다. 유리가 호텔로 자리를 옮긴 두어 시간 뒤에 애들한테서 연락이 왔다.

"여긴 정릉 계곡의 산장입니다. 두 사람이 같이 들어갔어요. 슈퍼 살롱은 마당에 있습니다."

"내가 갈 때까지 움직이지 마라. 만약 튀려는 기색이 있으면 그때 잡아라. 자동차 바람을 다 빼놔라. 소리 안 나게 기술적으로 해."

"나머지 애들은 어떻게 할까요?"

"모두 보내고 서너 명만 남아 있어. 조심해라. 놓치면 알아서 해."

"염려 푹 붙들어 매십쇼. 도망갈 데가 없습니다. 길목이 하나뿐인데요."

"방심하지 마. 그 자식, 의심이 많아서 까딱하면 눈치챌지 몰라. 죄 많은 녀석이 눈치 하나는 빠르니까."

"자동차 털어볼까요? 그 속에 뭐가 들었는지 모르잖아요?"

"일체 손대지 마라. 멀찍이서 지켜. 근처엔 얼씬거리지도 마."

"일하는 애들 말로 두 사람이 자주 온대요."

"이 자식들이…… 누가 그런 걸 확인하랬어? 그냥 지키기나 해. 내가 갈 테니까."

"알았어요."

나는 서둘러 호텔을 나섰다. 유리가 정문까지 따라 나오며 애원하듯 말했다.

"너무 다잡지 말아요."

"버르장머릴 고쳐주겠소. 재일교포라는 가면을 쓰고 우리나라 여자들을 빨아먹는 자식을 그냥 두란 말요?"

"그런 뜻이 아녜요. 생각해 보면 저도 바보였어요. 사람들이 알면 당해도 싸다고 할 거예요."

"그건 알아요. 유리 씨가 너무 쉽게 넘어간 건 나도 미워요. 유리 씨가 이런 생활을 하지 않았으면 명식이하고 결혼해 달라고 조르고 싶을 정도예요. 그런데 그런 자식한테 당하다니……."

"죄송해요. 제가 눈이 멀었었나 봐요. 여기서 남의 눈치 봐가며 사느니 일본에 가서 떳떳하게 살고 싶었던 게 제 솔직한 심정이었어요. 죄받는 건가 봐요. 저 같은 여자가 있으니 그런 남자가 행세하는 거 아니겠어요."

"알았어요."

나는 택시 속에서 유리의 고운 마음씨가 앙금처럼 내 가슴에 가라앉는 것을 느꼈다. 보통 여자 같으면 잃었던 돈을 찾고 곤죽이 되도록 복수를 해달라고 졸랐을 것 같았다.

하느님, 도대체 경제대국이란 일본은 어떤 나랍니까? 그 나라에 사는 게 뭐가 그리 대단한 겁니까? 재일교포 청년 실업가란 명함 한 장이면 우리나라 여자들이 사족을 못 쓰게 되는 이유가 어디에 있습니까? 성실하게 일해서 고국을 위해 안간힘을 쓰는 사람도 물론 많습니다. 그러나 저런 치졸한 사내들도 많습니다.

넋 빠진 사내들을 그냥 두고 보실 겁니까? 용서하는 게 직업이라면 내가 그런 사내를 혼쭐나게 두들겨줘도 입 봉하고 계셔야 합니다. 양색시로 이 땅의 처녀 갉아먹었으면 그만이지 왜색시까지 생산하는 꿍꿍이라도 있나요?

정릉 계곡이 시작되는 곳에서 내렸다. 밤길인데도 사람들의 발길이 많았다. 약수를 뜨러 가는 부인네들과 데이트족이 어울려 산길로 들어가는 모습도 보였다.

"이상 없어요."

마중 나온 녀석이 말했다.

"도망갈 만한 길 없니?"

"이 길 아니면 산으로 튀는 수밖에 없어요."

"어쨌거나 잘 지켜라. 한번 튀면 끝장이니까."

"걱정 마세요."

나는 성큼성큼 걸어 들어갔다. 흰 와이셔츠 차림의 종업원들이 따라붙었다.

"식사하실 건가요, 주무실 건가요?"

"술 한잔 합시다. 자리 좋은 데로."

"방갈로가 있는데요."

"그쪽으로 합시다."

우리가 자리 잡자 종업원들은 술상을 내왔다. 전망이 좋은 계곡의 초입에 이렇게 아담한 산장이 있는 줄은 몰랐다.

"후딱 해치우죠."

애들이 다급했든지 이렇게 말했다.

"지금은 안 돼. 시간을 좀 끌어야지."

"튀면 어쩌려고요?"

"그러니까 내가 지키잖아."

"주먹이 근질거려 미치겠어요. 저런 자식은 뼈를 추려내야 하는데⋯⋯."

"연미희, 그 친구 체면 좀 세워줘야지. 재일교포 청년 실업가에게 속아서 몸 뺏기고 돈 빼앗겼다고 소문나 봐. 우리가 그런 건 지켜줘야잖아."

"밤늦게 시작할 겁니까?"

"순순하게 잡혀준다면야 지금이라도 당장 끌어낼 수 있지만⋯⋯ 저런 녀석일수록 국적이 일본이니, 국제법이니 따져낼 거란 말이다. 까짓 거, 시끄러운 거야 주둥배기 봉하면 그만이지만 연미희 그 계집애를 거덜낼 순 없잖아."

"그런 속 빠진 계집애를 뭐러 보호하려고 그래요?"

애들은 그 점이 불만인 모양이었다. 시집 잘 가려고 몸부림치는 탤런트라는 사실이 싫은 눈치였다. 재일동포 청년 실업가라는 한마디에 예쁜 여자들이 몸을 꼬는 게 나도 싫긴 마찬가지였다. 그런 점을 생각한다면 연미희까지 창피를 주고 싶었다.

그러나 차마 한꺼번에 몹쓸 인간으로 취급하기는 싫었다. 속아 넘어간 연미희가 아무리 화냥기가 있더라도 보호해 주고 싶었다.

밤은 점점 깊어갔다. 정릉 계곡의 사람들은 많이 줄었지만 은밀하게 데이트하는 연인 숫자는 줄지 않았다.

"안 되겠다. 뒷산으로 빼자."

나는 시계를 들여다보고 이렇게 말했다. 술상에 남아 있던 술을 마저 비우고 우리들은 일어났다.

"저 방이 확실하지?"

"몇 번이나 확인한 겁니다."

"넌 술값 낸 뒤에 조금 시끄럽게 굴어라. 사람들이 그쪽으로 몰리게 해. 넌 말리는 척하면서 장단을 쳐야 돼. 그 사이에 내가 끌고 튈 테니까."

그런 일을 능사로 해낼 수 있는 애들이었다.

두 녀석이 비틀거리는 걸음으로 먼저 내려갔다. 일부러 술 취한 척 몸을 흔들고 있었다. 나는 한 녀석을 데리고 재빨리 산장 옆으로 숨었다.

불 꺼진 방에선 도란거리는 말소리가 들려 나왔다. 무슨 소리인지 알아들을 수는 없었지만 퍽 정다워 보였다.

나는 구두를 신은 채 복도 끝 방으로 갔다.

"누구야?"

노크 소리를 듣고 사내가 물었다. 나는 잠깐 뜸을 들이고 대꾸했다.

"임검 나오셨는데요."

나는 능청스럽게 말했다. 부스럭거리는 소리가 들렸다. 급하게 옷을 입는 눈치였다.

"죄송합니다."

옆에 섰던 녀석이 더 능청을 떨었다. 방문이 빠끔 열렸다.

"윽!"

사내가 비명을 지르며 뒹굴었다. 명치 끝을 정확하게 때렸다.

"어마!"

계집애 목청이 째졌다. 바깥이 시끄러워서 사람들이 방갈로 쪽엔 관심도 없었다.

불을 켰다. 연미희였다. 홑이불 자락을 뒤집어쓴 채 머리만 내밀었다. 홑이불을 와락 벗겨냈다.

잠깐 눈이 부셨다. 텔레비전에서 보았던 보통 여자는 아니었다. 금방이라도 농익은 육체가 터질 것 같았다.

"옷 입어. 빨리!"

연미희는 재빠른 동작으로 옷을 추스렸다. 옷을 입는다는 표현이 어울리지 않았다. 그저 보드라운 헝겊 쪼가리를 걸치는 행위였다.

"소리치면 너만 죽는다. 무슨 말인지 알아?"

내가 연미희의 턱을 잡고 말했다. 그녀는 덜덜 떨면서 고개를 끄덕였다.

"소문나면 넌 끝장나는 거다. 얌전하게 따라와. 곱게 보내줄 테니까."

연미희는 녀석이 끄는 대고 따라나갔다. 박명수가 꿈틀거리며 무슨 말인가 하려고 했다. 나는 한 방 더 갈겼다. 이 자리에서 말씨름을 할 시간이 없었다. 시끄러워지기 전에 조용한 곳까지 끌고 올라갈 참이었다.

박명수를 끌고 울타리를 넘었다. 바로 정릉 계곡과 연결된 산이었다.

앞서 가던 녀석이 작은 플래시를 비추며 방향을 잡아주었다. 산장에서 시끄럽게 굴던 녀석들도 플래시 불빛을 확인하고 내려간다는 휘파람 신호를 보냈다.

한참 만에 박명수는 저항의 몸짓을 하기 시작했다. 연미희는 아무 말 없이 앞서 걸었다.

"그만 가자."

내 말에 앞섰던 녀석이 평지를 골라 멈추었다. 박명수가 잡힌 뒷덜미를 풀려고 몸을 꼬았다. 약간 늦추어주었다.

"당신들 누구요?"

"대한민국 청년이다."

"왜 이러는 거요? 대한민국엔 법도 없소?"

"너 말 한번 잘했다."

박명수가 정강이를 잡고 대굴거리며 굴렀다.

"여긴 소리 질러봐야 너를 도와주러 올 사람도 없는 산중이다. 네가 여기서 죽으면 그걸로 네 더럽고 치사한 인생도 끝장이다."

"대체 왜 이럽니까? 뭣 때문에 이러는 겁니까?"

"우린 친절하게도 그런 정도는 일러주는 대한민국 청년이다. 잘 들어라. 귓구멍 크게 열고. 네가 재일교포 청년 실업가란 건 안다. 그걸 미끼로 여자들을 울리고 돈까지 갈취하는 사기꾼이란 것도 말이다. 그래서 같은 동족의 피를 받고 태어난 새끼가 일본 물 먹으면 얼마나 비굴해질 수 있는지 분해해 보려고 데려왔다."

"뭐라구요?"

녀석은 갑자기 떨었다.

"떨 거 없다. 너도 실험동물이란 소리는 들었을 거다. 우린 널 분해해서 네가 사기꾼이 된 이유를 찾으려고 하는 거니까."

"제가 뭘 어쨌다는 겁니까? 난 조국을 사랑해요. 그래서 조국에서 결혼하려고 나온 사람입니다."

"그런 걸 우리나라에선 놀구 있다고 한다. 더 놀게 해주마."

나는 사정없이 걷어찼다. 박명수는 내 응어리의 샌드백이었다.

"이 거지도 안 주워갈 새끼야. 대한민국이 그렇게 호락호락해 보이더냐? 쪽발이들한테 고작 배워 처먹은 게 그거냐?"

박명수가 내 바지를 잡고 애원했다.

"살려주세요."

"살려줄 것 같으면 끌고 오질 않았다. 너 같은 건 난지도 쓰레기 더미에도 묻힐 자격이 없는 놈이니까."

"살려주세요. 제발 살려주세요."

박명수는 뒹굴면서도 악착같이 내 바지를 잡고 늘어졌다.

"연미희, 이리 와라."

나무 밑에서 숨을 죽이고 앉아 있던 연미희가 내려왔다.

"이 앞에서 말해라. 네가 등쳐먹은 여자가 누구누구인지."

박명수가 머뭇거렸다. 나는 구두를 벗어 따귀를 사정없이 올려붙였다. 녀석이 털썩 무릎을 꿇었다.

"살려주시면 무슨 짓이고 하겠습니다. 제발 살려주세요."

"살고 싶으면 죄 불어봐."

다리를 꺾어 앉혔다. 녀석이 비명을 지르면서도 살려달라고 애원했다.

"저, 가수 명인희하고⋯⋯."

"또."

"살롱하는⋯⋯."

"또."

"없어요. 정말예요."

"쪽발이 밑이나 핥을 자식."

박명수가 고꾸라졌다. 나는 허리띠를 풀어 녀석의 다리를 죄어 나뭇가지에 걸었다. 그리고 정말 샌드백처럼 두들겼다.

"서유리 알지?"

"예예."

"얼마 빼먹었냐?"

"몰라요. 아파트하구……."

"몇 명이나 알겨먹었냐?"

"잘 몰라요."

"좋다, 하두 해 처먹어서 숫자도 모르겠지. 그 돈 다 어쨌냐?"

"……."

"이 더러운 자식아. 쪽발이들이 판칠 때도 조선 사람 잡아먹는 조선 놈이 설쳐대더니 너 같은 놈은 그것보다 더 악질이니까 아예 뼈를 추려서 이 산중에 있는 동물들한테 선심이나 쓰겠다."

정신없이 나뒹굴던 녀석이 숨을 끊고 뒤로 누웠다.

"살려줘요. 말할게요."

"큰 소리로 똘똘하게 말해라. 작은 소리로 지껄였다간 틀니해얄 테니까. 난 귀가 어둬서 잘 알아듣지 못한다."

"말할게요. 제발."

박명수는 거품을 북적거리며 기어들어가는 소리로 말했다.

몇 차례 더 곤혹스런 장면을 연출한 뒤에 박명수는 여자들을 등쳐먹은 내역을 털어놓았다.

"그 돈은 어디 있냐?"

"일부는 여기 은행에 있구요. 일부는 일본으로 보냈어요."

숱한 여자가 박명수에게 넘어갔다. 돈이 좀 있게 생긴 여자들만 골라 일본으로 데려간다는 조건을 내세워 알량하게 빼먹은 것이었다. 할 때마다 수법이 달랐다.

"일본엔 누구누구하고 사냐?"

"……."

"마누라하고, 새끼는 몇 명이냐?"

"아들 하나와 딸 하납니다."

"네 딸년이 그 지경으로 당해도 시시덕거릴 참이냐?"

"아뇨."

"마누라는 한국 여자냐?"

"일본 여잡니다."

박명수는 더 버틸 기력도 없었다. 내가 묻는 대로 주절주절 대답을 했다. 연미희가 흐느끼고 있었다.

"저 여자한테 알겨먹은 돈은 얼마냐?"

내가 연미희를 가리켰다. 박명수는 고개를 겨우 들었다.

"이천만 원입니다."

연미희가 소리 내어 울었다. 나는 박명수의 아랫도리를 걷어 찼다. 비명을 지르며 계곡으로 굴렀다.

"네 발로 기어 와라. 빨리!"

박명수가 엉금엉금 기어 올라왔다.

"돈은 찾아주겠소. 저 자식한테 속은 건 잊어버리쇼. 다시는 속지 좀 마십쇼."

"네."

작은 소리로 대꾸했다.

"저 자식을 어떻게 알게 됐소?"

"여의도 황 마담 언니가 소개해 줬어요."

"처음에 뭐라고 합디까?"

"재일교포고 사업가고, 고국에서 결혼하고 싶단다고 해서……. 우선 사귀어나 보라고 했어요."

"황 마담이라면 아파트에서 비밀요정 하는 여자 말하는 거요? 왕년에 배우 노릇했던 예편네 말요?"

"맞아요."

"그 여자가 소문대로 신인들 쥐고 흔드는 여잡니까?"

"……."

연미희는 고개를 끄덕거렸다. 박명수가 괴로운 듯 신음 소리를 내고 있었다.

"아가씨는 먼저 내려가요."

연미희는 내가 시키는 대로 녀석을 따라갔다.

"살려주세요. 저 좀 살려주세요."

"별로 살려주고 싶은 맘이 안 생긴다. 너 같은 놈 살려주면 염라대왕한테 혼날 테니까."

"다시는 이런 짓 하지 않겠습니다. 정말입니다. 믿어주세요."

"그냥 살려달라는 거냐?"

"하란 대로 다 하겠습니다."

"약속할 수 있나?"

"맹세하겠습니다."

박명수가 무릎을 꿇고 두 손바닥을 비볐다.

"파리란 놈이 그렇게 잘 빌더라. 너 같은 놈은 선량한 재일 교포들한테 평생을 손바닥이 닳도록 빌어도 모자랄 놈이다."

"살려만 주시면 무슨 짓이든 하겠습니다. 정말입니다."

"그럼 네 집으로 가자."

"예예."

"나한테 수틀린 짓하면 그 자리서 염라대왕한테 보내겠다. 눈깔 똑똑하게 뜨고 봐라."

나는 표창을 꺼내 박명수의 양쪽 구두코에 정확하게 꽂았다.

"제발……."

"앞장서라."

박명수는 잘 걷지 못했다. 뒤뚱거리며 계곡을 내려갔다. 계곡 입구에 기다리고 있던 애들이 손을 들었다.

"됐습니까?"

"그래. 차 잡아와라."

애들이 뛰어가서 택시를 잡아왔다. 밤 열두 시가 훨씬 넘은 시간이었다.

"얌전하게 타라. 내 말 명심하고."

박명수가 힘들게 뒷자리에 탔다.

하느님. 차마 하느님도 할 말이 없으실 겁니다. 그냥 잊어버리세요. 하느님의 체면 문제니까요.

H아파트 십이층에서 내렸다. 박명수는 문을 따고 들어서더니 침대 위에 고꾸라졌다. 금고 열쇠를 내놓고 뭐라고 중얼거렸지만 들리지 않았다.

금고를 열었다. 여러 가지가 쏟아져 나왔다. 은행의 저금통장 속엔 내가 상상할 수 없었던 액수의 돈이 들어 있었다. 금붙이와 보석류도 꽤 많았다.

"이게 전부 해 먹은 거지?"

"네."

"몇 년 됐나?"

"삼 년 됐습니다."

"일본에서 무슨 짓 했냐?"

"고물상 하다가 망했습니다."

"너 같은 놈은 고물로 팔아치웠어야 하는 건데."

나는 집 안을 죄 뒤져 일본의 본처와 오고 간 편지봉투를 찾아냈다.

"일본에 있는 네 마누라한테 자세하게 통보해 주마. 한국에 와서 사업한답시고 여자들 등쳐먹은 걸 그대로 알려주마."

내가 턱주가리를 한 대 갈기며 이렇게 말했다.

"제발 봐주세요. 다시는 안 그러겠습니다. 저 한번 봐주세요."

"일본으로 빼돌린 돈을 무슨 재주로 찾냐 이 말이다."

"당장 제가 전화해서 돈 보내라고 하겠습니다."

"무슨 재주로 한단 말이냐?"

"여기서 사업 확장한다고 하면 됩니다. 정말 그러면 됩니다."

"그럼 당장 전화해라."

"그러면 봐주시는 거죠?"

"그렇다. 난 약속을 지킨다."

박명수는 알아들을 수 없는 일본말로 전화를 끝냈다.

"보냅니다. 꼭 보낸다고 했습니다."

"만약 허튼짓 했다간 일본에 있는 내 친구를 시켜서 너를 박살내겠다. 무슨 말인지 알겠지?"

"예."

박명수는 눈을 감았다. 모든 걸 체념한 것 같았다. 내 손아귀에 걸려서 빠져나갈 수 없다는 걸 알았다. 애들이 통장과 도장을 챙겼다. 박명수는 비밀번호와 은행의 위치까지 털어놓았다.

"널 고발하면 네 신세가 끝장난다. 그러나 네가 이만큼 성의를 보여줬으니까 용서하려는 거다."

"압니다. 고맙습니다."

아침에 나간 애들이 돈을 찾아가지고 왔다. 일본에서 보내는 돈은 일주일 후에 틀림없이 되돌려 받기로 했다.

"이 명단 믿어도 되겠지?"

"이 마당에 거짓말 하겠습니까? 믿어주세요."

"좋다. 이걸로 입원이나 해라."

나는 현금 뭉치에서 한 다발을 내놨다. 박명수가 말없이 고개를 숙였다.

"가자."

박명수는 문을 열어주고 꾸벅거리며 절을 했다. 애들이 그런 박명수의 어깨를 토닥거려주었다.

"우리나라 여자 등쳐먹지 마라. 쪽발이년들이든 양코배기년들이든 삶아먹는 건 내 말 않는다."

"알겠습니다."

우리는 밖으로 나왔다. 박명수가 적어준 쪽지대로라면 열 명도 넘게 박명수의 꾐에 넘어간 것이었다.

"저걸 그냥 살려둬요?"

애들이 아파트를 올려다보고 물었다.

"봐주자. 그놈도 내 핏줄이다."

애들이 아무 말 없이 침을 찍 뱉었다.

찰거머리떼

아파트 계단 옆에 서서 심호흡을 했다. 황 마담이 문을 열어줄지 의문이었다. 보통 손님은 맞아들이지 않는 비밀요정이란걸 알기 때문이었다. 오십 평이 넘는 아파트 두 채를 이용한 황마담의 비밀요정은 사전에 계약하거나 황 마담이 인정하는 신분이 아니면 범접할 수조차 없는 성역이었다.

비밀루트를 통하지 않으면 사전에 계약할 수 없다고도 했다. 나는 열어주지 않으면 부수고라도 들어갈 작정을 하고 나선 길이었다.

초인종을 눌렀다.

"누구세요?"

안에서 고운 여자 목소리가 들렸다. 특수한 장치로 밖에 서 있는 사람의 신원을 확인하는 곳이란 얘기를 들었다.

"장 부장님이 먼저 와서 기다리라고 했습니다."

나는 정중하게 말했다. 안에서 화면으로 내 태도와 내 행동을 주시하고 있다는 생각을 하니 조금 긴장되었다.

"누굴 찾으시는데요?"

"황 여사님요."

"잘못 오신 거 아니세요? 여긴 그런 분 안 계신데요."

"잠깐만요."

나는 수첩에서 장 부장의 명함을 꺼내 들었다.

"확실히 여긴데요."

나는 특수 카메라가 어느 곳에 설치되어 있는지 몰라 가능한 대로 명함을 들어 보이며 말했다.

"실례지만 누구신가요?"

"장 부장님 새로 모시게 된 미스터 김입니다."

"그럼 프로듀서가 바뀌었나요?"

"예, 어제 발령 받았습니다."

나는 속으로 늘어지게 웃었다. 내 작전이 대충 맞아떨어지는 것 같았다. 연예가의 물귀신이라는 장 부장을 잘 팔기만 하면 황 마담의 비밀요정을 들어설 수 있다는 애들의 말이 맞는 것 같았다.

"잠깐 기다려보세요."

나는 내 얼굴이 나 모르게 화면에 비추어진다는 사실이 싫었다. 계단 쪽으로 얼굴을 돌린 채 기다렸다.

문이 열렸다.

"들어오세요."

첫눈에도 대단한 미인이었다. 나는 들어서며 재빨리 내부를 훑어보았다. 호화 아파트보다 더 세련되게 꾸며진 구조였다.

"이리 앉으시죠. 언니 나오실 거예요."

여자가 자리를 권했다. 등나무로 만든 소파에 기대어 앉았다. 불편한 자리였지만 내색하지 않으려고 담배를 빼어 물었다.

"이걸 태우시죠."

하늘거리는 원피스를 입은 여자의 종아리가 퍽 늘씬하다고 느꼈다. 속살이 거의 보이는 옷, 젖꼭지의 검붉은 자국과 돌출 부위까지도 느껴지는 얄사한 옷 속으로 그녀의 몸매를 읽을 수 있었다.

이제 갓 스무 살쯤 되어 보이는 이 여자를 어디선가 본 것 같았다.

"많이 본 얼굴인데요?"

내가 이렇게 말했다. 그녀는 입을 가리고 조용하게 웃었다.

"11기예요."

나는 고개를 끄덕였다. 신인 탤런트 모집에 끼어든 여자였다. 이 비밀요정에 오면 새파란 애들을 만날 수 있다는 말이 있었다. 11기라면 일 년이 조금 넘은 초년병들이었다.

"요즘 뭐 하죠?"

"연속극에 나가요."

"단역?"

"예, 저는 성주연예요. 잘 부탁합니다."

"반갑습니다. 열심히 하면 될 거예요. 그러고 보니까 우리 장 부장님께서 한번 얘기하신 것 같은데요?"

"그러셨을 거예요. 절 귀여워해 주세요. 열심히 할 테니 저를 잊지 마세요."

마주 앉은 모습이 너무 선정적이었다. 앉음새가 흐트러져 있었지만 추악해 보이지 않을 정도로 세련되어 있었다. 깊게 파인 가슴도 젖무덤 부위가 드러났지만 밤거리의 여인처럼 후줄근해 보이는 몸매가 아니었다.

팽팽한 탄력, 깨끗한 피부, 저절로 흔들릴 것 같은 율동미를 느낄 수 있었다.

황 마담이나 장 부장의 불가사의한 힘이 어떤 것인지 윤곽이 잡히는 기분이었다. 어쩌면 장 부장이나 탤런트에게 입김이 센 프로듀서와 가요계 여인들을 쥐고 있는 사내들이 황 마담에게 얹혀사는 것인지도 모른다는 생각이 들었다.

방 안을 훑어보았다. 모조품이라고 하기엔 너무 가치가 있어 보이는 골동품들이 벽에 가득 진열되어 있었다. 고서화와 현대화들이 정연하게 조화를 이루었고 장식이나 청동제품, 돌 조각들의 진열도 보통 솜씨가 아니었다.

이렇게 잘 꾸며진 방은 별로 본 적이 없었다. 김갑산 영감의 방도 이렇게 화려하지 않았고 큰돈 만지는 과부들 방도 이렇게 중후하지 않았다.

"절 귀여워해 주시면 손해는 안 볼 거예요. 그만한 보답을 해 드릴게요."

나는 그녀의 눈동자를 쳐다보았다. 까만 동공이 빛나고 있었다. 나같이 연속극 안 보는 사람에게 낯이 익은 걸 보면 꽤 출연이 잦은 여자인 것 같았다.

"학생이죠?"

"예, 연극영화과예요."

"여기는 왜 왔죠?"

그녀는 고개와 어깨를 까딱 흔들었다. 묘한 대답이었다. 알 필요 없다는 말대꾸 같기도 했고 알면서 왜 묻느냐는 투이기도 했다.

"안으로 들어오시래요."

안에서 성주연과 비슷한 또래의 여자가 이렇게 말했다. 나는 조심스럽게 안으로 들어갔다. 때 없이 입고 나온 양복과 넥타이가 퍽 불편했다.

괴춤을 한번 만져보았다. 이런 규모의 비밀요정이라면 텃세를 할 만한 어깨들이 황 마담 주변을 맴돌고 있을지도 모른다는 생각을 했다.

점쟁이들을 만나러 다니며 느낀 것은 가능하면 살이 붙었다는 주먹과 표창질을 하고 싶지 않았다. 어째서 그런 생각을 품게 되었는지는 모른다.

그저 그들에게 그런 소리를 듣고 힘의 부당함 같은 걸 느끼고 있었다.

가운데 둥근 소파에 앉은 여인도 낯익은 얼굴이었다. 왕년의 스타였다. 내가 어려서 도둑극장을 다닐 때 어린 내 가슴에서도 선망의 대상으로 남아 있던 영화배우였다. 서글서글한 눈매, 적당히 살이 오른 몸매, 아직도 윤기 도는 피부가 왕년의 스타다웠다.

"안녕하세요. 미스터 김입니다."

"반가워요. 앉아요."

황 마담은 자리를 권했다. 차탁 위엔 향긋한 차내음을 풍기는 찻잔이 놓여 있었다.

"제가 어려서 화면으로만 뵙고 실물을 뵙는 건 첨입니다."

"고마워요. 장 부장 부서로 온 모양이죠?"

"예."

"내 얘길 하던가요?"

"자주 하세요. 황 여사님께 귀염받게 굴라고요."

"그래요."

"제가 아무래도 쇼 프로그램을 맡을 것 같습니다. 장 부장님께서 황 여사님 찾아뵙고 가르침 받으라고 하시더군요. 그래서 찾아뵈었습니다."

나는 이렇게 얘기하며 내가 꽤 사기술에 능하다는 생각을 했다. 점쟁이가 남을 속이지 말라고 했었다. 한 번 속이면 열 번 속는 화를 입을 거라고도 했었다.

"장 부장도 오기로 했다죠?"

"예."

"이상해요. 꼭 미리 연락하고 오는 사람인데."

"같이 오기로 했는데 갑자기 회의가 열렸어요. 저더러 미리 가 있으라시더군요. 오늘은 아마 귀한 손님 모시고 올 모양입니다."

"누구죠?"

"저도 잘 모르겠어요. 큰 손님 가실 거라고 하던데요."

"아, 그럴 거예요."

황 마담은 방송국 내부의 문제를 꽤 깊숙하게 물었다. 나는 얼버무릴 수밖에 없었다.

별로 아는 게 없었다. 빨리 서두르지 않으면 눈치챌 것 같았다.

내가 애들한테 들은 얘기로는 연예인들을 등쳐먹거나 연예계 여자들을 미끼로 내세워 돈을 챙기는 찰거머리들은 소수라고 했다.

"얽히고설켜서 다 그런 것들 아니냐? 뻔할 뻔자 아냐?"

녀석한테 내가 은근히 채쳤다.

"나도 첨엔 그런 줄 알았지. 안에서 들여다보면 달라. 더럽게 고생하고 쥐꼬리만큼 받는 애들야."

"그만큼 받으면 상류 아니냐?"

"고생하는 거에 비해선 동냥하는 셈이란 말이다."

"우리나라서 어느 놈이 일한 만큼 배 터지게 받는 사람 있니? 악착같이 알겨먹으려고 눈깔에 불을 켠 판에 말이다."

"어느 집단이나 마찬가지지만 그 속에도 꽤 아귀찬 찰거머리들이 있지. 배역 선정하고 파우치 조정하고 출연자 점 찍을 수 있는 몇 놈들이 다 해 처먹으니까."

"꺼내봐."

녀석은 내가 꺼내놓으라고 하자 주절주절 늘어놓았다. 연예계 애들과 몇 년 어우러져 돌아다닌 실력이었다. 녀석은 그쪽 사정에 대해 아는 것도 많았다.

"장 부장이 왕초격이지. 그 자식은 철저해. 주면 준 만큼, 안 주면 안 준 만큼 반드시 지키는 놈이지. 노래 한 곡 보내며 봉투 넣어주면 액면가만큼 틀어주는 거야. 봉투가 없으면 몸으로 때울 수밖에 없고…… 그게 싫은 사람들은 아예 그 근처엔 가지 않아. 그런 반면에 나머지 PD들은 철저한 일벌레들이지. 건성으로 프로그램 짜기나 하고 모니터랍시고 프로그램이 어떠니 출연자가 어떠니 깝신대는 것들은 방송국에 들어가서 PD 노릇 열흘만 하면 제 발이 저려서 뛰어나올 놈들이지."

녀석은 거품을 물고 프로듀서들을 옹호하고 나섰다.

"임마, 뭔가 잘못하니까 비판받는 거 아냐?"

"정말 뭣두 모르는 것들이 뭣보구 탱자탱자 한다더니 그 꼴이지. 아가리로야 무슨 말을 못해. 텔레비전이나 라디오 프로그램이 거적대기 쓰고 설렁설렁 만드는 깡통놀음인 줄 알아? 밤 새며 피 토하며 만든 거라구. 여건이 안 맞고 부족하고 대갈통 나쁜 거야 부정하지 않겠지만 그들 나름대로 최선을 다한다 이거야. 그 몇 놈들 때문에 인식이 나쁠 뿐이지."

"너, 아예 때려치우고 프로듀서 옹호위원회나 대변인 노릇해라."

"그러고 싶을 때도 있다구. 배부른 놈들이 비스듬히 누워서 프로그램 쓱 보구서 배부른 소리로 깝신대는 건 올바른 비판이 못 돼. 비판하려면 근본적으로 애정의 전제 없인 이빨 까는 소리밖에 안 돼. 뭐든 보구서 욕지거리 하기처럼 쉬운 게 어디 있어? 욕 못하는 놈이 세상 천지에 어디 있어? 그렇다고 칭찬해 달라는 건 아냐. 뭐 좀 알고 비판하든지…… 비판 잘하는 놈이 똑똑하다는 인식도 문제는 문제야."

"지랄 떨지 말고 장 부장 얘기나 해라. 내가 필요한 건 다수의 고생하는 프로듀서 얘기가 아니라 장 부장 같은 찰거머리떼들 얘기다. 황 마담하고 어떻게 된 관계냐?"

"그러니까 이런 사실을 알고 개떡 같은 자식들 얘길 들으라 이거다. 네 말처럼 어느 집단이든 그런 찰거머리떼들은 있는 법이다."

"임마, 나도 알 만큼은 알아. 지금 고생하는 일꾼들 얘길 하자는 게 아냐. 장 부장 같은 찰거머리들 얘길 하자는 거야."

"알았다."

녀석은 장 부장의 내력을 상세하게 말하기 시작했다.

장 부장 같은 찰거머리들은 소수이긴 하지만 방송국 안에 견고한 성을 쌓고 찰거머리처럼 연예인들을 뜯어먹고 산다고 했다. 신곡이 나오면 봉투나 몸을 대가로 지불해야 하고, 탤런트라면 배역을 맡기 위해 똑같은 노력을 해야만 했다.

황 마담과 장 부장의 사업적인 결탁과정은 알려져 있지 않지만 장 부장과 황 마담의 사업은 공공연한 비밀처럼 떠돌았다. 황 마담이 연미희 같은 탤런트를 박명수라는 사기꾼에게 소개시켜 준 것도 소개비를 듬뿍 받아내고 저지른 장삿속이었다. 황 마담의 부탁이면 장 부장은 무리를 해서라도 기용하는 끈끈한 인연이라고 했다.

황 마담이 언제부터 신인들을 거느리게 되었는지는 모르지만 연예인이 필요한 사람이면 황 마담과 협조체제를 만들어 황 마담의 손길만 얻으면 된다고도 했다. 돈 많은 사내들은 황 마담에게 두둑한 현찰과 연예인을 교환하는 은밀한 거래를 하고 있었다.

이런 사실은 그런 쪽에 관심을 갖는 사람이면 대충 아는 사실이라고 했다.

그런데도 장 부장과 그를 추종하는 거머리들이 아직까지 존재하는 것과 황 마담 같은 고급 뚜쟁이가 엄연하게 존재하는 것은 그들의 존재가 절실한 이해집단이나 개인이 존재한다는 결론이었다.

연예계 여자와 하룻밤을 즐겼다는 것으로 남자의 길을 걸었다고 믿는 철부지 사내와 그것을 이용해 먹는 뚜쟁이와 연예인들의 피를 빨아 치부하는 프로듀서의 상태는 한마디로 오락산업의 인간화라는 현대의 비극인지도 모른다.

장난감을 아무리 잘 만들어도 복잡해지는 인간의 두뇌처럼 정교하거나 영원할 수가 없는 것이다. 그래서 사람들은 사람을 오락적 기구로 등장시키는 작업을 시작한 것이다.

어쩌면 그 대표적인 것이 프로레슬링에서 프로권투로 넘어온 것 같고 여자 가수가 오락산업의 주역으로 발돋움한 것인지도 모른다. 사람이 사람끼리 오락기구로 느끼는 감정이 얼마나 오래 지속될지 모르지만 그것은 인간의 파괴를 뜻하는 무서운 전쟁놀음을 유도해 내는 것이나 아닌지 모르겠다.

사람을 가지고 노는 것은 힘센 자만의 특권인지도 모른다.

황 마담의 표정은 재미있다는 표정이었다. 나를 퍽 다그치고 있었지만 그녀의 표정은 벙글거리며 웃고 있었다. 그것이 그녀가 오늘까지 고급 뚜쟁이로 커온 배짱인지도 모른다. 여자이면서 같은 처지의 젊은 여자들을 돈 많은 사내에게 팔아넘기는 짓을 해낼 수 있다는 건 보통 배짱으로 되는 게 아니었다.

"이봐 총각."

"네?"

계속 미스터 김이라고 부르던 여자가 갑자기 이런 식으로 나를 불렀다.

"총각, 배 고파?"

"아뇨."

"여기가 어딘 줄 알고 들어왔어?"

황 마담이 눈치를 챘을지 모른다는 생각이 들었다. 그렇다고 주저앉을 수는 없었다.

"황 여사님 집 아닌가요?"

"너, 어디서 굴러먹다 온 녀석이냐?"

황 마담은 단번에 이렇게 나왔다.

나는 배시시 웃었다.

"어떻게 아셨죠?"

"이 녀석아, 여기가 어디라는 것쯤은 알고 와야지. 건방진 녀석, 용돈이 필요하면 달라든지……."

황 마담은 핸드백을 열었다.

"너, 얼마 필요하냐?"

만 원짜리 몇 장을 꺼냈다.

"이왕 들통 난 마당인데 그게 뭡니까? 황 여사라면 손 큰 걸로 소문난 분인데 말입니다."

"잔소리 말고 가지고 썩 나가라. 벼락 치기 전에."

"장 부장한테 연락해 보신 겁니까?"

"멍청한 녀석. 여기가 어딘 줄 알고 들어왔냐?"

"이건 영화판 아닙니다. 대사 외운 걸로 얘기가 끝나진 않아요."

"그럼 어쩔 테냐?"

"좀 부숴줄까 합니다."

"힘 있으면 부숴봐라."

"정말입니까?"

"그렇다."

나는 소파 위에 있는 꽃병을 집어 들었다.

"이건 모조품이겠죠?"

나는 장식용의 여물통에다 꽃병을 내던졌다.

"이만하면 무단 주택침입에 폭행죄는 되겠죠? 일어나보슈. 얼마나 콧대가 센지 좀 봅시다."

나는 황 마담의 멱살을 잡아 일으키고 블라우스를 찢어버렸다. 황 마담이 소리쳤다. 문이 벌컥 열렸다.

사내들이 우르르 쏟아져 나왔다.

나보다 한 뼘씩 더 커 보이는 사내들이었다. 건장한 어깨선과 가슴을 느낄 수 있는 덩치들이었다.

"저놈을 죽여버려! 어서!"

찢어진 앞가슴을 여미며 황 마담이 소리쳤다. 나는 소파에 다시 앉았다.

"앉아서 말로 합시다. 덩치 큰 형씨들."

"이 자식이 제법 귀엽게 노는군."

한 사내가 여유 있는 몸짓으로 다가서며 말했다.

"형씨들이 더 귀엽게 노시는구만. 황 마담 밑 닦아주느라고 끼웃끼웃대는 게 정말 귀엽다."

"어허!"

사내들이 나를 에워쌌다. 황 마담이 차갑게 웃었다.

사내들은 황 마담의 눈치를 살피고 있었다. 황 마담은 기죽지 않는 내 표정에 잠깐 당황하는 눈치였다.

"너 어디서 왔냐?"

황 마담이 거만하게 물었다. 너무 배짱 좋게 나가는 내가 미덥지 않아 보였던 모양이었다.

"서울서 왔다. 어디서 온 게 그렇게 중요하슈?"

모처럼 깔끔하게 양복을 차려입고 나선 게 그녀에게 마음을 쓰이게 한 것 같았다.

"뭘 믿고 까부냐?"

"하느님 믿고 까불면 안 되는 거유? 그렇지 않으면 염라대왕 믿구 까부는 거유."

"없애!"

매몰찬 한마디였다. 이쯤이면 신분을 밝힐 일인데 자꾸 딴소리만 하는 것이 두려워할 곳에서 나오지 않았다는 걸 확인한 것 같았다.

사내들이 들어왔다.

나는 껑충 뛰어 베란다 쪽으로 붙어서 앞장선 녀석부터 걷어 찼다.

"으윽!"

한 녀석이 고꾸라졌다. 뒤미처 사내들이 합세했다. 매듭 공예품을 벗겨 사내들을 후렸다. 사내들은 날선 칼을 꺼내 들었다.

"이 새끼, 죽인다."

"아직 생명보험도 안 들었다. 이 자식아."

나는 몸을 날려 치고 들어가며 차례로 가격했다.

사내들이 쭉 뻗어 누웠다.

"황 마담, 이리 오시지."

황 마담은 차갑게 나를 쏘아보았다. 독기 서린 눈매였다. 산전수전 다 겪은 여자여서 다루기 쉽지 않을 것 같았다. 더구나 나같이 풋내 나는 사내 정도는 상대조차 않던 여자였다. 큰 손님만 상대하던 텃세가 역력하게 보였다.

"이리 오슈. 당신 졸개들 자빠진 거 보면 오시는 게 상책이란 것쯤은 알 거요."

황 마담이 느릿느릿 걸어와 소파에 앉았다. 앉음새가 퍽 요염했다. 괴고 앉은 다리 사이로 속치마 끝단과 희디흰 허벅지가 보였다. 요염한 자태에 넘어가지 않을 사내가 없을 것 같았다.

"뭘 원하지?"

아직도 기죽지 않은 말투였다.

"내가 뭘 원할 거 같소?"

"글쎄……."

그녀는 더 요염하게 웃었다.

"왜 왔다고 생각하슈?"

나도 장난스럽게 물었다.

"용돈이 필요한 사내 같진 않은데?"

"그렇소."

"그럼 내가 필요해?"

"잘 보셨소. 당신이 몽땅 필요합니다."

"내가 탐나면 말로 해야지. 보채는 것도 풋내가 나는군."

쉽게 넘어갈 배짱이 아니다 싶었다.

"풋내가 나는 것도 재미있잖소?"

"어린 게 뼈 삭으려고."

"당신한테 뼈 좀 삭아봅시다. 풋내가 나는지 단내가 나는지 한번 봅시다."

"그럼 옷 벗어라."

그녀는 일어섰다. 웃옷을 벗어 소파에 던졌다. 풍만한 육체였다. 나는 그녀를 노려보았다.

"부끄럽니?"

"벗어보슈. 심사를 해봐야 내가 욕심을 낼지 걷어찰지 정할 거 아뇨?"

"이게, 어따 대고……."

어린애 다루듯 말했다.

"이봐요, 황 마담. 당신 지금 사람 잘못 보느라고 애쓰고 있다는 걸 좀 알 수 없소?"

"어쩌란 말야?"

"당신 같은 고깃덩어리는 쌔고 쌨소. 옷 주워 입고 얌전하게 앉으슈. 내가 몽땅 당신을 갖겠다는 건 당신 모가지를 갖겠다는 거지 그따위 비곗덩어리를 갖겠다는 게 아니니까."

"뭐라구? 다시 한 번 주둥아릴 놀려봐? 이게 어따 대고……."

제법 날 서는 목청이었다. 나는 걸쩍하게 그녀를 잡아 소파 위로 팽개쳤다. 그녀가 흐트러졌다.

"연미희라고 알지?"

"안다."

"재일교포 청년 실업간지 사기꾼한테 이백만 원에 넘겨줬지?"

"그걸 네가 알아서 뭐 하겠다는 거냐? 남 일에 왜 신경 세워?"

"당신, 내가 손대면 그따위로 아가리 놀리진 못할 거야. 여자라고 참는 게 아니라 당신 배짱 때문에 참아주는 거야. 그따위로 대답하면 용서 않겠어. 정신 차리고 대답해. 신인 탤런트나 가수 들을 계속 팔아먹을래? 아니면 손 씻고 이런 장사나 할래?"

그녀는 여전히 나를 노려보고 있었다. 웬만한 여자 같으면 벌써 무릎을 꿇고 사정을 했을 일이었다. 비밀요정을 운영하는 여자라면 약자인데도 그녀는 무엇을 믿는지 당당하게 대들었다.

"당신이 팔아먹은 여자들 불쌍하지도 않아? 얼굴 팔고 이름 팔아서 출세 좀 해보겠다는 어린애들을 그렇게 곯려먹어야 시원하단 말야?"

"도대체 너 누구냐?"

쉽게 기죽을 여자가 아닌 것 같았다. 단단히 믿는 데가 있는 것 같았다. 하긴 믿는 데가 없이 소문난 여자로 찰거머리짓 할 순 없을 것 같았다.

"보다시피 사람이다."

"사내답게 원하는 거 있으면 말해."

그녀는 흐트러진 몸매를 가다듬으며 담배를 피워 물었다.

"말하지. 장 부장 불러라. 그리고 여기 있는 애들 죄 불러라."

"왜?"

"얘기 좀 해야겠다."

"쓸데없는 짓 않는 게 좋아."

여전히 배짱 좋게 나왔다.

"분명히 말하겠다. 수틀리면 작살 내겠다. 비밀요정이든 네 빽이든 다 까발리겠다. 무슨 말인가 알겠지."

"안다."

"빨리 불러라."

그녀는 전화를 걸고 돌아섰다. 건넌방에 있던 여자애들이 얌전하게 걸어왔다. 낯익은 얼굴들이 네 명이나 있었다.

"넌 탤런트지?"

"……"

대답 대신 고개를 끄덕였다.

"넌 가수지?"

"네."

기어들어가는 목소리였다.

"황 마담. 얘들하고 하루 저녁 노는데 얼마야?"

황 마담은 배시시 웃었다.

"오십만 원 낼 배짱 있어?"

"걸레 데리고 자는데 무슨 오십만 원 내야 해?"

계집애들 표정이 굳어졌다.

"큰소리치지 마라. 네 손에 죽을 년 같으면 여태 살아 있질 않았다. 넌 내가 어떤 년인지 몰라서 그래. 한마디만 하면 넌 뼈도 못 찾게 돼. 그러니 이쯤 했으면 흥정하자구. 네 얘기 다 들어줄 테니까. 알았어?"

"나두 빽은 좀 있는 편이다. 어떤 고관대작 빽인지 모르지만 한번 붙어보자."

"까불면 정말 죽인다."

"으흐흐흐……"

나는 황 마담을 끌어내어 소파 위에 내던졌다. 우윳빛 속살이 그대로 드러났다.

"잘 들어라. 네가 팔아먹은 여자들이 어떻게 출세했는지 모르지만 뭣 좀 있다는 자식들한테 네가 얻어 처먹은 만큼은 토해내게 할 테다. 별놈 다 있겠지. 쓸 만한 애국자와 존경할 만한 지도자와 믿을 만한 부자 늙은이들이 네 고객이라는 것도 안다. 나 하나쯤 쉽게 어쩔 수 있으리라고 생각하지만 그건 오산야. 난 쉽게 안 죽어. 백 살 넘게 살아 있어야 할 놈이다. 영화배우 시켜준다고 몸 뺏고 돈 울궈먹는 놈들이야 제 딸년 팔아먹을 소질까지 있으니까 내가 상관할 바 아니지만 넌 질이 좀 달라. 출연을 미끼로 방송국의 수챗구멍에서 기어 나온 찰거머리한테 여자를 팔아넘기는 것도 부족해서 걔들을 늙은 사내들한테 또 팔아넘기는 건 내 눈으로 못 봐주겠어."

"그래서 어쩔래?"

"몰아서 쓰레기통 속에 처박아줄 테다."

"놀구 있네."

"잘 놀다 갈 테니 두고 봐라."

아무리 다그쳐도 황 마담 배짱은 꺾이지 않았다.

초인종 소리가 울렸다. 황 마담이 스위치를 가볍게 올렸다. 화면에 방송가의 찰거머리 장 부장 모습이 보였다.

"열어줘라."

황 마담이 말했다.

"들어오세요."

계집애가 문을 열어주었다. 장 부장이 들어서다 말고 멈칫했다.

"장 부장, 들어오슈. 기다리고 있었소."

내가 문 앞으로 걸어가 장 부장의 멱살을 잡아 소파 위로 내던졌다. 장 부장이 뒹굴었다. 아까 제법 큰소리치던 사내들이 한쪽 구석에 쪼그리고 앉아서 나뒹군 장 부장을 쳐다보고 있었다.

"무슨 일요?"

나와 황 마담을 번갈아 쳐다보며 장 부장이 물었다.

"장 부장 잘 들어라. 네가 그 유명한 방송국의 찰거머리냐? 생긴 게 찰거머리처럼 생겼다. 탤런트, 가수들 피 빨아먹어서 뽀얗게 살이 올랐구나."

"무슨 말요?"

장 부장이 정색을 했다.

"옷 벗어라."

"예?"

"넥타이 풀고 팬티 바람으로 서봐."

"왜 이러십니까?"

"신체검사 좀 하자. 도대체 찰거머리가 어떻게 생겼는지 자세히 뜯어 좀 보자. 빨리 벗어!"

장 부장은 황 마담과 둘러선 여자들을 재빨리 훑어보았다.

"벗어요."

황 마담이 냉랭하게 말했다. 그래도 장·부장은 주춤거렸다.

"윽!"

장 부장이 또 한 번 나뒹굴었다. 그러고는 서둘러 옷을 벗었다.

"꼼짝 말고 서서 묻는 말에 대답해. 신곡 틀어주는 데 얼마 받냐?"

"그건……."

"좋다. 당신들 다 들어가."

나는 사람들을 모두 방으로 몰아넣고 전화줄을 잡아 뺐다. 혹시 밖으로 연락해서 귀찮은 애들이 몰려올지 모르기 때문이었다. 황 마담 정도라면 내가 귀찮아할 만한 애들일지도 모른다.

"대중없습니다."

두려운 목소리였다.

"다 알고 왔다. 수틀리게 굴면 널 그대로 끌고 나갈 테니까 알아서 겨. 내 말 알아?"

"네."

몇 대 얻어맞은 장 부장은 할 수 없었는지 죄 털어놓았다.

장 부장은 계산에 철저한 찰거머리였다. 인기 순위는 물론이지만 신곡 한 곡을 틀어주는 데도 쥐약을 먹지 않으면 안 되는 사내였다. 연속극에 출연시키는 것도 그의 계산은 철두철미했다. 레코드 제작회사에서 으레 장 부장한테는 판과 봉투를 건네줄 수밖에 없었다.

봉투가 없어도 되는 건 젊은 여자들이었다. 능력을 인정받는 것은 봉투와 육체의 잔치 가운데 하나였다.

그러나 그것이 싫은 탤런트나 가수들은 그런 흥정에 매달리는 사람보다 많았다. 능력이 없는 탤런트나 가수로 전락할 수밖에 없었다.

연기력이 탁월하거나 가창력이 뛰어난 사람은 장 부장 손아귀에서 놀지 않았다. 그는 언제나 출세하고 싶은 기회주의자 위에 군림했다.

"이 자식아, 너 같은 자식 때문에 고생하는 동료들이 싸잡아 먹히잖아! 너 같은 놈은 방송국 철탑 위에 매달아도 시원찮은 놈야."

"다시는 안 그러겠습니다. 정말입니다."

"물론 다시 그러지야 않겠지. 너 같은 찰거머리들 할 얘긴 그것뿐이니까."

"아닙니다. 정말입니다."

"네 재산 명세 좀 밝혀라."

"별로 가진 게 없습니다."

"이 자식이 지금 농담 따먹기 하는 줄 알아?"

장 부장은 견딜 수 없었는지 비명을 지르며 소파 밑으로 기어 들어갔다. 나는 사정없이 걷어찼다.

"이 더러운 찰거머리야. 가엾은 여자들 몸 뺏고 돈 챙겨서 잘 처먹고 잘사는 게 그렇게 좋대? 돈 없으면 네 딸년이라도 팔

놈이지?"

"아닙니다."

"그래, 네 딸년은 귀중하고 남의 집 딸년은 네 눈깔 꼴리는 대로 해도 괜찮다 이거냐?"

"그게 아닙니다."

"네 버르장머리 고치려면 네 자식 새끼들과 네 마누라를 여기 데려다놓고 네 주둥아리로 다시 얘길 시켜주마. 방송을 몇백만 명이 본다는 걸 잊지 마라. 넌 몇백만 명을 우롱하고 낄낄거린 놈야."

"선생님, 제발……."

장 부장은 무릎을 꿇었다. 나는 그런 장 부장의 턱을 올려붙였다. 장 부장이 내 발목을 잡고 애원했다.

"선생님, 하란 대로 다 할게요."

"벗은 채로 나가라. 내가 피켓을 만들어줄 테니."

나는 정말 장 부장의 죄목을 상세하게 적은 피켓을 만들어주고 싶었다. 탤런트나 가수가 되어 이름자를 남기겠다는 열성파들을 출발지점서부터 간교한 술수로 더럽히는 이들을 그냥 두고 싶지는 않았다. 연예인은 대중의 공동소유이지 이런 소수 찰거머리들의 독점품은 아닌 것이었다.

그들을 출연시키고 인기 순위를 조작할 수 있는 자리에 앉아 있다는 걸 미끼로 황당한 관계를 꾸미고 그것이 먹혀들어가는 풍토를 어디서부터 치고 들어갈 수 있단 말인가.

하느님, 이런 작태는 세상 어디에나 있겠죠. 사람 사는 곳엔 어디든 간계를 부리는 사람이 있겠죠. 하느님 없으면 존재 가치도 없을 종교집단마저도 그런 간계가 난무한다는 걸 신문을 읽어서 알고 있습니다.

하느님, 간교한 소수는 늘 있어야 하는 겁니까? 그런 인간이 없으면 하느님은 심심한가요? 지옥에 사람을 보내줘야 할 중대한 사명이 하느님에게도 있으신 겁니까?

탤런트나 가수들을 주무를 수 있는 건 그들을 사랑하고 좋아하는 대중밖에 없습니다. 그것을 조작하는 소수는 대중을 우롱한 겁니다. 결국 그들은 국민을 속이는 소수의 지도자들과 다를 바 없습니다.

하느님, 간악한 무리를 채찍을 휘둘러 내쫓지 않는 이유가 뭡니까?

이젠 지쳤습니까? 아니면 너무 노쇠해서 그럴 힘이 없는 겁니까? 그도 아니면 될 대로 되라는 겁니까?

대중에겐 우상이 필요합니다. 탤런트나 가수나 운동선수나 과학자를 가리지 않고 우상이 필요합니다. 그런 우상은 조금씩 조작될 수도 있습니다.

그러나 찰거머리들에게 대중의 우상이 뜯어먹히는 건 용납해서는 될 일이 아닙니다. 그들은 화려한 무대 뒤에서 피눈물 나는 연습과 훈련을 쌓은 사람들입니다. 하루아침에 그런 훌륭한 연기나 가창 실력이 나오는 건 아닙니다.

피투성이가 되도록 노력하는 그들 앞에 찰거머리떼가 나타나 그들의 또 다른 피를 빼앗기게 한다는 건 하느님의 직권남용이거나 직무태만일지 모릅니다.

그런 식으로 계속되면 하느님 재판소를 인간들이 설치할 지 모릅니다. 몸조심하는 게 상책입니다.

장 부장은 쉽게 자술서를 쓰지 않았다. 아무리 다그쳐도 빠져나갈 구멍을 남겨두려고 했다.

"레코드 회사에서 얼마씩 받아먹었는지 먼저 써라. 그리고 가수나 탤런트한테 빼앗아 챙긴 것도 차례로 써라. 사기 쳐서 자술서 쓸 생각은 말아라. 자술서마저 사기 쳤다간 넌 만수무강하지 못할 테니까."

장 부장은 눈물을 뚝뚝 흘리며 매달렸다.

"다시는 이런 짓 않겠습니다. 제가 사표를 내면 되잖습니까. 그 정도면 제 마음 아시겠죠. 제발, 제발……."

나는 장 부장을 잡아 소파 구석에 구겨 넣듯 처박아놓고 볼펜과 공책 한 권을 내밀었다.

"먼저 네가 진술서를 솔직하게 쓰는지부터 확인한 뒤에 결정하겠다."

장 부장은 기억을 더듬는지 눈을 감았다 뜨면서 끄적거리고 있었다.

한참 만에 장 부장은 공책을 내밀었다.

"네 죄악상이 가관이다. 이거 들고 지옥에 가면 마귀들도 너만은 함부로 못 다루겠다. 이 천하에 지렁이만도 못한 놈."

나는 참지 못하고 몇 대 갈겨버렸다. 연예인들과 관련 업체에서 뜯어먹은 게 진저리가 쳐질 정도로 많았다. 녀석이 큰 몫은 빼고 썼겠지만 자잘하다고 생각하는 몫만 해도 내 입이 딱 벌어질 지경이었다.

"황 마담, 이리 나오슈."

내가 문을 열고 황 마담을 불렀다. 황 마담 표정에서는 여전히 고자세를 느낄 수 있었다.

"나하고 갈 데가 있소. 옷 입고 따라 나오슈."

"못 갈 거야 없지. 너희들은 집 잘 봐라. 걱정을 말고."

나는 웃고 말았다. 여자 배짱이 그만하면 됐다 싶었다.

황 마담은 방문을 열고 옷을 뒤적거렸다. 수백 벌은 됨직한 옷만 넣는 방이었다.

황 마담이 흘낏 뒤돌아다 보았다.

"그렇게 보고 싶으면 들어오시지."

그녀는 이미 반라의 몸이었다. 나는 말없이 고개를 돌렸다. 아름답다고 하기엔 조금 풍만한 육체, 그러나 탄력을 느끼게 하는 육체였다. 건드리기만 해도 툭 터져버릴 것처럼 농익은 여체였다.

"잠깐 들어와요."

퍽 다정한 목소리였다.

"어서 옷이나 갈아입으슈. 총각 기죽어서 들어가겠소?"

"이럴 때, 세상에 나 같은 여자도 있다는 걸 봐두는 게 좋으실 텐데."

"비곗덩어리야 정육점에 가도 썼소."

"순진하셔."

아까까지만 해도 그런 말을 하면 큰소리치던 여자였었다.

"잠깐 들어와요. 할 얘기도 있으니까."

"난 비계를 별로 좋아하지 않소."

"그럼 문 닫읍시다."

"그러슈."

그녀는 돌아서서 방문을 닫았다. 나는 그때 기막힌 그녀의 앞가슴을 보았다. 그 나이에 그렇게 팽팽한 가슴을 소유할 수 있다는 게 신기해 보였다.

장 부장의 얼굴은 금방이라도 기절할 사람 같았다. 내가 생각해도 처량한 신세였다. 연예인과 레코드업계에서 큰소리만 치던 찰거머리가 자술서를 써놓고 곤두박질치는 그의 화려한 과거를 되새기는 것인지도 모른다.

"이봐, 장 부장."

"예."

눈을 크게 뜨고 대답했다.

"가엾은 여자들한테 몸도 상납받았다는데 네 마누라한테 한 번도 안 들켰냐?"

"예."

기어들어가는 목소리였다.

"나도 명색이 사내자식인데 찔러 바칠 수야 없잖아. 네 버르장머릴 어떻게 고쳐주랴? 네 입으로 어디 한번 말해 봐라."

"한 번만 용서해 주세요. 다신 그런 짓 않겠습니다. 정말입니다."

"네 말 믿을 사람이 어디 있어?"

"하느님께 맹세하겠습니다."

"지랄하고 자빠졌네. 임마, 하느님이 웃겠다."

"믿어보세요. 한 번만 믿어보세요. 사표도 쓰겠습니다."

"너 같은 찰거머리는 사표 아니라 오표를 써도 안 돼."

"선생님, 제발……."

"너 같은 놈 갈친 적 없다. 막냇동생 같은 놈한테 선생님이 뭐냐 임마. 넋 떨어진 자식!"

"선생님……."

장 부장은 계속 애원조의 말만 늘어놓았다.

"너희들 이리 와."

마룻바닥에 엉거주춤 서 있는 계집애들이 비척거리며 다가왔다.

"너희들, 차라리 창녀가 돼라. 그 여자들은 뼈대라도 있다. 몸으로 출세하려는 년들 끝 좋은 거 봤냐? 몸 파는 게 예술이냐?"

"……."

아무도 대꾸하는 여자가 없었다. 무슨 체면에 입을 열 수 있을까. 그러나 그들의 표정은 뻔뻔스러웠다. 하긴 그 지경으로 출세에 목을 맨 여자들이라면 뻔뻔스럽지 않은 게 이상한 것이었다.

"대답해 봐! 몸 파는 게 예술야?"

"……"

여자들 표정은 여전히 뻔뻔했다.

얼굴이 두껍기 시작하면 여자를 당할 수 없다는 말도 있었다. 나는 얼굴이 제법 팔린 탤런트의 따귀를 한 대 때렸다.

"어마!"

"가죽이 두꺼워서 아프지 않겠지."

나는 황 마담 그늘에서 몸을 무기로 출세하려는 여자들을 차례로 때려주었다. 성질 같아서는 장 부장처럼 치도곤을 내고 싶었지만 차마 손을 댈 수가 없었다.

여자들은 얼굴을 감싸 쥐고 구석으로 비켜섰다.

황 마담이 방문을 열었다. 화사했다. 연한 분홍빛이 도는 바탕에 까만 줄이 박힌 실크 투피스였다.

"가봅시다."

하얀 핸드백까지도 인상적이었다. 핸드백 모서리엔 녹음기처럼 생긴 물건이 보였다.

황 마담이 성큼성큼 걸어왔다. 꼭지가 환하게 보이는 가슴을 내밀고 씨익 웃었다.

"장 부장, 너도 일어나."

장 부장은 괴로운 표정으로 일어섰다. 장 부장의 표정과 황 마담의 표정은 대조적이었다. 장 부장은 잘 걷지 못했다. 나는 장 부장의 겨드랑이를 끼고 일어났다.

치익!

그 순간 황 마담은 핸드백 속에 있는 물건을 치켜들었다. 분사되는 액체가 코 끝에서 짙은 화공냄새를 풍겼다.

숨이 가빠졌다. 무엇인지 모르지만 목구멍을 톡 쏘았다.

갑자기 몽롱했다. 숨이 탁탁 막혔다. 머릿속이 빙글빙글 돌았다.

나는 쓰러진다는 걸 느꼈다.

"아, 아!"

겨우 내가 할 수 있는 말은 그것뿐이었다. 황 마담이 다급하게 뭐라고 소리 지르는 것도 아련하게 들었고 둘러섰던 사람들의 술렁이는 소리도 아련하게 들었다.

그리고 나는 아무것도 알 수가 없었다. 그저 막연히 끝장난다는 생각을 했다.

그 짧은 순간에 수많은 생각이 떠올랐다. 점쟁이 말도 새삼스럽게 떠올랐다. 어머니 말처럼 일찌감치 염라대왕한테 간 아버지와 잔병치레로 골골하는 광신의 한을 외아들에게 풀어보려는 어머니, 내가 태어나서 내 사랑의 주식을 가장 많이 분배

해 준 다혜, 그리고 내 엉망진창의 과거…….

하느님, 끝장인가요?
살려주세요.
제발…….

나는 살아 있었다.

차츰 의식을 되찾았다. 몽롱한 것은 여전했지만 내가 살아 있다는 것은 확실했다.

나는 몸을 부르르 떨었다. 살아 있다는 건 전율이었다. 하느님에게 기도했던 마지막 몸부림은 뚜렷하게 기억났다.

손목이 뒤로 묶여 있었다. 발목엔 철사 줄이 옥죄고 있었다. 캄캄한 시멘트 벽과 차가운 시멘트 바닥이었다. 어딘지 알 수 없었지만 지하실인 것만은 확실했다.

참으로 허무하게 당한 꼴이었다. 녹음기처럼 생긴 물건은 특수한 무기 같았다. 분사액을 맞자마자 나는 혼미해졌었다. 마취제이거나 특수한 화공약품인 것 같았다.

시멘트 바닥을 발길로 때려보고 소리를 질러봤지만 아무런 응답도 없었다. 내 위치가 어디인지조차 알 수 없었다. 철문 쪽엔 가파른 계단이어서 접근하기 어려웠다. 묶인 손발을 풀더라도 빠져나가긴 어려운 것 같았다.

묶인 것을 풀어보려고 했지만 내 힘으론 풀 수 없었다.

황 마담이 나를 살려줄 것 같지 않았다. 더구나 나를 감쪽같이 해치울 수만 있다면 장 부장이 목숨을 걸 만큼 나를 증오하고 있을 것 같았다. 찰거머리들은 지금 나를 없애도 되는지를 다각적으로 검토하고 있을 것 같았다.

나를 이렇게 살려둔 배경엔 반드시 그런 음모가 도사리고 있을 것 같았다. 내가 단독으로 저지른 것이라면 손쉽게 없앨 계획일 것이고 내 행동을 알고 있는 사람이나 나를 행동대원으로 파견한 뒷손이 있다면 흥정을 하려고 벼를지 모른다.

지금쯤 내 신상을 캐내어 흥정을 하거나 없앨 계획을 세울지 모른다. 어쨌든 나는 꼼짝없이 그들 손아귀에 들어 있는 신세였다.

내가 할 수 있는 일이란 고작 묶인 빨래줄을 끊어보려고 몸부림을 치거나 구원의 손길을 기다리는 수밖에 없었다. 차가운 시멘트 바닥에서 거우 일어났다. 토끼처럼 깡충거리며 뛰어보았다. 살아날 방법이 떠오르지 않았다.

영화에선 주인공이 곧잘 극한 상황에서 살아나는 게 많았지만 지금의 내 신세는 그렇지 않았다. 어딜 살펴도 내가 빠져나갈 길은 없었다.

허리띠 속에 감추었던 표창도 없어졌다. 허리띠와 구두끈까지도 없었다. 날선 표창 한 자루만 있어도 손목을 풀어낼 수 있을 것 같았다.

시멘트 바닥에 계속 비벼댔다. 한 겹만 풀어내면 손목의 빨랫줄은 풀 수 있었다. 손목을 엉덩이 밑으로 넣어 앞으로 빼내어 시멘트 벽에 계속 비벼댔다. 내가 깨어나면 그 정도는 풀 수 있을 거라고 생각한 것 같았다.

한참 만에 손목의 빨랫줄과 발목의 철사 줄을 풀어냈다.

그러나 결과는 마찬가지였다. 살아 나갈 길이 막연했다. 지하실은 견고했고 철문은 끄덕도 하지 않았다. 이대로 며칠만 가두어두면 제풀에 죽을 것 같았다. 목이 말랐다. 담배가 피우고 싶었다. 아니 바깥 공기를 맡고 싶었다. 그저 흙먼지가 풀썩거려도 좋은 그런 공기를 마시고 싶었다. 공해로 찌든 공기라도 좋았다. 지렁이가 나오는 수돗물이라도 마구 퍼마셨으면 좋을 것 같았다.

아! 살아 있다는 것만으로 인간은 얼마나 행복한 것인지 모른다.

하느님, 당신은 나를 살려주셔야 합니다. 나 같은 사내가 한 명쯤 이 땅에 살아 있는 건 하느님을 위해서도 즐거운 일입니다.

하느님이 정의롭게 살라고 가르치셨죠? 그리고 불의를 보고 참지 말라고 가르치기도 했습니다. 그렇다고 내 행위가 모두 옳은 것만은 아닙니다. 그러나 상식이 통하지 않는 작자들을 법이라고 하는 큰 구멍으로 걸러낼 순 없잖습니까.

법이란 항시 구멍이 뚫려 있습니다. 사람의 문제는 법만으로 해결되는 건 아닙니다. 법망을 피해 흉악한 짓을 하는 무리가 얼마나 많습니까. 나랏돈을 구멍내고 뒷구멍으로 제 뱃속 채우는 공무원들의 뻔뻔스러움은 어째서 용납하며 귀여운 소녀 팔아 치부하는 사내들은 어째서 잘 살게 내버려두는 겁니까.

하느님, 아무튼 나 같은 사내는 살려두는 게 좋습니다. 악착같이 살아남을 겁니다.

지하실 바닥을 죄 훑어보아도 손목에서 끊어낸 빨랫줄과 발목에서 풀어낸 철사 줄뿐이었다. 그것만 가지고 육중한 철문을 뚫어낼 수는 없었다. 황 마담은 치밀한 여자 같았다.

철문 틈새로 바깥 공기를 맡아보았다. 철문 바깥으로 또 다른 철문이 있을 것 같았다. 보통 건물의 지하실이 아니라 규모가 조금 큰 건물의 지하실인 것 같았다.

어느 정도 시간이 흘렀는지 알 수 없었지만 배가 몹시 고파왔다.

철문 열리는 소리가 들렸다. 나는 철문 바로 옆에 기대어 섰다. 들어서는 순간 내려칠 생각이었다.

"비켜서라."

카랑카랑한 황 마담 목소리였다. 나는 숨을 죽인 채 주먹을 힘주어 쥐었다.

갑자기 지하실이 환해졌다. 높은 천장에 매달려 있던 백열등이 강한 불빛을 쏟아놓았다. 눈이 부셨다.

"폼 그만 잡고 내려서라. 죽기 싫으면 어서!"

나는 사방을 훑어보았다. 천장의 백열등 주위에 나를 감시할 수 있는 기계가 설치되어 있는지도 모른다는 생각을 했다.

"용케도 묶은 걸 풀었구나. 아래로 내려서라. 어서!"

나는 꼼짝 못하고 지하실 구석으로 내려섰다. 철문이 열렸다. 건장한 사내들 손엔 사냥용 장총이 들려 있었다. 뒤따라 들어오는 사내들은 쇠갈고리를 들고 있었다.

"귀여운 녀석. 이제 정신 좀 차려라."

황 마담이 천천히 계단을 내려섰다. 황 마담 옆엔 후리후리하게 생긴 사내가 느린 동작으로 내려왔다. 몹시 빨라 보였다. 무공 스님을 처음 만났을 때 느꼈던 긴장감을 가졌다. 눈매는 부드러웠지만 표정이나 움직임이 예삿사람은 아닌 것 같았다.

"무릎 꿇어라."

황 마담이 내 앞에 버티고 서서 이렇게 말했다.

"황 마담, 차라리 나를 죽이지그래."

"그러지 않아도 죽여주마. 너 같은 녀석은 살려둘 가치가 없어. 나한테 감히 덤비다니."

"함부로 나를 없애진 못할 거다."

"어린 녀석이 겁도 없군."

"내가 당신한테 찾아갈 땐 그만한 각오 없이 가진 않았을 것쯤은 알겠지."

"아무리 그래도 살아나진 못한다. 내 손에 걸린 게 죄다."

"쉽게 죽진 않을 거다."

나는 황 마담 옆에 늘어선 사내들은 두렵지 않았지만 말없이 팔짱을 끼고 서 있는 사내만은 두렵다는 생각이 들었다.

"이 자식을 없애버려."

황 마담이 둘러선 사내들에게 이렇게 말했다. 쇠갈고리 든 사내들이 나를 에워쌌다. 나는 가볍게 몸을 피해 가운데로 나왔다.

쉬익 쉬익!

쇠갈고리가 바람 소리를 냈다.

나는 앞선 녀석부터 재빨리 걷어찼다. 황 마담과 사냥총 든 사내들이 뒤로 물러났다.

쇠갈고리 든 사내들을 눕히고 돌아섰다. 총구가 나를 겨냥하고 있었다.

"쏴버려. 어서!"

황 마담이 날카롭게 소리 질렀다. 사내들이 나를 정통으로 겨냥한 채 움직이지 않았다. 나는 소름 끼치는 순간을 맞았다. 다른 건 다 피할 수 있을지 모르지만 총알을 피할 재간은 없었다.

사람들이 옛날처럼 무술정신을 갖지 않는 것은 총알이 발명된 이후에 어쩔 수 없는 현상인 것 같았다.

총 한 방이면 수십 년을 갈고닦은 무술도 일순간에 끝나는 것이었다.

총알은 비정한 것이었다. 사람 냄새는 하나도 나지 않는 살

상무기일 뿐이었다. 무술은 인간미가 있지만 총알은 그런 게
없었다.

"어서 쏴!"

황 마담이 비명처럼 소리 질렀다. 나는 총구를 피할 생각조
차 할 수 없었다.

"어서!"

나는 그 순간에 팔짱을 끼고 있는 사내를 쳐다보았다. 미동
도 하지 않았다. 그의 눈빛은 강렬했다.

"쏘래두!"

황 마담이 재촉했다.

"어때? 흥정합시다."

팔짱 낀 사내는 비로소 입을 열었다. 높낮이가 없는 목소리
가 침착했다.

"어서 쏴! 빨리."

황 마담이 발악적으로 소리쳤다. 팔짱 낀 사내가 내게 바짝
다가섰다.

"비켜! 쏘라니까."

황 마담이 다급하게 소리 질렀다. 총을 든 사내들은 대꾸 없
이 겨냥만 했다.

"흥정하겠소?"

나는 고개를 끄덕였다.

"총 내려라."

팔짱 낀 사내가 이렇게 한마디 하자 모두 총을 내렸다.

"이게 무슨 짓야? 약속하고 틀리잖아? 미스터 유, 왜 이래?"

황 마담이 발악하는 소리를 질렀지만 팔짱 낀 사내는 내 어깨를 잡았다.

"한판 겨룹시다. 이기는 사람 맘대로요."

"좋소."

나는 명쾌하게 대답했다. 황 마담이 떠들든 말든 팔짱을 푼 사내는 웃옷을 벗어 바닥에 내려놓았다. 아무래도 이 사내의 명령 없이는 다른 사내들이 움직일 것 같지 않았다.

"누님, 가만 계슈, 약속은 지킬 테니까."

사내가 이렇게 말대꾸를 하자 황 마담이 지하실 계단에 얌전하게 앉았다. 나는 옷을 벗어 바닥에 내려놓았다.

동작선이 느렸다. 사내는 별로 움직이지 않았고 몸을 재지도 않았다. 그러나 공격은 번번이 빗나가기만 했다. 나는 사력을 다했다. 이 사내를 거꾸러뜨리지 못하면 내 목숨도 마지막일 것 같았다.

사내는 좀처럼 공격하지 않았다.

내 공격을 피하는 것만으로 만족하려는 것 같았다. 나는 몸을 날려 공격하며 허점을 짚어나갔다.

한참 동안 나는 헛손질만 한 셈이었다.

그는 가볍게 몸을 날려 내 손목의 혈을 찍었다.

나는 대자로 뻗어 누웠다.

이렇게 강한 상대는 무초권법을 배운 이후에 처음이었다. 단한 번도 공격을 성사시키지 못했다. 무서운 사내였다.

"내 이름은 유기하요. 이걸로 우리 흥정은 끝났소. 나도 장 형을 잊고 장 형도 이번 일을 다 잊어버립시다. 자, 돌아가시오."

나는 간신히 일어났다. 손목이 퍼렇게 힘줄 솟은 자국으로 드러났다. 유기하는 다가와 혈을 지그시 눌러 풀어주었다.

나는 고개를 끄덕이고 비척비척 계단을 딛고 올라섰다. 황 마담이 무섭게, 그러나 가소롭다는 듯이 나를 쳐다보고 있었다.

나는 그런 황 마담을 걷어찼다.

황 마담이 계단으로 굴러떨어졌다. 유기하가 껄껄거리며 웃었다.

"반드시 당신을 찾아가겠소."

나는 참담한 목소리로 말하고 문을 열고 나섰다. 유기하의 웃음소리가 뒤통수를 때리고 있었다.

무공 스님

햇살이 눈부셨다. 나는 지그시 눈을 감고 내 참담한 패배와 굴욕감을 분석하고 있었다.

아무리 생각해도 실력이 모자란 것이었다. 유기하란 친구에 겐 헛점이 보이지 않았다. 완벽한 방어 자세였고 완벽한 공격 이었다.

나는 그 자리에 주저앉아 울고 싶었다. 황 마담과 장 부장의 치졸한 행위에 대해선 금방 잊어버릴 수 있었지만 유기하의 솜씨와 내 치욕적인 패배만은 영원히 잊혀질 것 같지 않았다.

무공 스님을 찾아나설 생각을 했다. 회초리 한 개만 있으면 천하를 호령할 수 있는 그 스님의 신기를 내가 다 배울 수는 없었다. 그러나 이런 참담한 패배를 딛고 살아갈 수는 없었다. 무공 스님한테 종아리를 얼마나 맞게 될지 모르지만 기어코 무공권법의 진수를 손에 넣을 결심이었다.

유기하가 나를 살려 보낸 것은 적수가 아니라는 뜻이었다. 강자는 관용이 있는 것이었다. 나 정도는 언제라도 해치울 수 있기 때문에 살려 보낼 수 있었을 것이다. 빠르지도 않았고 그렇다고 느리지도 않았다. 그러면서도 내 빠른 몸짓을 여유 있게 막아낸 것을 보면 분명히 나보다 한 수 위라고 할 수 있었다.

힘없이 걸었다. 이런 참담한 패배를 맛보고 살 순 없었다.

은주 누나는 곱지 않게 말했다.

"연락도 없이 돌아다니면 궁금해하는 사람 생각도 안 나는 거니?"

"그럴 사정이 있었어."

"어디 아팠니?"

"응."

"이상하다."

"더 묻지 마."

나는 침대 위에 쓰러져 눈꺼풀을 누르는 잠을 거부하며 무공 스님을 생각했다. 배가 쓰리게 고파왔다. 이틀 동안 굶은 셈이었다. 마취제에 취해 정신을 잃은 뒤엔 몰랐지만 뒷머리가 욱신거리며 쑤시기도 했다.

전화기를 들었다.

"형, 나요."

김포 넙치 형은 내 목소리를 듣고 대번에 무슨 일이 있다고 생각하는 것 같았다.

"무슨 일 생겼니?"

"그래요. 죽고 싶어요."

"무슨 소리야?"

"별로 살고 싶은 생각이 없어요. 죽으면 모든 게 끝장이겠죠."

"왜 이래? 무슨 일야?"

나는 잠시 대꾸하지 않았다. 넙치 형은 다그쳐 물었다.

"말해. 나한테 못할 말이 뭐냐? 어서 말하래두."

"형, 나, 당했어요."

"당하다니? 누구한테? 몸은?"

"엉망예요."

"몸도 말이냐?"

"차라리 병신이 됐으면 이렇게 악 받치진 않을 겁니다."

"말해 봐. 누구야?"

"유기하라고 하더군요. 몸은 느려요. 그런데 안 되더군요. 뭐가 뭔지 모르겠어요. 그리고 나를 살려 보낸 게 더 견딜 수 없어요. 내가 못 견뎌서 자살하게 만들고 그걸 즐기려는 자식 아닌지 모르죠. 형, 나 이대로 죽어야 합니까?"

내 목소리는 비통해졌다. 넙치 형이 옆에 있으면 엉기며 울고 싶었다. 나는 혼자 울고 있었다. 얼마 만에 흘려보는 눈물인지 모른다.

"안다. 네 맘."

넙치 형은 매몰차게 한마디 던졌다. 몹시 화가 치미는 목소리였다.

"그러나 네가 죽는다고 해결되는 건 아니다. 우리가 무공 스님한테 그렇게 배우진 않았다. 무공 스님 이름을 더럽히지 마라. 내 말 알아들었지!"

"나도 알아요. 그러나 이렇게 당하고 살아 있으란 말입니까?"

나도 격정으로 몸을 떨었다.

"임마, 그 자식한테 당한 게 너뿐인 줄 알아?"

"뭐라구요?"

"나도 당했다. 꼭 오 년 전에 너처럼 당했다."

"어디서? 왜요? 형이 당하다뇨……."

"그게 세상이다. 이 땅엔 영원한 강자는 없다. 힘에 있어선 더 그렇다."

"형이 당하다니…… 믿어지지 않아요."

"못 믿겠지. 그러나 내 손가락이 한 개 없어진 사연을 알면……."

넙치 형도 북받쳐 오르는지 목소리가 떨리고 있었다.

넙치 형은 손가락 하나 잘린 얘기를 해준 적이 없었다. 그런 판에 나돌다가 당한 사고려니 생각했던 손가락이었다. 그런데 그 손가락 잘린 사연이 나처럼 처절하게 당한 굴욕감 때문이라고 했다. 믿어지지 않는 얘기였다.

"그때 난 죽으려고 했다. 그러나 유기하란 친구에게 두 번째의 농락을 당할 순 없었다. 그 친구가 살려 보낸 것은 내가 스스로 목숨을 끊기 바란 것이기 때문이었다. 그래서 손가락을 잘라버렸다. 그러나 난 후회했다. 손가락을 자를 게 아니라 정말 강자가 되는 길을 찾아 나섰어야 했다. 넌 결코 나 같은 바보가 돼선 안 된다. 차라리 무공 스님을 찾아가라. 바보 같은 짓 하면 널 내 손으로 죽이겠다. 내 말 알겠냐? 대답해!"

형의 목소리는 전에 없이 높았다. 목청 높이는 법이 없던 형이었다.

"……."

"말해, 이 자식아!"

"형. 그, 그 친구 누굽니까?"

"중국계 정통파다. 세 살 때부터 제대로 배운 친구다. 함부로 다룰 사내가 못 된다."

"중국무술한테 안 된다는 얘깁니까?"

"어느 무술이든 수련이 문제겠지. 그러나 지금까진 안 되는 걸로 안다."

"안 돼요? 왜요? 왜 안 된다는 겁니까? 누구 맘대로 안 됩니까?"

"내 느낌일 뿐야. 나도 너무 어처구니없이 당했으니까 하는 소리야."

"형, 갑시다. 무공 스님한테 갑시다. 난 이대로 죽진 않겠어요. 중국계 정통파한테 안 되다니 말도 안 돼요. 그걸 꺾지 못하면 차라리 내가 할복하겠어요."

"……."

넙치 형이 대꾸하지 않았다.

"이미 난 자격이 없다. 손가락을 잘랐잖느냐?"

"형!"

나는 더 할 말이 없었다. 넙치 형은 다시는 무공 스님의 제자가 될 수 없었다. 처절한 패배를 승화할 자제력이 없었다는 건, 더구나 손가락을 스스로 잘랐다는 건 무공 스님한테 용납될 일이 아니라는 걸 너무나 잘 알았다.

"총찬아, 장하다. 네가 이룰 수 있을 거다. 내 몫까지 말이다. 우리 무공가에 그런 버팀목이라도 있어야 할 거 아니냐. 중국 정통파를 꺾을 수 있는 것도 네게 거는 기대의 마지막이 아니겠니? 넌 결코 허튼짓하지 않을 거라고 믿는다. 네가 이루어내야만 한다. 패배란 늘 있는 거다. 그러나 배신자가 되어선 안 된다. 우리 무공가의 나 같은 배신자는 더 이상 나와서도 안 되고 나올 자도 없다. 네가 마지막 제자라는 걸 잊지 마라. 차라리 내가 자결하마."

넙치 형은 이를 악무는 것 같았다.

"형, 알겠어요. 내가 마지막을 지킬 테니 형도 날 믿어줘요.

형이 살아 있어야 내가 맘을 의지하고 해낼 거 아닙니까?"

"맹세하겠니?"

"합니다. 하고 말겠어요."

"내가 살아 있는 건 비굴하지 않으려는 의지다. 이건 중국 정통파와 무공가의 승패가 아니라 우리 정신과 중국 정신의 불꽃이란 걸 기억해라. 유기하가 너와 마찬가지로 마지막 제자라는 것도 말이다."

"그런데 형은 왜 여태 그 말을 안 해줬어요."

"할 수가 없었다, 차마 말이다. 무공 스님은 아신다. 네가 언젠가는 찾아올 거라는 것도. 왜냐면 넌 꼭 패배자가 될 놈이었기 때문이다."

"알아요. 내가 너무 욕심이 많다는걸. 내가 지나치게 우쭐해 있다는 것도 말입니다."

"유기하가 널 찾아낸 건 당연하다. 아니 너 말고도 일인자라고 자처하는 사람은 다 찾아내고 있을 거다. 그것은 그들의 대국적인 정신인지 모른다. 우린 결코 소국이 아니다. 왜냐면 우리 정신이 아직도 살아 있으니까."

"형, 해내겠습니다. 목숨을 걸고라도."

"널 믿는다."

형은 울먹이고 있었다. 나도 울고 있었다.

패배가 무엇을 의미하는지 우리는 알고 있었다. 무공가에선 패배하면 스스로 목숨을 끊을 수밖에 없었다. 그것은 완벽을 요구하는 것이 아니라 욕심 없는 선을 추구하는 무공 스님의 정신을 배반하기 때문에 생긴 과한 욕심의 결과이기 때문이었다.

넙치 형은 당장 달려오겠다고 했지만 나는 반대했다. 내 결심이 선 이상 번거롭게 해결하고 싶진 않았다.

중국 정통파라면 나도 들어서 아는 게 있었다. 아주 어릴 때부터 깊은 산속에서 세속과 단절한 채 오직 무술만을 익히는 대단한 실력 집산파라는 걸 알고 있었다.

밥 먹고 자는 시간마저 무술의 연장으로 평생을 연마해도 모자란다는 무술계였다. 차라리 그것은 인간의 한계를 처절하게 극복하는 것이라고 할 수 있었다.

나도 정통파를 인정하는 사람이었다. 그러나 정통파라는 궁지를 실험하는 유기하를 그냥 두고 볼 수는 없었다. 대륙의 정통파가 얼마나 무궁무진한 무술실력을 갖추었는지 모르지만 무공 스님이 일군, 한 사람의 승려가 참선하며 터득한 정신력의 세계가 어떠한 것인지 보여주고 싶었다.

다혜에겐 사정 얘기를 다 할 수가 없어서 무공 스님이 위독하셔서 제자들을 불러들인다는 거짓말을 했다. 다혜는 사내들 세계, 이 내밀한 제자와 사부의 세계를 이해하는 편이었다.

짐을 싸들고 나서는 내게 은주 누나는 두려운 듯이 물었다.

"돌아오는 거지?"

"반드시 올 거야."

"언제쯤 오니?"

"온다는 건 확실해. 얼마나 걸릴지 모르지만."

"다혠?"

"일부러 만나지 않았어. 나도 이 길이 얼마나 길지 모르니까. 잡념을 없애려면 다혜 생각 않는 것이 최선 아니겠어?"

"그렇게 사랑하니?"

"그런가 봐."

"질투 난다."

"누나, 돌아오기 전까진 소식도 없을 거야. 편지 할 만한 곳도 아니고 우체부가 거기까지 올 수도 없는 산골이니까."

"난 뭐가 뭔지 모르겠다. 왠지 무섭기만 하다."

"괜찮아. 반드시 오게 될 거야. 다혜한텐 누나가 자주 전화해서 내 얘길 전해줘야 돼. 시간이 오래 걸리면 다혜도 이해할 수 없게 될지 몰라."

나는 바로 은주 누나 집을 떠나 고속버스 터미널로 갔다.

고속버스가 터미널을 빠져나갔다. 나는 충분한 수면을 취하기 위해 눈을 감았다. 그러나 잠들 수 없었다. 무공 스님 곁을 떠난 지 여러 해가 되었지만 한 번도 무공 스님을 잊어본 적은 없었다. 어디 계신지를 확인하거나 때가 되면 찾아가 인사를 드릴 필요도 없었다.

무공 스님은 그런 형식을 싫어했다.

큰 그릇이 아니고서는 길러낸 제자를 내버리듯 버릴 수 없

는 일이었다. 무공 스님 밑에서 권법을 익힌 사람이 누구누구
인지조차 모르고 있었다. 무공 스님은 수제자랄 수 있는 어린
무초 스님만을 알려줄 뿐이었다.

새벽녘에 여관방을 나서 산으로 올라섰다. 밤길로 산을 타
고 그 깊숙한 산골을 찾아 나설 수가 없었다.

회초리 한 개만 들고 이 깊은 계곡과 산정을 타고 넘는 무공
스님의 여유를 나는 아직도 배우지 못했다.

산길은 멀고 험했다. 이런 험악한 길을 가벼운 발걸음으로
다니는 무공 스님의 기력을 나는 알고 있었다.

겨우 암자가 보이는 계곡까지 왔다. 계곡 물줄기가 청아하게
소리를 지르고 있었다. 암자 뒷벽에 새겨진 부처 조각상이 올려
다보였다. 나는 깎아지른 벼랑을 기어 올라갔다. 턱숨이 찼다.

"스님 저, 장총찬입니다."

나는 목청을 가다듬고 말했다. 문소리가 났다.

"들어오너라."

변하지 않은 맑고 고운 목소리였다.

"문안 올립니다."

나는 마당에서 넙죽 절을 올렸다. 무공 스님이 방문을 열고
나를 내려다보았다.

"네 얼굴 보니 때가 많구나."

"예, 그렇습니다."

"몸을 씻고 오거라."

"예."

나는 계곡으로 내려섰다. 몸을 씻고 오라는 것은 받아주겠다는 뜻이었다. 계곡에서 흐르는 차가운 물 속에 몸을 담갔다. 소름이 돋을 만큼 차가운 물이었다. 몸을 깨끗이 씻고 가방 속에서 새옷을 꺼내 입었다.

여름 햇살이 따가웠다. 나는 종아리를 만져보았다. 시퍼렇게 멍이 들 정도로 얻어맞을지도 모르는 일이었다.

"스님, 몸을 씻었습니다."

나는 토방에 서서 이렇게 말했다. 스님이 문을 열고 나를 물끄러미 쳐다보았다.

넙죽 절을 했다.

"오느라고 고생 많았다. 들어오너라."

"예."

조심스럽게 방으로 들어섰다. 방 안에서 작설차 향기가 배어 나왔다. 스님 얼굴은 예전이나 지금이나 마찬가지였다. 조금도 늙지 않은 얼굴이었다.

"어째 왔느냐?"

"문안드린 지 오래되어 찾아왔습니다."

"나는 괜찮다. 내 얼굴 봤으면 내려가거라."

나는 고개를 들어 묵언 중인지 확인했다. 아무런 표도 달고 있지 않았다.

"며칠 쉬다 가게 해주시면 좋겠습니다."

"일없다. 문안했으면 내려가거라."

"스님, 며칠만……."

"무엇 때문에 왔는지 안다. 정신 못 차리고 다니니까 일이 생기는 거다. 주먹은 함부로 쓰는 게 아니다."

"스님, 사실은 그 때문에 왔습니다. 이대로 내려갈 순 없습니다. 머물게 해주세요."

"고얀놈."

무공 스님은 눈을 감았다. 그리고 잠시 아무 말 없이 방바닥을 때렸다.

"있고 싶으면 내려가서 회초리 세 개 해 오너라. 물을 먹여 가져 오너라."

"예."

나는 조심스럽게 일어나 다시 계곡 쪽으로 내려갔다. 싸리나무 가지 가운데 실해 보이는 것을 세 개 꺾어 계곡물에 넣었다. 맨발로 한참을 밟았다.

"스님, 회초리 해 왔습니다."

"종아리를 걷고 퇴침을 들어라."

나는 종아리를 걷어 무공 스님 쪽으로 몸을 세웠다. 퇴침을 양쪽 손으로 받쳐 들었다.

"세거라."

"예."

"왜 맞는지는 알겠느냐?"

"압니다."

철썩, 하나. 철썩, 둘. 철썩, 셋. 철썩, 넷. 철썩, 다섯……

싸리회초리 세 개 묶은 것이 내 종아리를 사정없이 후려치고 있었다. 무공 스님은 결가부좌를 튼 채 조금도 움직일 것 같지 않은 자세로 손목만 세차게 움직였다.

퇴침을 놓치거나 자세를 흐트러뜨리면 그동안 매 맞은 것이 헛수고였다. 무공 스님이 매를 그칠 때까지 참고 세는 방법밖에 없었다. 물 먹인 회초리는 한 대만 맞아도 살점이 일어날 정도였다. 내가 무초 스님한테 그 무서운 회초리 삼십 대를 맞고 겨우 호흡법을 배웠었다. 그때도 무공 스님처럼 손목만 움직이는 매질이었는데 내가 세상에 태어나 그처럼 혹독한 아픔은 처음이었다.

무공 스님의 매질은 종아리를 칼로 내려치듯 온몸이 저려왔다.

이를 악물었다. 회초리 끝에 피가 튀는 걸 느꼈다. 종아리 아래로 더운 피가 흐르고 있었다. 눈을 감았다 뜨면 방바닥에 피 얼룩진 것이 보였다.

무공 스님은 여전히 매운 회초리를 놓지 않았다. 이러다가 종아리 살점이 하나도 남지 않을 것 같았다.

철썩, 마흔여덟. 철썩, 마흔아홉. 철썩, 쉰.

무공 스님이 매를 놓았다. 나는 꼿꼿하게 선 채 무공 스님을 처다보았다.

"돌아보거라."

나는 내 종아리와 살점이 묻어난 회초리와 피얼룩이 진 방바닥과 스님의 법의를 처다보았다.

"더 맞겠느냐, 내려가겠느냐?"

"더 맞겠습니다."

스님이 다시 회초리를 들었다. 나는 눈을 감았다.

"퇴침 내리고 엎드려라."

"스님!"

"어서!"

나는 엎드렸다. 스님이 윗목에 있는 상자를 열고 내 종아리에 약을 뿌렸다. 나는 눈시울이 붉어져 눈을 깜박거렸다. 무공 스님이 웃었다.

피투성이가 된 회초리를 내게 내밀며 무공 스님은 말했다.

"태워라."

나는 일어섰다. 그러나 휘청거리며 쓰러졌다. 무공 스님이 내 종아리를 철썩 때렸다. 나는 벌떡 일어났다.

"걷겠습니다."

"걸어라."

나는 두 다리를 갑자기 잃은 사람처럼 엉금엉금 기어 나갔다. 불쏘시개에 성냥불을 그었다. 회초리에 엉겨 붙은 살점이 검붉어 보였다.

불꽃 속에 회초리를 던졌다. 내 살점의 타는 냄새가 내 심정을 착잡하게 만들었다. 이렇게 말 한마디, 숨소리 한번 제대로 하지 못하며 속수무책으로 얻어맞는 건 두 스님한테 뿐이었다. 그러나 분명히 나는 맞을 짓을 했다. 내게 무공 권법을 가르쳐줄 때는 함부로 주먹을 쓰라고 가르친 게 아니었다. 적어도 자신의 생명이 위험하거나 정의로운 일이 아니면 주먹을 쓰지 말라고 배웠었다.

내가 한 짓들이 결코 내 행복, 나 혼자만의 행복을 위해 저지른 것이 아니라고 믿었다. 그러나 세속적인 법 앞에 부끄럽지 않은 짓을 했다고 할 수도 없었다.

회초리를 다 태우고 엉금엉금 기어 들어왔다.

"네가 올 줄 알았다."

"스님, 죄가 많습니다."

"어째 왔느냐?"

"스님 모시고 선이나 하다 가겠습니다. 가르침 받들고 때 묻은 저를 정리해 보고 싶습니다."

"그럼 묵거라."

나는 차마 유기하란 사내에게 처절한 패배를 했다고 할 수 없었다. 어쩌면 스님은 그것까지도 짐작하고 있을지 모르는 일이었다.

"왜 혼자 왔느냐?"

"예?"

"두 녀석이 올 줄 알았다."

"예, 사정이 있어서 혼자 왔습니다."

넙치 형을 두고 하는 말이었다. 넙치 형은 무공 스님 앞에 다시는 나설 수 없었다. 손가락을 잘랐기 때문이었다.

"이 약은 내가 만든 거다. 때마다 발라라."

"예."

나는 약봉지를 받아 들었다.

"다리를 펴고 앉아라."

"괜찮습니다."

"공양하고 올라오너라."

"예."

나는 겨우 무공 스님 방을 빠져나왔다. 아래채로 내려섰다. 행자 스님이 쫓아와 나를 부축했다.

"많이 아프시죠."

"괜찮습니다."

"우리 큰스님께서 누굴 그렇게 때리신다고 상상조차 해본 적이 없습니다."

"아마 무공 스님 생애에 처음이자 마지막이실 겁니다."

"그러시겠죠."

나는 부축을 받으며 겨우 내려섰다. 아래채에 모여 있던 행자들이 나를 들마루에 앉혔다.

"공양하시지요."

128

"고맙습니다."

나는 어떤 시련이 닥치게 될지 짐작하고 있었다. 밤낮 없는 참선과 내공을 기르기 위한 훈련으로 내 육체가 쇠잔해질 때까지 다루는 것을 알고 있었다.

정신없이 된장에 비벼 밥을 먹었다. 행자들이 물끄러미 나를 쳐다보고 있었다. 무초 스님을 만난 것도 행자만큼이나 어릴 때였다.

"혹시 무초 스님 들르시나요?"

"가끔 오십니다."

"어디 계신가요?"

"지금은 아마 무등산 근처에서 안거하신 모양입니다."

"그럼 백중이나 돼야 내려오시겠군요. 건강은 어떠신지 모르겠어요."

"여전하십니다."

무초 스님은 깡마른 체구여서 어디 한 점 힘이 들어 있을 것 같지 않은데도 회초리 하나로 산짐승을 물리치고 날카로운 표창을 막아내는 신기를 지니고 있었다.

"많이 아프시겠네요."

행자가 내 종아리를 쳐다보며 이렇게 말했다.

"참을 만합니다."

"퍽 아끼시는 분이라고 들었는데……."

내 얘기를 가끔 하는 모양이었다. 그런데 이처럼 맵게 다루는 사연이 있을 거라고 생각하는 눈치였다.

"못된 짓 하고 다니니까 맞아도 싸죠."

나는 공양이 끝나자 종아리에 약을 바르고 올라섰다. 행자가 부축하려고 일어났다.

"그냥 뒤라."

쩌렁쩌렁한 목소리였다. 무공 스님이 바위 위에 앉아 행자를 나무랐다. 나는 이를 악물고 바위 있는 데까지 기어갔다.

"결가부좌다."

무공 스님은 흐트러지지 않은 자세로 이렇게 말했다.

나는 어금니를 바서져라 악물고 결가부좌를 틀었다. 참선을 하지 않은 지 오래되어 결가부좌를 틀기도 어려운데 종아리가 피투성이가 되었으니 보통 고역이 아니었다.

내리쬐는 햇볕에 머리통이 욱신거리며 아팠다. 달구어진 바윗덩어리에선 열이 받쳐 올라왔다. 이십 분도 못 되어 다리의 근육은 마비되었다. 온통 땀으로 젖었다.

마주 보이는 무공 스님은 땀 한 방울도 흘리지 않았다. 빛나는 머리 위에 햇볕은 이글거리며 타고 있었다.

목이 말랐다. 바위 밑으로 철철 흐르는 계곡물이 그렇게 아름다울 수가 없었다. 무공 스님은 미동도 하지 않았다. 바위 바닥엔 땀이 괴었다. 하반신이 완전히 마비된 것 같았다. 차라리 죽고 싶었다.

정신마저 혼미해졌다. 다 집어치우고 싶었다. 정신이 몽롱해졌다. 이를 악물 수도 없었다.

차라리 죽고 싶었다.

나는 죽음을 느끼고 있었다. 숨도 제대로 쉴 수가 없었다. 눈이 흐려지면서 아무것도 보이지 않았다. 땀이 눈 속에 들어가서 그런 게 아니었다. 모든 게 흐릿해지기만 했다.

"스님, 차라리 죽여주세요."

나는 가물거리는 소리로 이렇게 말했다.

"스님, 죽여주세요."

"스님, 제발."

"스님."

그래도 무공 스님은 숨소리 하나 내지 않았다.

시간이 얼마나 흘렀는지 알 수 없었다.

나는 바위 위에서 굴러떨어졌다.

그리고 기억나는 건 하나도 없었다. 눈을 떴다. 아무것도 보이지 않았다. 혈을 잡는 행자들의 목소리만 어렴풋이 들렸다.

한참 만에 나는 천장을 볼 수 있었다. 정강이와 뒤꿈치에 대침이 꽂혀 있었다. 무공 스님이 미소를 짓고 있었다.

"스님, 제발……."

나는 눈물 때문에 제대로 말할 수가 없었다.

"일어나거라."

무공 스님이 이렇게 말하자 행자가 대침을 뽑았다. 앞장서는 무공 스님 뒤를 따라갔다. 아까보다 훨씬 부드러워진 하반신이었다. 무공 스님이 혈을 짚어주고 대침을 꽂아 근육마비를 풀어준 것 같았다.

무공 스님은 계곡 깊숙한 곳으로 거슬러 올라갔다. 무공 스님은 장삼자락을 늘어뜨린 채 물 속으로 들어갔다.

"앉거라."

무공 스님은 이렇게 말하고 물속에서 결가부좌를 틀었다. 가슴을 넘는 계곡물 속에서 나도 따라 결가부좌를 틀었다. 보통 차가운 물이 아니었다.

몸은 금방 얼어붙기 시작했다. 뼛속 깊은 곳까지 냉기가 스며들었다. 차라리 냉동기 속에 들어가 단숨에 죽는 게 현명하다 싶었다.

상체부터 감각을 상실하기 시작했다. 다리 근육은 완전히 굳어서 결가부좌를 풀 수도 없었다. 이빨은 건성으로 부딪혔다.

무공 스님은 부처처럼 미소를 보내고 있었다.

"스님, 살려주세요. 스님, 제발……."

말소리도 얼어붙었다. 혀가 움직이지 않아 아무 말도 할 수 없었다.

마주치던 이빨도 턱이 굳어서 부딪치지 않았다.

나는 두 번째 기절을 했다.

깨어났을 땐 아까처럼 대침을 꽂은 채 평상 위에 누워 있었다. 장삼으로 내 몸을 마사지하던 행자들의 얼굴은 땀투성이였다.

"일어나서 삼천 배를 하고 올라오너라."

"예."

나는 벌떡 일어났다. 다리에 박힌 대침을 뺀 행자가 물러섰다. 위채를 향한 채 절을 시작했다.

오금이 펴지지 않았다. 행자는 옆에 앉아서 내가 절하는 횟수를 세고 있었다. 행자의 얼굴도 부처 같았다. 삼백 배가 넘자 나는 혓바닥을 깨물었다. 절하는 속도가 점점 느려지고 있었다.

나는 전신이 마비되었다. 땡볕의 바위 위에서 선을 하는 것보다도 차가운 물 속에서 선을 하는 것보다도 고통스러웠다.

밤을 꼬박 새우고 새벽녘에야 나는 겨우 삼천 배를 끝냈다. 그리고 나는 세 번째로 기절했다.

하루도 거르지 않는 내 일과였다. 첫날부터 시작된 이 세 가지 고통은 무공 스님과 똑같이 겪는 것이었다.

내 살결은 시커먼 미국 사람과 다를 바 없었다. 완벽한 검둥이가 되었다. 매일 햇볕에 그을려 화상을 입는 수밖에 없었다. 나는 이 고통을 얼마나 겪어야만 무공 스님이 하산 명령을 내릴 지 알 수 없었다. 일 년이든 이 년이든 무한정 이 고통을 감수해야 할지도 모른다.

아니 어쩌면 평생 풀어주지 않을지도 모른다. 설사 그렇더라도 나는 무공 스님 곁을 하산 명령 없이 떠나지 않을 결심이었다.

"그런 지독한 장면은 단 한 번도 본 적이 없습니다. 큰스님께서도 그렇게 스스로 고통 속에 들어가시는 건 첨입니다. 차마 저희들이 못 보겠습니다. 몸둘 바를 모르겠습니다."

공양 시간과 잠자는 네 시간 정도밖에 시간이 없는 나였다. 행자들과도 공양 시간에만 잠깐씩 얘기를 나눌 뿐이었다.

"전 괜찮습니다만 큰스님 건강이 걱정입니다. 이럴 줄 알았으면 제가 오지 않았을 겁니다."

"사형처럼 독한 분은 정말 첨입니다. 저희들도 혹독한 훈련을 받았지만 그 정도는 아니었습니다. 지금까지 살아 계시는 게 이해가 안 갈 정돕니다."

"저도 마찬가집니다. 제가 어떻게 살아 있는지 모르겠습니다. 다만 정신이 더 맑아지고 몸이 더 좋아지는 이유를 알았습니다. 높은 경지에 있는 스님들이 꼿꼿하게 서서 돌아가시는 이유가 어디에 있는지도 알겠습니다."

행자들은 고개를 끄덕였다. 그건 사실이었다. 무공 권법 한 수 배워주지 않았지만 내 몸은 저절로 날아갈 것 같았고 아무리 독을 품은 독사라도 달려들지 못할 것처럼 정신만 통일하면 살갗이 굳어졌다.

햇볕도 뜨겁지 않았고 얼음처럼 차가운 물도 따뜻하게 느껴졌다. 삼천 배를 해도 몸은 깃털처럼 유연해지기만 했다.

참선을 통한 정신통일은 내가 생각해도 무아의 경지였다. 얼음 같은 계곡물도 따뜻하게 느낄 수 있었고 살갗을 홀딱 태우는 햇볕도 서늘하게 느낄 수 있었다.

"오늘부턴 좌선하며 자거라."

무공 스님과 나는 한방에서 좌선하며 눈을 감았다. 네 시간 동안 앉아서 자는 것으로도 수면이 충분했다.

엄청난 이 변화. 감히 상상조차 하지 못한 끝없는 이 세계.

내가 어려서 득도하여 신선이 되려고 했던 게 얼마나 터무니없던 짓이었는지 이제 깨달을 것 같았다.

그리고 또 여러 날이 흘러갔다. 무공 스님과 나는 호흡도 같았고 아래채와 위채에 떨어져 있어도 서로를 읽을 수 있었다. 나는 무공 스님의 눈빛만 보고도 무슨 얘기를 하는지 알았다. 무공 스님과 나는 말 한마디 하지 않고 살았지만 의사소통은 충분하고도 남았다.

"오늘부터 권법을 익혀라."

"예."

오랜만에 들어보는 말이었다.

무술은 깊은 계곡과 정상에서 이루어졌다.

"몸이 빠른 건 아무 짝에도 쓸데없는 짓이다. 움직이지 않고 내공으로 제압하고 깃털처럼 부드러움으로 방어하고 먼지처럼 흐트러져야 하느니라."

험한 산세가 재미있는 놀이터 같았다. 무공 스님은 언제나 부드럽고 가벼운 율동만으로 엄청난 염력을 보여주었다. 엄지손가락으로 바위를 눌러 깨뜨렸고 손바닥으로 고목의 둥지를 쓰러뜨렸으며 작은 돌멩이로 큰 바위에 구멍을 뚫는 신기를 나는 조금씩 깨달았다.

그런 나날의 연속이었다.

나는 새로 태어나는 신선한 감각으로 무공 스님의 신기를 배웠다. 나는 새로 태어난 인간이었다. 무공 스님이 만들어주는 이상한 풀로 만든 음식만 먹으며 처절한 극한 세계 속에서 살았다.

"내일 하산하거라."

"예?"

"오늘은 일찍 자고 새벽에 내려가거라."

"예."

무공 스님은 그 이상 말하지 않았다. 그러나 나는 그 깊은 뜻을 알아차렸다. 무공 스님과 참선을 하고 앉아 있으면 마음이 통해서 굳이 말할 필요가 없었다.

새벽에 삼천 배를 올리고 계곡 쪽으로 내려섰다. 행자가 주먹밥을 내밀며 씽긋 웃었다. 무공 스님은 바위 위에서 가볍게 고개를 끄덕여주었다.

하느님, 하느님도 내려와서 참선을 해보시죠. 아마 그 충격은 하느님도 모를 겁니다. 서양식의 현상적 논리로는 감히 이해할 수 없는 경지입니다.

하긴 하느님도 참선의 경지를 뛰어넘었는지 모르겠습니다.

그렇지 않고서야 몇천 년 동안 그렇게 말없이 두 눈을 감고 계시지 않으시겠죠. 세상이 어떻게 돌아가든 상관없다는 그 지독한 무관심은 서양식 참선인가요?

동양식 참선을 좀 배우세요.

하느님 노릇 하는 게 쉬운 건 아닙니다.

어두운 무대

몇 달 동안 바깥 세상과 완전한 격리생활이었다. 날짜 가는 것은 더욱 몰랐다. 밤과 낮을 구분하는 것도 처음의 일이지 나중에는 밤과 낮을 구분할 수도 없었다.

유기하. 중국 정통파. 넙치 형과 나를 처참하게 한 고수.

대륙의 도술이라는 긍지로 우리나라의 고수들을 차례로 욕보이는 괴력의 사내를 또 만날 수 있을까?

빠른 몸짓으로 상대한다는 게 얼마나 무모한 짓인지 나는 깨달았다. 춤추듯, 가벼운 깃털처럼 움직이는 율동으로 중국계 고수의 혈을 잡을 수 있을 것 같았다.

산을 다 내려와 바닷가 쪽으로 나갔다. 몇 달을 갇혀 살았는지 알 것 같았다. 해수욕장으로 몰려가는 인파가 들끓고 있었다.

바닷가마다 울긋불긋한 수영복 차림의 피서객들이 보였다. 작년 여름 생각이 떠올랐다. 다혜를 훔치기 위해 여름의 음모를 꾸몄다가 명식이와 아름다운 설악산의 밤을 엮기만 했었다.

서울로 돌아오는 고속버스 차장으로 나는 비로소 사람의 냄새, 그리운 그 냄새를 느꼈다.

유기하를 만나는 일보다는 다혜를 만나고 싶었다.

다혜는 어떤 표정일까? 몇 달 동안 소식 한번 없었기 때문에 짜증을 부릴지도 모른다.

옆사람이 다 보고 내려놓은 주간지를 펼쳐보았다. 나는 스멀스멀 기어 나오는 웃음을 참을 수가 없었다.

탤런트 정아영 양이 주간지 기사 속에서 쑥대밭이 되어 있었다. CF 모델과 영화배우이기도 한 정아영은 미려한 용모로 톱스타 자리를 넘보는 유망주였다.

프로듀서와 영화감독의 노리개가 되어 사생활이 엉망진창이란 사실이 폭로된 기사였다. 열여덟 살에 탤런트가 되어 기궁한 살림을 도맡는 가장의 처지, 치졸한 프로듀서와 영화감독 들은 그녀의 딱한 사정을 동정하는 척하고 그녀의 육체를 탐닉하는 수법을 썼다.

항상 있는 일이었지만 내 눈엔 이상한 점이 보였다. 정아영이라면 보슬비의 친한 친구여서 내가 정아영의 딱한 실정을 조금은 알고 있는 터였다.

정아영은 보슬비에게 항상 어떤 주간지의 사진부 기자에게 협박을 받는다는 얘기를 했다. 초년병 시절에 주간지와 여성지에 얼굴을 클로즈업 시켜준다며 정아영을 후려낸 뒤에 마누라와 이혼까지 한 찰거머리라고 했다.

정아영은 목덜미를 물려 연예계의 생명이 끝나는 한이 있어도 그 구렁텅이만은 벗어나고 싶어했다. 어려서 헛짚은 찰거머리의 늪 속에서 빠져나오려면 그 사내의 협박처럼 파멸의 쓴맛을 각오했었는지 모른다.

나는 유기하를 만나는 절호의 찬스라고 생각했다.

정아영의 연락처를 알아내기 위해 보슬비에게 연락했지만 쉽지 않았다. 주간지 기사대로라면 정아영이란 탤런트만 죽일 여자였다. 그녀가 그 지경이 되어버린 뒤에 흑막이 반드시 있을 것 같았다.

통신사에 있는 선배에게 전화를 걸었다.

"형, 나 좀 봐줄 일 생겼습니다."

"징그럽게 왜 이래? 네 입만 벙긋하면 겁부터 난다."

"이번엔 재미있는 겁니다. 지금 그리로 갈 테니 꼼짝 말아요."

"쐬주라두 술축에 들면 언제고 와라."

"쐬주가 술 아뉴?"

"우리같이 거렁뱅이 중에 상거렁뱅이들 먹는 것도 술축에

드는 거냐?"

"무슨 소린지 모르겠네요. 실연이라두 했수?"

"넌 귓구멍도 눈깔두 없냐?"

"형, 점점 왜 이래요?"

"넌 위대한 놈이구나."

"형보다야 덜 위대하니까요."

"손 큰 여자에 손 큰 사내만 사는 세상에 이거 우리 같은 거렁뱅이는 거렁뱅이 비슷하기라도 할지 모르겠다."

나는 그때서야 그 선배가 은행융자를 믿고 강남 땅 외진 곳에 수건보다 조금 큰 땅을 사서 집 지으려다가 돈줄이 막혀 평생소원인 집 소유하는 일을 포기한 걸 알았다.

형은 술만 한잔 걸치면 처절한 통곡의 소리처럼 이런 노래를 불러대곤 했었다.

내 평생소원은 방 한 칸
내 평생소원은 방 한 칸
흙벽돌이라도 좋아라
뒤틀린 창문 틈으로
찬바람이 쌩쌩 불어도
우리 식구들 깡충깡충
내 평생소원은 방 한 칸
우리 식구 바람 피할 곳

형은 셋방살이 십 년이 되었어도 제집 한 칸 없는 기자 나부 랭이에 지나지 않았다. 그런데 융자해 주기로 한 은행에선 돈 줄을 찾는 굵은 손들 때문에 모가지를 빳빳하게 세우더라는 것이었다.

국민들한테 저축하는 게 일등 국민인 것처럼, 마치 저축하지 않으면 야만인처럼 얼러대고 강제로 통장 갖게 으르렁거리던 은행들이 막상 돈 쓸 일이 있어 은행 찾아가면, 넥타이 맨 빤 들빤들한 녀석들한테 빌려 쓰는 액수의 1할 가까이 뜯어먹히 고도 갖은 아양 다 떨어야 겨우 돈 몇 푼 빌려 쓸 수 있었다.

그렇게라도 빌려 쓰는 사람은 아이큐와 아양 떠는 지수가 최저 140은 넘는 사람이었을 것이다.

내가 그 난장판에 끼어들어 듣지 않고 보지 않은 게 얼마나 다행인지 모르겠다.

풍뎅이 모가지 비틀어 놓듯 내가 악을 썼을지도 모른다.

신문을 뒤적거려 자세히 읽기가 싫었다. 어째서 정당한 국민 들이 신문 읽기를 꺼려하고 당황해야 하는지 모를 일이었다.

신문에 너무 아름다운 기사가 넘쳐흘러서 사람들이 충격적 인 기사를 거짓말로라도 실어달라고 항의하는 세상이 올 수 는 없을까? 웬만한 충격적인 기사엔 외눈 하나 깜짝 않는 이 강심장은 도대체 언제까지 계속돼야 할까?

하느님,

사람값 좀 올려주세요. 사람 하나 만들기도 어렵고 사람 하나 키우기는 얼마나 어렵습니까. 그런데 그렇게 값없이 사라지게 하고 고통을 받게 해서 무슨 재미를 얻으시려는 겁니까?

하느님,

하느님의 진짜 속셈 좀 압시다.

억울하게 고문당해 만신창이가 된 고씨 가문의 여인은 진짜 병들어도 신문이 떠들어대니까 슬쩍 구렁이 담 넘어가듯 내주는 세상입니다.

하느님,

친절하시고, 무엇을 도와드릴까요, 라고 묻는 경찰관 아저씨가 고문을 했을 리도 없고, 법 공부 제대로 하신 검사 양반들이 옭아 넣는 걸 취미로 삼지 않으셨을 거고, 법 앞에 평등하다는 걸 아는 판사 선생들이 이몽룡처럼 제 애인 구하는 식의 재판을 할 리 없으니 국민들은 신문보도밖에 더 믿겠습니까.

하느님,

내가 하산하여 신문을 대충대충 읽다가 놀랄 게 너무 많아서 호외다운 호외를 보며 사는 행복한 국민이란 생각도 했습니다. 옛날엔 호외다운 호외가 없었잖아요. 그래서 하느님한테 호외다운 호외가 생기게 해달라고 빌었잖습니까.

언젠가 꽤 쓸 만한 당 하나 만들어가지고 서로 내가 잘났니, 네가 잘났니, 대가리 싸움하다가 느닷없이 각목 들고 깡패 몸 푸는 시합한 걸 하느님도 목격했을 겁니다.

그때 만약 보통 시민들이 그런 싸움질했다면 대번에 옭아 넣어 폭행죄로 고생했을 겁니다.

그런데 어떤 대가리는 그런 집단 폭행 범죄자들을 빨리 꺼 내주지 않는다고 떠들었습니다.

하느님,

도대체 그런 일이 법치국가라는 이 땅에서 일어날 수 있는 일입니까?

하느님,

입이 달렸으면 말씀 좀 해보세요. 팔짱 끼고 구경하면서 이 같은 작태를 낄낄거리며 재미있어 하시는 건 아니시겠죠?

국민 우롱죄를 저지르는 국회의원들이 아직도 있습니다. 그 러다가 표 안 찍어주는 국민들을 잡아다 곤장이라도 치면 어 쩌겠습니까?

하느님,

내가 신문 본 게 죄가 됩니까?

법을 만들고 국민의 대변자라고 떠드는 국회의원이란 사내 가 국회에서 주먹질을 했는데 그 사내는 만인이 평등하다는 법이 있는데도 폭행죄로 감옥엘 가지 않았습니다.

야, 이 개떡 같은 사내야. 여기가 깡패공화국이냐? 썅!

하느님이 이렇게 욕 좀 하시고 귀싸대기를 헌집 벽 털어내듯 갈겨주세요. 수챗구멍에 쑤셔 박아도 좋습니다. 대한민국 국민 들이 그런 정도는 하느님께 위임할 수 있습니다.

하느님,

제발 이러지 좀 마십쇼. 사람들 환장하겠습니다.

통신사 근처 맥주집은 한산했다. 형은 구석자리에 앉으며
말했다.

"통신사 기자 노릇 하는 게 무슨 죽을죄 졌는지 어디 가도
구석만 찾는다. 쥐구멍이 어디 있나 찾다 보니 사람 꼴이 그렇
게 되나 보드라."

"형, 실업자한테 겁주는 거요?"

"네가 어째 실업자냐? 실업가시겠지."

"나 같은 놈은 죽었다 깨어나도 형 같은 회사 들어갈 실력도
없는 놈입니다. 긍지 좀 가져요."

"염병할, 긍지 가지려니까 똥이 마렵더라."

언제나 걸쭉하고 바른말 잘하는 형이었다.

"대체 웬일이냐?"

형은 맥주 한 병을 다 비운 뒤에 물었다.

"정아영 사건 때문에 왔어요."

"너도 기둥서방이냐?"

"이거 왜 이래요. 나 같이 선량한 놈이 쳐다나 볼 수 있습니
까?"

"말만 잘하면 공짜래더라. 니미랄 거, 나 같은 놈은 사내축
에도 못 꼈다. 잘난 놈들은 뭐가 달라도 다르더라. 이렇게 사느

니 일찍 죽는 게 인류를 위해 현명하다는 건 알지만서두……."

형은 또 반 병쯤을 단숨에 들이켰다. 목젖이 커서 그런지 술 먹는 솜씨로야 일급기자였다.

"뭐 쑤시려고 그러냐?"

"정아영일 좀 알아요."

"이크, 깜짝이다."

"그럴 기회가 있었어요. 그런데 이번에 터진 걸 보니까 뭔가 뒤가 쿠려요. 정아영이 주간지 사진부에 있는 자식한테 된통 걸려서 피 빨린다는 걸 알고 있었어요. 같이 안 살아주면 과거를 폭로해서 생매장시킨다고 한 모양예요. 그쪽 소식이야 형이 빠삭하잖아요."

"그런 사람 같지도 않은 자식 얘길 뭐러 하냐? 내 주둥아리만 더럽지."

"형, 내겐 그럴 사정이 있어요."

"무슨 얼어죽을 놈의 사정이냐? 그게 사건이냐?"

"형, 내가 언제 이렇게 간절합디까?"

"그건 그렇다만."

나는 사정 얘기를 다 할 수 없었지만 형이 내 부탁을 들어주지 않으면 안 될 만큼 물고 늘어졌다.

"네가 보긴 잘 봤다. 그러나 내가 기자 나부랭이래서도 아니고 주간국에 근무했대서도 아니고 친구들이 기자래서도 아닌 할 얘기는 하고 짚고 넘어갈 건 짚고 넘어가야 할 게 있다."

"해봐요."

형과 나는 제법 마셨는데도 취할 기색이 아니었다.

"어느 집단이든 소수라는 게 있다. 주간지 기자들을 탤런트나 넘실거리고 돈이나 훔쳐내는 걸로 생각하는, 너 같은 좀상들을 위해 한마디 해야겠다."

형은 그 대목에 가서는 조금씩 취한 척을 했다. 아마 낯이 간지러웠던 모양이었다.

"주간지 기자를 그런 식으로 전락시킨 치들이 물론 있었다. 또 그런 주간지들도 없지 않았다. 그러나 내가 한 말이 틀린다면 칼을 물고 죽을 테니 어떤 주간지든 편집실에 들어가서 일하는 것 좀 네 눈깔로 한번 봐라. 정아영을 그 지경으로 쑤셔박은 새끼는 선천적 찰거머린데 어쩌다 아직까지 주간지 사진부 기자를 하고 있었다는 사실 하나로 주간지 기자가 덤터기를 쓰고 있는 거다. 탤런트 따먹는 프로듀서라는 새끼들도, 감독이란 치들도 모두 극소수라는 걸 대중은 이해하려고 하지 않는다. 물론 그건 인위적으로 되는 건 아니다."

"누가 그걸 몰라요? 괜히 핏대 내고 그래요?"

"너도 별수 없는 놈이라구. 말로야 알지. 그러나 속으로 너도 별수 없이 그럴 거라고 믿고 있겠지. 부자라면 무조건 사기꾼, 교수라면 무조건 근엄한 자, 주간지 기자라면 무조건 탤런트 따먹는 치한, 소설 쓰는 사람은 무조건 잡놈, 호텔서 나오는 년은 콜걸, 목청 큰 놈은 모두 애국자…… 뭐 그렇게 취급하는 세상이란 말이다."

"차암."

나는 형의 말이 틀린 것은 아니라고 생각했다.

"기자들이 놀고먹는 줄 알겠지. 나같이 벌건 대낮에 술이나 처먹고 덜렁거리며 돌아다니니까 말이다. 임마, 신문 만드는 게 장난 아니란 말야. 주간지가 어쩌니 저쩌니 해도 기자들 피 쏟아가며 만든 거다. 그런 새끼 하나 때문에 덤터기 쓰고도 끙 끙 앓기만 하고…… 어느 미친년이 주간지 기자에게 옷을 홀 랑홀랑 벗어주대?"

형은 흥분한 것 같았다.

"형, 나도 알아요. 지금 얘긴 정아영을 떡친 주간지의 사진부 기자 얘기를 하는 겁니다."

형이 크억거리며 웃었다.

"임마, 말이야 바른말이지. 주간지 기자 가운데 아직도 그런 새끼 한둘은 더 있을 거다. 그러나 나머지 기자들은 쥐꼬리만 한 월급에 매달려 그 고생하는 게 아니라 일하다 보니 사명도 생기고 공기의 역할도 생기고 기자 노릇 하려면 못 볼 것도 봐 야 하고 하니까 악다구니 쓰고 있는 거다."

"누가 뭐래요?"

"임마, 내가 쥐뿔도 모르는 게, 주간지 기자 대변인도 아닌 것이 떠든다고 가소롭게 듣지 마라. 몇 놈 때문에 피해 입은 주간지 기자들, 어디 가서 무엇으로 보상을 받겠느냐 이거다!"

형은 점점 흥분해 갔다.

"그래, 그 자식 모가지를 비틀어놓겠다는 거잖아요."

"그래, 그런 자식은 모가지를 비틀어두 좋구 산소 땜질로 똥 개와 붙여놔도 좋다."

형은 주절주절 늘어놓기 시작했다. 나는 대꾸 없이 귀담아 들었다.

"아는 사람은 다 아는 얘기다. 정아영은 가난한 집 애고 뛰 어난 미모와 괜찮은 몸매라는 건. 출세하고 싶었겠지. 그건 나 라도 마찬가질 테니까. 그런데 그 판엔 돈을 밝히거나 몸을 밝 히는 자식들이 더러 있다. 이름 대라면 좌악 깔아놓을 수 있 다. 찰거머리들이지. 정아영도 그 찰거머리떼한테 피를 빨린 거 다. 피 빨린 애들 많지만 정아영이가 덤터기 쓴 건 네가 말하 는 주간지의 사진부 새끼가 확대재생산에 감정적 복수에 구린 내 나는 장난에 희생타가 된 셈이다."

"내 짐작이 맞아떨어진 거죠."

나는 으쓱한 기분으로 말했다.

"웃기지 마라. 시정 사람들도 아는 거다. 그 정도 짐작이야 빤한 거 아니냐."

"그 녀석 지금도 안 쫓겨나고 잘 삽니까? 정아영을 챙겨 넣 으려고 이혼까지 했다던데요."

"본래 그런 자식이 더 잘 먹고 더 잘 살고 더 재미있게 사는 법이다. 우리 같은 쪼다들이야 쐬주가 약이구 쐬주가 낙이지만."

"과정 얘기 좀 해줘요."

형은 흥분해서 정아영을 몰락시키려는 사내의 치졸함을 정신없이 공격했다. 아무리 생각해도 비겁의 극치였다.

"정아영이 송사리일 때 그 새끼가 대충 꼬드겼겠지. 세상에 뭐든 붙잡아야 할 때고 가진 건 없고, 몸으로 때우려고 했겠지."

"차라리 정아영을 상 줘야잖아요? 마음씨가 얼마나 좋아요. 고루고루 사랑해 줬으니……."

"말은 된다. 그런데 이 자식이 마음이 들뜬 거야. 정아영이 유명해졌거든. 정아영의 과거야 제놈이 다 아는 거지만 유명한 탤런트하고 사는 걸 평생의 소원으로 생각했는지 이혼해 버린 거다. 하긴 시골 가서 자랑할 만하겠지. 유명한 탤런트 남편으로서 폼 재기 좋았겠지. 정아영은 사랑하거나 좋아한 게 아니라 그동안 표지사진 찍어준 거나 액자에다 사진 넣어 갖다 준 고마움을 몸으로 때운 셈인데 이 찰거머리는 아예 제 차지로 생각했겠지."

"떡 줄 놈은 생각지도 않는데 김칫국부터 마셨군요."

"너 반주 하나는 기가 막히다."

형은 정아영이 찰거머리에게 물리게 되는 과정을 상세하게 알고 있었다.

"정아영은 거절했지만 그 새끼는 계속 물고 늘어진 거다. 제 말 안 들으면 친한 기자를 동원해서 과거를 폭로시킬 거고 계속 물어뜯겠다고. 그 새끼는 아주 구체적인 정아영의 약점을 물고 늘어진 거지."

정아영은 무서운 결심을 했다. 그 고통을 더 끌고 나갈 수가 없었다. 애원도 했고 사정도 했지만 늙은 여우는 놓아주지 않았다. 이십 대 초반의 정아영의 살점에 붙은 찰거머리는 결국 치사한 복수극을 벌였다.

"복수극이라면 구체적인 피해를 본 사람이 할 얘기 아닙니까? 정아영이 피해자 아닐까요?"

"듣고 보니 너도 옳은 소리 할 때가 다 있구나. 그 자식은 복수극이 아니라 파괴극을 꾸민 거다. 굴러먹은 뼈다귀가 주간지여서가 아니라 애초 그 녀석 뼈다귀가 그렇게 생긴 새끼였다. 소문이 짜한 놈이었으니까. 정아영이 떠나자 칼을 갈았지. 그리고 특종인 양 불어댄 거야. 제 얘기는 쑥 빼고 프로듀서와 감독만 얽어 넣었지. 처음엔 옛날 애인 얘기로 기사 만들기 쉽게 불을 댕기고 뒤엔 정아영을 극렬하게 파괴하려고 했지. 그러나 그게 어디 불알 달린 사내새끼냐? 차라리 탱자를 달고 다닐 놈이지. 제 말마따나 사랑했다면 따귀나 한 대 때리고 잘 먹고 잘 살라고 저주나 할 일이지."

형은 점점 더 흥분해서 사람 됨됨이가 애초 글러먹은 치가 주간지의 사진부에 들어온 것부터가 주간지 기자들을 덤터기 씌운 죄과라고 얼러댔다.

아무리 생각해도 사람새끼 같지는 않았다.

"그런다고 정아영이 망할 것 같냐? 당분간 어렵겠지. 그러나 그만한 의지가 있는 여자라면 벗게 된다. 찰거머리떼한테 피 빨리지 않겠다는 의지, 인기인들이 곧잘 빠지는 그 환상의 늪에서 상처투성이로 기어 나온 정신이면 쉽게 죽진 않을 거다."

"형, 내가 그 자식 턱주가리를 좀 만져줘도 돼요?"

"임마, 그런 건 똥개도 안 물어갈 놈야. 네가 뭐하러 덤벼."

"그렇긴 하지만……."

나는 말 끝을 흐렸다.

"혼내려면 그 새끼하고 연결된 찰거머리떼를 몽땅 끌어다 놓고 치도곤을 낸다면 몰라도."

"어떤 패들인가요?"

"빤하잖아. 찰거머리떼가 굵직한 게 몇 개 있으니까. 여의도 황 마담 밑 닦아주는 모양이드라."

"구미가 당기는데요."

"임마, 황 마담 문어발이란 거나 알고 덤벼. 잘못하면 너두 뼈 삭아서 돌아올라."

나는 키득거리며 웃었다. 황 마담이 어떤 여자인지 나는 잘 알고 있었다. 정말 웬만한 사람이 걸리면 뼈가 삭아버릴 것 같은 여자였다.

악(惡)의 오르가슴.

그 치사한 사내를 두고 하는 말일 것이다.

형은 퇴근시간까지 입에 거품을 물고 말했다. 나는 앞뒤 사정을 상세하게 머릿속에 넣었다. 어금니를 앙다물었다.

애들은 신바람이 났는지 치사한 사내의 주소와 전화번호를 금방 알아왔다. 나는 어슬렁거리며 그가 살고 있는 아파트 쪽으로 발길을 옮겼다. 제법 평수 넓은 아파트였다.

엘리베이터를 타고 올라섰다. 현관문 앞에 서서 심호흡을 했다. 초인종을 힘 있게 눌렀다.

"누구십니까?"

굵직한 사내 목소리였다.

"정아영 씨 심부름 온 사람입니다."

"누구요?"

"정아영 씨가 긴히 드릴 말씀 있다고 절 보냈습니다."

"허허, 잠깐 기다리슈."

대번에 말투가 건방져졌다. 사내는 한참 동안 기다리게 한 뒤에 문을 열어주었다.

나는 대번에 방 안 분위기와 냄새로 사내 혼자가 아니라는 직감을 얻었다. 여자가 어느 방엔가 숨은 것 같았다.

"앉으슈. 뭣 땜에 가랍디까?"

사내가 담배를 꼬나 물고 비스듬히 앉았다. 나는 웃었다.

안방문 쪽을 흘끔흘끔 쳐다보자 사내의 표정이 약간 당황하는 빛이었다.

"정아영이 왜 보냈지?"

사내는 거만했다.

"선생이 그 유명한 이가 놈이십니까?"

"뭐라구?"

"안방부터 보여주시죠? 또 어떤 여자를 피 빨아먹는지 좀 봅시다."

"이놈이."

얼굴이 대번에 험상궂어졌다.

"그 꼴통을 보니 지옥에서 외출 나온 마귀 같으슈. 좀 점잖아보슈. 훌륭하신 기자 양반아."

나는 성큼성큼 안방문 쪽으로 다가섰다. 사내가 내 등을 우악스럽게 움켜쥐었다.

"이가야, 죽여달라고 빽 쓰는 거냐?"

돌아서며 사내의 정강이를 걷어질렀다. 사내가 정강이를 잡고 길길이 뛰었다. 안방문을 덜컥 열었다. 바깥에서 떠드는 소리를 들었는지 잔뜩 웅크리고 있는 여자가 큰 눈으로 나를 쳐다보았다. 낯이 설지 않은 여자였다.

사내가 겨우 정신을 차렸는지 안방문 쪽으로 걸어왔다. 그의 손엔 옷걸이가 쥐어져 있었다.

"웬 놈이냐? 죽인다."

사내가 옷걸이를 마구 휘둘렀다. 겁에 질린 병아리 탤런트가 침대 시트로 얼굴을 가린 채 주저앉았다.

나는 사내의 어깻죽지 밑을 엄지 손가락으로 찍었다. 사내가 나뒹굴었다. 숨쉬기가 거북한지 뜨거운 소리를 질렀다.

"이놈, 이가 놈아. 정아영이 네 말 안 듣는다고 주간지에 터

154

뜨려서 어쩔 셈이냐. 그만큼 가지고 놀았으면, 피 빨아먹었으면 놔줄 배짱쯤은 있어야지, 이 자식아. 너 몇 살 처먹었냐?"

사내는 아직도 숨쉬기가 거북했던지 엉금엉금 기어 다녔다. 나는 재차 사내를 걷어찼다. 사내가 엉엉 소리 내어 울었다.

"살려줘요. 제발 살려줘요."

숨 넘어가는 소리로 침대 밑으로 기어 들어가려고 했다.

"싹싹 빌어봐라. 손바닥이 불타도록 빌어봐라."

사내는 시키는 대로 손을 비볐다.

"묻는 대로 대답해라. 한마디라도 틀리면 숫제 사내구실 못하게 해줄 테니까."

"예, 말씀하세요."

"몇 살 처먹었냐?"

"서른일곱입니다."

"소속은?"

"S주간지 사진부 기잡니다."

"정아영은 어떻게 꼬셨냐?"

이가 녀석은 병아리 탤런트가 걸리는지 옆눈질을 했다.

나는 말없이 녀석의 혈을 눌러 베란다 쇠창살에 목을 옭아넣었다.

"살려줘요. 다신 안 그러겠습니다."

"그럼 바른대로 말해라. 어떻게 꼬셔서 어떻게 피 빨았는지 말해라."

"주간지 표지시켜 주고 여성지 표지…… CF 모델 주선해 주겠다고……."

"저 계집애도 그렇게 말아먹었냐?"

이가 녀석은 대답 대신 고개를 끄덕였다.

"너 이혼했지?"

"예."

"그리고 정아영 데리고 살 계획였지?"

사내는 내가 묻는 대로 다 시인했다.

"그런데 왜 폭로했지? 데리고 살 결심까지 한 자식이 어째서 감독이니 프로듀서한테 농락당한 걸 폭로했냐? 그런 걸 다 알면서 데리고 살 생각였으면 이해를 해줬어야잖아 임마."

"버릇을 고치려고……."

"무슨 버릇이냐?"

"몸이 헤퍼요."

"웃기고 자빠졌네. 네 놈은 도덕 덩어리냐?"

병아리 탤런트가 고개를 돌린 채 얼굴을 찡그렸다.

"쟤 이름이 뭐냐?"

"한송이라고, 탤런틉니다."

"쟨 어떻게 된 거냐?"

"그냥……."

사내는 얼버무렸다. 짐작이 가는 일이었다. 표지 모델과 CF 모델로 알선해 주겠다는 식의 수법으로 거덜을 내고 있는 셈이었다.

"너, 이리 와."

한송이가 느린 걸음으로 걸어왔다. 나는 따귀를 정신없이 갈겨주었다.

"이년아, 몸으로 해결할 생각 말고 다른 탤런트처럼 노력할 생각 좀 해라. 너 같은 갈보들 보려고 사람들이 텔레비전 보는 게 아니다."

한송이는 쓰러져서 울고 있었다.

"얠 어떻게 만났냐?"

"저, 거시기……."

"말해!"

나는 복부를 한 대 올려쳤다. 공중으로 한 바퀴 빙그르 돌며 나가떨어졌다.

"때리지 마세요. 말할게요. 저, 여의도 황 마담이 연결해 줘서 만났어요."

"그럴 줄 알았다. 그 여편네는 프로듀서뿐 아니라 너 같은 폭력배 기자를 거느리고 있다는 정평이 나 있으니까 말이다."

기자의 폭행은 무서운 것이다. 정상적인 기자들은 기사 한 줄 가지고도 인권문제를 고심하고 그 기사가 미칠 영향까지도 고려하는 고통을 감수하지만 기자직을 이용해 더러운 짓을 하는 소수의 악바리들은 웬만큼 악독한 깡패보다 사람을 더 죽이는 폭력배인 것이었다.

이가 녀석한테 얻어낸 것은 여의도의 황 마담 휘하엔 여러 부류의 찰거머리가 붙어 있다는 확실한 증거였다. 여자 탤런트나 여자 가수와 이해 관계가 맺어져 있는 프로듀서와 영화감독, 기자와 여성지 관계자, 광고기획회사 실무자와 큰 회사 홍보실, 레코드업계와 여자를 필요로 하는 비밀요정……. 수도 없이 많은 업종의 찰거머리들을 거느리고 있는 무서운 여자였다.

더구나 그런 애송이 탤런트나 가수가 필요한 돈 많은 사내들과 힘을 믿고 까부는 소수의 사내들과의 끈끈한 연결은 황 마담이 큰소리치게 하는 요인이었다.

"황 마담, 지금도 그 장사하나?"

"네."

"유기하란 사내 아냐?"

"첨 들어봤는데요."

"됐다. 너 따라와라."

"어디로 말입니까."

"너 같은 자식은 버르장머리부터 뜯어고쳐야 돼."

"다시는 안 그러겠습니다. 정말입니다."

"그렇겠지. 말이야 그렇게 해야지. 너 같은 놈 때문에 멀쩡한 주간지 기자들이 욕먹었다. 그러니 극소수의 너 같은 놈이 있다는 걸 밝혀서 덤터기 쓴 걸 벗겨야 돼. 네 주둥아리로 성명서를 발표하든가 경찰서에 넘겨서 선량한 기자들의 명예를 벗겨야 되겠다. 그리고 이 똥개만도 못한 자식아, 정아영이 실컷 데리고 놀았으면 그만이지, 간다고 하면 따귀나 한 대 때려서 잘 먹고 잘 살라고 보낼 일이지 치사하게 불알 달린 사내가 기자라는 직분을 이용해 파멸시키려고 했지. 동료들한테 소문내고 충동질하고 기사를 그럴듯하게 만들어 배포하는 새끼는 사내새끼가 아니겠지. 그러니 사내새끼 노릇을 못하게 해주는 게 도리라고 생각한다."

"아이고 선생님, 살려주세요. 제발…… 다시는 이런 짓 않겠습니다. 정말입니다. 한 번만 살려주시면……."

나는 이가 녀석을 올려붙였다. 팽그르르 돌아 쭉 뻗어 누웠다. 거품을 뿜으며 바둥거렸다. 용서할 수 없는 사내였다.

기자라는 직분을 이용해 몸이 헤픈 여자지만 한 인간을 정의감이나 사명감 없이 망치려고 한 부분은 도저히 용서할 수 없는 부분이었다. 이런 치를 여태 채용하고 있는 주간지나 그 신문사도 이해할 수 없었다. 그만한 사정이야 있겠지만 이 땅에서 가장 비열한 폭력배를 두둔하는 꼴이었다.

"자술서를 쓰겠냐?"

"쓰겠습니다."

"지금까지 나한테 한 그대로 쓸 수 있겠냐?"

"용서만 해주신다면 다 쓰겠습니다."

이가 녀석은 무릎을 꿇었다.

"한번 써봐라. 첨부터 끝까지 상세하게 말이다. 단 한 구절이라도 거짓말을 하면 용서 없다."

"예, 알겠습니다."

이가는 책상에 앉아 담배를 빼어 물고 떨리는 손으로 자술서를 쓰기 시작했다.

녀석은 어차피 나한테 털어놓은 부분을 제외하곤 거짓말로 쓸 게 분명했다.

자술서를 끝낸 녀석을 끌고 나왔다. 우이동 계곡 깊숙한 곳으로 끌고 갔다. 발가벗겨 나무에 묶어버렸다. 계집애는 오들오들 떨고 있었다. 어둠 속으로 모기떼가 극성스럽게 덤벼들었다.

이가 녀석 앞에 등산용 전지를 켜두었다. 모기떼가 옷을 입고 있는 내게까지 극성스럽게 달려들었다.

"그게 모기밥이란 거다. 네가 찰거머리로 여러 여자를 피 빨아먹은 것이 얼마나 치졸한 짓이며 얼마나 비열하고 가슴 쥐어뜯게 했는지 깨닫게 될 것이다."

나는 한송이를 끌고 계곡 쪽으로 내려왔다. 녀석의 비명 소리와 사람 살리라는 처절한 소리가 계속 울부짖고 있었다.

"네년도 저 꼴 당해볼래?"

"제발 용서해 주세요. 죽을죄를 졌습니다. 다신 그러지 않겠습니다."

"맹세할래?"

"맹세합니다."

"그럼 조심해서 내려가라. 한번 더 그런 짓하다 내 눈에 뜨이면 그땐 끝장난 줄 알아라."

계집애는 정신없이 뛰어 내려갔다. 나는 천천히 이가 녀석이 묶여 있는 산으로 올라갔다.

녀석은 정말 모기밥이 되어 혼절할 지경이었다. 전지불빛에 모기들이 수백 마리가 날아다녔다. 무방비 상태의 이가 녀석은 애원하며 울었다.

"다시 여자들 피 빨아먹을래?"

"아닙니다. 맹세합니다."

"이가 놈아, 네가 당한 것보다 불쌍한 여자들이 당한 건 더 아프고 더 죽을 일이었다. 제발 더럽고 치사하게 놀지 마라."

"명심하겠습니다."

나는 이가 녀석을 풀어주었다. 녀석은 정신없이 뒹굴며 긁어 댔다.

나는 그 밤에 여의도 황 마담 아파트로 갔다. 이가 녀석의 능숙한 연기로 문이 열리자마자 나는 안으로 뛰어들어갔다.

"누구냐?"

발가벗은 계집애들과 끼고 놀던 다섯 명의 사내들이 놀라서 벌떡 일어났다.

"알 만한 새끼들만 모였군."

나는 술상을 걷어차고 사내들과 발가벗은 계집애들을 마구 걷어찼다. 전부 쭉 뻗어 누웠다.

"이봐, 총각. 정말 죽구 싶어 환장했구나."

황 마담이었다. 그 뒤엔 한송이와 유기하가 버티고 서 있었다. 내 계획대로 한송이는 황 마담에게 쫓아갔고 황 마담은 다른 친구들 가지곤 안 된다는 걸 알고 있어서 유기하를 부른 것 같았다.

"어허, 유기하 선생 오랜만이오. 중국 대가께서 황 마담 같은 갈보의 밑이나 닦아주는 신세가 가엾어서 또 왔소."

내가 허리에 힘을 주며 다가섰다. 황 마담과 한송이가 비켜섰다.

"이번엔 다시 못 나타나게 하겠소. 살아 있고 싶으면 돌아가쇼. 다시 안 나타나겠다는 맹세만 하면 눈을 감아주겠소."

"차라리 유기하 선생 손에 죽겠소."

"겨루어서 될 일이 아니오. 지난 번에 당신을 살려 보낸 건 당신 재질이 아까워서 그랬소. 죽일 수도 있었소. 무공권법의 전수자라면 무모한 짓은 않을 텐데요. 김포 넙치 형께서도 아실 일이오."

유기하는 늠름했다. 어디 한 군데 빈틈이 없었다. 표창 솜씨는 무공권법을 능가한다는 소문이었다.

"글쎄올시다. 중국의 정통권법을 나도 인정합니다만 때가 묻은 정통권법을 인정하기 어렵잖습니까?"

"때가 묻다니오?"

"황 마담 같은 찰거머리 뒤나 봐주는 게 중국 무술의 정통

성은 아니잖소."

"그건 아니지요. 한국 무술의 거물을 만나려는 내 뜻이니까요. 선생은 지난 번에 살아 돌아갔으니 나하고 약속을 지켰어야 했소. 그게 무공권법의 규율은 아니시겠죠."

"그렇소. 사내가 한 번 약속했으면 지켜야 됩니다. 그러나 이번 것은 다릅니다. 황 마담이 그런 짓을 계속하는 한 상황은 계속됩니다. 지난번 일은 지난번 사건까지만 약속한 걸로 압니다."

"아무튼 우리 서로 구차한 말로 시간을 보내지 맙시다."

"좋지요."

"장소는 지난번 그 장소로 합시다. 조건도 그때 그대로입니다."

"갑시다."

"황 마담과 이 기자 선생을 데리고 가시죠. 나는 넙치 형과 같이 가겠습니다."

"좋도록 합시다."

우리는 황 마담의 승용차로 지난번 그 지하실로 갔다. 넙치 형이 굳은 표정으로 지하실 옆에 서 있었다. 넙치 형은 말없이 유기하의 손을 잡았다. 두 사람은 웃었지만 표정이 썩 밝지는 않았다.

지하실로 내려섰다. 황 마담과 이 기자 녀석이 입구의 계단에 앉았고 넙치 형은 입을 꾹 다문 채 구석자리에 앉았다.

"표창이나 다른 무기를 쓰시겠소?"

유기하가 물었다. 나는 고개를 흔들었다.

"난 유기하 선생을 살려두고 싶소."

"피차일반입니다."

우리는 표창을 빼내어 지하실 입구에 던졌다.

일합. 이합. 삼합. 그렇게 우리는 느리고 숙연한 자세로 엉키었다. 쉽사리 승부가 날 수 없었다.

십여 분 동안 겨루어도 유기하의 동작에서 빈틈을 발견할 수가 없었다. 그렇게 무서운 상대에게 발 빠른 동작만 믿고 덤볐던 내 자신이 얼마나 어리석었는지 알았다. 넙치 형이 손가락을 자를 수밖에 없었던 실력이라고 생각되었다.

십오 분을 소비했다. 그리고 두 사람은 땀투성이가 되었다. 다시 이십 분이 넘었다.

얍.

나는 일격을 가했다. 유기하는 허공으로 나뒹굴었다. 시멘트 바닥에 대자로 뻗어 누운 유기하의 멱살을 잡아 일으켰다. 혈이 짚여서 흐느적거렸다. 나는 혈을 풀어주었다.

"유기하 선생. 무릎을 꿇으시오."

유기하는 천장을 한 번 올려다보고 무릎을 꿇었다.

"졌소. 내가 졌소."

절절하게 끓어오르는 목소리였다.

"돌아가시오. 당신에게 목숨 빚을 갚았소. 약속대로 저치들은 내가 처리하겠소."

바로 그때였다. 황 마담이 째지는 소리로 말했다.

"움직이면 죽인다."

그녀의 손엔 앙칼맞게 생긴 권총이 쥐어져 있었다.

"손들엇! 죽인다."

나와 넙치 형은 손을 들었다. 방아쇠에 손가락을 힘주어 잡은 황 마담의 얼굴엔 냉소가 떠돌았다.

"저놈들을 묶어요. 어서."

이 기자 녀석이 쫓아 내려왔다. 유기하가 손을 들었다.

"약속은 약속이오. 총을 내려요. 당신은 그 짓을 그만둬야 합니다."

"너도 죽이겠다."

"죽는 건 두렵지 않소. 이미 죽은 거나 마찬가지요. 그러나 이 사람은 여기서 나가야 합니다. 난 그것까지 약속한 사람이오."

"까불고 있네. 다 죽이면 그만이다. 이 기자 올라와!"

황 마담은 정통으로 겨냥했다.

순간, 유기하가 몸을 날려 구두짝을 날렸다. 황 마담이 권총을 놓치고 계단에서 굴러떨어졌다.

"유기하 선생, 고맙소."

나는 황 마담의 목을 옭아 쥐고 일어섰다. 유기하가 힘없이 고개를 숙이고 지하실을 빠져나갔다. 나는 그 뒤에 대고 묵례를 했다. 진심으로 아쉬운 이별이었다.

너 같은 사내들만 있으면…….

한번 무너진 황 마담은 걷잡을 수 없게 비굴한 애원을 했다. 나는 너그러운 마음을 가질 수가 없었다. 그녀가 토해낸 찰거머리 조직은 너무나 어마어마했다.

두 사람을 엮어 경찰서에 넘겼다. 애원하던 황 마담의 태도가 퍽 당당하게 변했다. 황 마담은 거칠 것 없이 모든 걸 시인했다. 프로듀서와 감독 명단, 기자와 관련 업계의 명단만 해도 타자지로 빡빡하게 나왔다.

"이왕 이렇게 된 거, 나 혼자 죽진 않겠다."

황 마담이 씨익 웃으며 내게 이렇게 말했다. 소름이 오싹 끼치는 목소리였다. 보통 무서운 여자가 아니었다.

경찰서를 나서자 넙치 형이 나를 끌어안고 울었다. 넙치 형에게서 그런 진한 눈물을 본 적이 없었다.

하느님, 어째야 옳습니까?

이 세상이 어째서 이렇게 참혹해져 가는 겁니까? 당신은 무얼 하십니까. 도대체 당신도 눈이 멀고 귀가 먹으셨나요? 눈 좀 뜨세요! 귀 좀 여세요!

사람들 좀 살고 봅시다. 그만 좀 비겁하쇼.

좀 봐줘유

다혜 얼굴은 햇볕에 그을려 건강해 보였다. 항상 창백하리만큼 하얀 얼굴이어서 우리 어머니가 달갑게 여기지 않을 정도였다.

"납득이 안 간다 이 말씀야. 무공 스님이 아무리 위독했다지만 얼굴하고 팔뚝 보니까 이건 흑인이 되려다 말았거나 해수욕장에서 실컷 재미보구 왔다고밖에 볼 수 없어."

나는 차마 무공 스님한테 된 회초리를 맞았다는 것과 유기하란 중국계 정통무술의 일인자에게 당한 사연을 털어놓을 수는 없었다.

"그런 너는 어째 컴컴해졌니?"

"나야 운전 배우러 다니니까 탈 수밖에 없잖아."

"운전? 히야, 그거 생명보험 회사만 손해 보게 됐구나."

"이러지 마. 내일 면허시험 치는 날야. 그동안 얼마나 열심히 배웠는지 알아?"

"교통 경찰관 열 명쯤 더 채용해야 되겠다. 면허 따면 뭐할래? 세발 자전거 운전하는 데도 면허증이 필요하니?"

다혜는 내 팔꿈치께를 꼬집었다.

"어디 갔었는지 실토해 봐. 딴소리 말고 어서!"

"무공 스님이 아직도 회복되지 않으셨어. 우선하셔서 그만 내려가라고 하시기에 내려온 거야."

"또 가야 돼?"

"잠깐잠깐 다녀오면 될 거야. 많이 좋아지셨으니까."

"담에 갈 때 나도 델구 가봐. 확인해야겠어. 도대체 몇 달 동안 오리무중인 걸 보면 믿을 수가 없어. 편지 한 장만 해줬어도 이렇게 서운하진 않았을 거야."

"편지? 첩첩산중에 무슨 우표가 있니? 차에서 내려 나처럼 빠른 놈도 한나절이 넘게 걸리는 산골인데."

"아무리 그래도 그래. 바꿔서 생각해 봐. 내가 어디 가서 몇 달 연락 없었어 봐. 찬인 어쩠을 것 같애?"

"그냥 안 두지 않을까 생각하다가 이해를 하지 말자고 다짐하다가 또 말다가…… 용서하겠어."

"암튼 이번 일은 무슨 일이 있어도 해명해 줘야겠어."

"좋다. 담에 갈 때 꼭 같이 가자. 산에 올라가며 울지나 말아."

"약속."

우리는 새끼손가락을 걸었다.

"차 살 돈 있니?"

내가 물었다. 다혜도 실업자였다. 더구나 집에서 차 살 돈을 빼낼 수 있는 처지도 아니었다.

"근사한 돈벌이를 시작했거든."

"취직."

"아니."

"아르바이트?"

"그런 셈이지."

"아르바이트 해서 차를 산다? 비밀요정에라도 나가니?"

다혜는 또 꼬집었다. 분노한 표정이었다.

"아르바이트 해서 차 산다는 게 이해할 수 없잖아."

"나 학원에 다닌 거 몰라?"

"그까짓 영어학원 다닌 게 무슨 소용 있니? 외국어 학원 선생이라도 된 거니?"

다혜가 이 년 가까이 영어학원에 나간 것은 알았지만 그걸 이용해서 아르바이트를 시작하리라곤 생각하지 않았다. 외국 유학 가고 싶어 했으니까 그러려니 했었다. 다혜도 구체적으로 말한 적은 없었다.

"책 번역 맡았어. 그것도 대우가 괜찮아. 한 달에 이천 매씩 일

년 동안 계속해야 돼."

"이천 매? 누굴 놀리니?"

졸업논문 몇십 장 쓸 때도 녹아났던 기억이 새로웠다. 한 달에 이천 장이라면 손목이 고장날 것 같았다.

"외원단체에서 하는 사업인데 학원 선생이 추천해 줬어. 번역료도 매당 천 원이니까 일 년간 차 굴릴 수는 있어."

"한 달에 이천 매라니? 무슨 재주로 번역한단 말이니?"

"타자기로 하니까 그런 걱정은 안 해도 돼. 이삼 일에 한 번씩 들랑거려야 되는데 차 없으면 보통 불편한 게 아냐. 학원 선생도 차 한 대 사는 게 좋겠대. 중고차 사면 되잖아."

다혜의 말을 들어보니 차 한 대쯤은 있어야 될 것 같았다.

"나도 면허 따야 되는데."

"그럼 낼 시험 치러 갈 때 같이 가면 되잖아. 거기서 신청서 내면 이삼 일 후에 시험 보게 돼."

나는 면허 없이 차를 몰고 다니는 불안을 해소하고 싶었다.

"시집올 땐 되도록 새차로 갈아가지고 와라."

"미안하지만 빈 몸만 가겠어."

"내가 우연히, 정말 우연히 고시에 패스해도 빈 몸으로 오겠니?"

"그땐 아예 안 가겠어."

"나도 고시 패스하지 않겠어."

우리는 깔깔거리며 웃었다. 내 잠재의식 속에 사법고시에 붙고 싶은 마음이 자리 잡고 있는 건 숨길 수 없었다. 으스스하다는 판사나 검사가 되어보고 싶었다. 그래서 우리 어머니를 기쁘게 해주고 싶었다.

"친구 오빠가 일 년밖에 안 탔다며 헐값으로 주기로 했어. 그것도 석 달이나 다섯 달 분할해 주겠대."

"말리진 않겠다만 조심해라. 서울서 운전할 줄 알면 세계 어딜 갖다 놔도 일류로 운전한다는 도시니까. 이건 운전하는 게 아니라 곡예야. 생명의 곡예단이 모여 어떻게 하면 엉터리로 운전하면서도 살아날 수 있는가를 시범으로 보여주는 곳 같다니까. 택시 운전사는 한 푼이라도 더 벌자고 황천 예행연습하고 버스 운전사는 오줌보가 터질 정도인지 정신없이 밟아대고 자가용은 비교적 좋은 편이라고 하지만 마찬가지 실정야."

"그거야 누가 몰라?"

"좌우간 시험관이 어떻게 운전할 거냐고 물으면 요리조리 새치기를 할 거라고 대답해. 그럼 제까닥 면허증 내줄 거야."

"정말야?"

다혜가 장난스럽게 물었다. 나는 고개를 끄덕였다. 교통 순경이 눈에 뜨이지 않으면 무슨 짓이고 교통법규를 많이 어겨서 그 계통에 기록을 세우려는 사람들로 우글거리는 것 같은 서울이었다.

이튿날 아침에 나는 면허시험장으로 나가 시험 치는 다혜의 들러리 노릇을 했다. 예상문제집을 꼼꼼하게 읽는 다혜의 표정이 퍽 진지해 보였다.

시험장에 들어간 지 삼십 분도 채 안 되어 다혜는 밝은 표정으로 나왔다.

"자신 없니?"

내가 이렇게 물었다.

"이건 겁주는 시험야. 법규나 구조 같은 걸 공부해라 이거야."

"자신 있냐니까."

"70점 못 맞을까."

시험이 끝나고 채점결과가 컴퓨터로 즉석에서 발표되었다.

다혜는 백 점을 맞고 시험 친 사람들에게 박수를 받았다.

"졌다. 이런 시험까지 백 점 맞는 사람이 어디 있니? 욕심 좀 자그마치 부려라."

나는 다혜의 실력에 대해 두려움 같은 걸 느꼈다. 다른 여자라면 몰라도 다혜만은 평범한 여자이기를 바랐다. 나는 여자 문제에 관한 한 편하고 싶었다.

다혜처럼 너무 깔끔하면 피곤할 것만 같았다.

"차라리 그 실력이면 고시공부해라. 여자 판사가 되든 여자 검사가 되든 한번 폼 잡아보는 것도 괜찮겠다."

"빈정거리지 마. 어쩌다 보니 그렇게 됐어."

다혜도 내 속마음을 읽었는지 모른다. 시험이라면 언제나 턱 걸이밖에 못하는 내 처지에 비하면 다혜의 시험 치르는 실력은 너무 월등했다.

코스 시험장에 들어선 다혜는 긴장된 표정이었다.

"맘 푹 놔라. 내가 있잖아."

"그래도 떨려."

"맘 놓고 하고 싶은 대로 해버려. 떨어지면 내가 면허증 만들어다 줄게."

"그럴 수 있어?"

"내가 해준다면 해줘. 그러니 맘 놓고 하고 싶은 대로 해버려."

"돈 든대며?"

"걱정 말고 해. 내가 면허증 내줄 테니까."

나는 쓸데없이 큰소리를 쳤다. 다혜 마음을 안심시키기 위해서였다. 항간엔 돈으로 면허를 딸 수 있다는 말도 많았다. 그러나 그런 방법이나 길을 알 수는 없었다. 불안해하고 있는 다혜를 안심시킬 생각만 했다. 다혜가 떨어지면 그때 가서 무슨 수를 찾아볼 막연한 생각이었다.

다혜가 시험관의 지시대로 차에 올라탔다. 나는 차가 움직이자 시험장 안으로 뛰어들어갔다. 시험관들이 나를 내쫓으려고 호루라기를 불며 쫓아다녔다. 다혜는 내 행동을 알고 있었기 때문에 당황하지 않고 코스 시험을 볼 수 있었다.

내가 시험관들과 의도적인 숨바꼭질을 하는 사이에 다혜는 무사히 합격하고 도장을 받았다.

나는 코스 시험장을 빠져나와 커피 판매대 앞에 서 있는 다혜를 만났다.

"축하한다. 나도 고생했지만."

"꽤 개구쟁이 청년였어. 그만하면 마누라 굶기진 않겠던데."

"사람들이 낄낄대고 웃는데 뒤통수가 뜨뜻하더라."

"주행시험 볼 때도 근사한 쇼 한 편 연출해 주시지그래."

"그럴 작정이다."

우리는 점심을 먹고 주행시험장으로 나갔다. 안내 방송하는 시험관의 지시대로라면 수험번호 순서대로 주행시험을 치르는 게 아니라 용지 제출 순서대로라고 했다. 나는 재빨리 용지를 들고 시험관에게 뛰어가 순서를 빠르게 조정했다. 선착순으로 주행시험을 치르기 때문에 아수라장이었다.

다혜가 주행시험장으로 들어섰다. 시험관이 탄 차를 직접 운전하는 가장 어려운 관문이었다.

다혜가 앞좌석에 타고 시동을 걸었다. 나는 일부러 숨을 몰아쉬며 뛰어나갔다.

"누나! 큰일 났어. 엄마가 쓰러지셨어. 빨리 가."

나는 몹시 거칠고 당황한 사람처럼 떠들었다.

"뭐라구? 엄마가!"

"고혈압이었대. 빨리!"

"잠깐만 기다려라. 금방 돌고 올게."

다혜는 몹시 당황한 표정이었고 시험관이 뭐라고 했지만 자동차는 속력 좋게 달려 나갔다. 다혜 얘기는 빤했다.

오늘 면허 못 따면 다시는 못 오게 된다는 것과 외국유학

가는데 필수적으로 면허를 따가지고 가야만 편하다는 것과 홀어머니가 보따리 장사해서 자식 공부시키다가 결국 쓰러지셨다는 식의 너스레를 떨어댈 것이었다.

조금씩의 실수나 서툰 것이 있더라도 어머니가 쓰러지셨다는 얘기를 듣고 당황해서 그런 것이지 결코 운전실력이 모자라서는 아니라고 판단할 것이다. 그리고 이만큼이라도 해낸 것은 너무나 연습을 많이 한 실력이라고 인정할 것이다.

주행시험을 치르고 올라온 다혜는 소리를 질렀다.

"합격했어. 합격야!"

우리는 계속 낄낄대며 웃었다. 합격증을 받아 든 다혜가 팔짱을 꼭 끼고 이렇게 말했다.

"기분이 너무너무 좋다. 열두 번 시험 보고도 떨어진 아주머니가 막 우는 걸 보니까 첫 번 시험에서 합격한다는 게 보통 일이 아니라는 걸 알겠어."

그건 사실이었다. 첫 번 시험을 합격하는 사람은 극소수에 불과했다. 대개 네댓 번씩 시험을 치른 뒤에야 겨우 면허증을 받는 게 통례였다.

"내 공로를 인정하겠니?"

"하구말구."

"그럼 뽀뽀 한 번 해주라."

"좋아. 그런데 어디서 해주지?"

"여기서 안 돼?"

사람들이 많은 곳에서 입맞춤을 할 수는 없었다. 그렇다고 키스 한 번 하려고 사람 없는 곳을 일부러 찾아 나설 수도 없었다.

"참, 이놈의 도시가 젊은애들 골 때리게 만들어졌다니까."

"그럼 취소하겠어."

다혜가 노린 점이 바로 그런 것 같았다.

"보류해 두자. 키스할 거 한 번 있다."

"그때 가서 참작은 하겠어."

면허증은 삼 일 뒤에 나오게 되어 있지만 서울 시내의 운전하는 양반들이 하도 법을 잘 지키고 사람처럼 운전을 해서 시내연수를 하지 않고는 도저히 시내에서 운전을 할 수가 없었다. 나는 면허증도 없으면서 다혜의 시내 연수를 책임지기로 약속해 버렸다.

다혜가 면허증을 받는 날 나는 다혜가 구입한 승용차를 끌고 다니며 하루 종일 시내 연수를 시켰다. 다혜는 이틀 만에 조심스럽게 운전대를 잡았다.

"도저히 못하겠어. 초보운전이라고 써 붙였는데도 너무들 해. 봐주는 사람들도 있지만 장난질 치는 사람이 더 많아. 사람들이 왜 그 모양일까? 너무 질서가 없어. 이건 교통질서가 있는 도시가 아니라 살인 음모로 꽉 찬 도시야."

다혜가 엄살이 아닌 체험을 얘기하고 있었다. 누구나 초보

운전을 경험한 사람들은 똑같은 말을 했다.

"누가 아니래. 교통질서 하나 제대로 정리할 줄 모르는 도시 교통행정 때문에 무덤 숫자와 병신 숫자만 늘어나는 거야. 교통행정가들이란 게 저희들만 안 죽으면 그만인 모양야."

딱지를 떼기 위한 함정단속이나 하는 게 어떻게 교통행정일까? 들쭉날쭉한 집중 단속이나 벼락치기 단속으로 교통질서를 잡으려는 발상부터가 어거지였다. 대로상에서 버젓하게 경찰차가 법을 위반하면서 무슨 단속할 배짱이 있는지 모를 일이었다.

"할 수 없다. 자동차에 비상 사이렌을 달든가, 확성기를 달아놓고 소리 빽빽 질러가며 다니든가, 그렇지 않으면 초보운전이란 딱지를 떼고 좀 봐줘유, 씨! 라고 써붙이는 방법밖에 없어."

"그러지 말고 아예 탱크를 타고 다니는 게 낫겠어. 너무들 해."

다혜는 몸서리를 쳤다.

우리는 즉석에서 붉은 매직잉크로 이렇게 써서 뒤 유리창에 붙였다.

좀 봐줘유, 씨!

하느님, 혹시 하느님은 손수 운전해 보신 적이 있으십니까?

아마 하느님 아니라 하느님 할아버지가 와도 이놈의 서울 바닥에서 운전하려면 장갑차로 개조해야 할 겁니다. 뒤 유리창에 초보운전이라고 써 붙여가지고 다녔다간 하느님도 별수 없이 그걸 떼어내고 좀 봐줘라, 씨! 라고 쓰실 겁니다.

그렇다고 뒤 유리창에다가 경고한다, 접근하면 발포한다고 쓸 수야 없잖습니까.

배짱 가지고 운전하지 않으면 안 되는 이 참담한 현실을 하느님은 어떻게 생각하십니까.

한국산 자동차들은 손가락으로 눌러도 움푹움푹 들어가게 되어 있습니다. 거기다 운전사들은 난폭운전과 곡예운전의 세계적 권위자들입니다.

교통사고율이 세계 제일이라는 건 참으로 영광된 것이겠지요.

단속하는 경찰관이나 순시원들이 공공연하게 돈으로 매수되는 풍토가 지속됐었기 때문에 운전사들의 의식 속에는 벌금용 잔돈을 아예 준비해 가지고 다녔습니다. 순리대로 운전하는 것보다는 마구잡이로 몰고 다니다가 들키면 몇 푼으로 땜질을 하는 게 수입 면에서 훨씬 유익하다는 택시 운전사들의 말을 하느님은 많이 들었겠죠.

하느님, 도시의 공기오염은 여러 가지가 있겠지만 그중에 유난히 표나는 것은 자동차가 내뿜는 배기오염치일 것입니다. 주둥아리로 시민과 국민의 건강을 외치는 가짜들을 끌어다가 자동차 배기관에 코를 박아놓고 단 일 분만 끌고 다녀보세요.

그러면 대번에 그 가짜 애국자들은 조금이나마 양심이 숨 쉬고 있다면 사표를 쓸 것이고 그래도 애국자인 척하려는 치들은 개발도상국이 어쩌니 우리나라 현실이 어떠니 할 겁니다.

하긴 목청 크고 애국이 어떻고 민중이 어떠며 양심이 곧은 체하던 치들은 모두 가짜더군요.

하느님, 목청 크고 존경할 만한 사람 가운데 양심을 지킨 사람이 누구란 말입니까? 목청 큰 게 나라 사랑하는 사람이라면 목 따는 소리 지르는 돼지가 훨씬 애국하는 부류에 속할 겁니다.

다혜가 초보운전을 떼어내고 붉은 글씨로 좀 봐줘유, 씨! 라고 쓴 걸 붙이고 운전했다. 나는 다혜의 옆자리에 앉아서 초보운전자가 조심해야 할 얘기들을 계속 늘어놓았다.

좀 봐줘유, 씨!

이 커다란 붉은 글씨는 대번에 효과를 보았다. 운전사들이 낄낄대며 웃었고 길거리에서 그 글씨를 본 사람들도 손가락질을 하며 웃었다.

차량들은 확실히 피해주었고 가능하면 뒤에나 옆으로 붙으려고 하지 않았다. 참으로 별난 일이었다.

"이렇게 써 붙였는데도 안 봐주면 그거야말고 철면피의 표본이겠지."

내가 이렇게 말했다.

"폭탄 매달고 다니면 서울의 교통이 이렇게 엉망진창은 안될 거야."

우리는 아수라장인 차량의 행렬 뒤를 조심스럽게 빠져나가고 있었다.

다혜가 어렵게 시내 연수를 하는 동안 나는 이 기회에 운전면허를 따두고 싶었다. 급한 일이 생길 때마다 면허 없이 운전하고 다니던 불안감을 해소하고 싶었다.

필기시험은 문제은행식이어서 문제집을 한 번 읽고 합격할 수 있었다.

나는 시험을 치며 어쩌면 필기시험은 법규나 자동차의 원리를 깨닫게 하려는 수단으로 만든 것이라고 생각했다. 시험이란 그런 뜻으로 통용되는 게 원칙일 것이다. 세속적인 시험지들처럼 야박하지 않아서 좋았다.

코스 시험도 합격했다. 운전을 해본 사람이라면 웬만하면 통과할 수 있는 과정이었다.

그러나 마지막 장거리주행에서 나는 허망하게 내 운전실력이 무너지는 걸 알았다. 무면허였지만 한 번도 남보다 운전실력이 미숙하다는 생각을 해본 적이 없었다. 그만큼 자신이 있었다.

"면허장 차는 똥차다."

"꼬투리를 잡으려는 시험이지 면허증을 내주기 위한 시험장은 아니다."

"시험관의 마음에 맞는 운전을 어떻게 하란 말인가?"

면허시험에 떨어진 사람들의 이런 얘기를 들으며 나는 내가 정말 똥차나 시험관의 비위를 맞추지 못해서 떨어졌는지를 생각해 보았다.

아니었다. 내가 떨어진 것은 운전대를 마음 놓고 잡았었다는 자만심이었다. 다른 사람은 몰라도 내가 불합격된 것은 내 마음속에 있는 자만심이라는 걸 알았다.

"당신, 엊그제 난리 치던 사람 아뇨?"

시험관 제복의 깃에는 잎사귀 계급장 두 개가 달려 있었다. 다혜를 합격시키기 위해 장난질 치던 걸 기억하고 있었다.

"그래서 떨어뜨린 겁니까?"

"당신은 운전을 너무 잘해. 시내 갖다 놓으면 일급일 거요."

"그런데 왜 떨어뜨린 겁니까?"

"당신 생명을 구해주고 싶어서요."

"뭐요?"

"담에 오쇼."

시험관이 피식 웃었다. 나도 웃고 말았다. 내가 운전실력이 있는 건 인정하지만 합격시켜 주지 않겠다는 그의 말이 충격처럼 뒤통수를 때렸다. 모처럼 괜찮은 경찰관을 만난 기분이었다.

나는 돌아서 나오다 말고 거수경례를 붙였다. 경찰관이 모자를 벗고 인사를 했다.

그 길로 다시 서류를 만들어 넣었다. 규정상 재시험에 응시하려면 이것저것 날짜를 감안해 보아도 한 달 정도 걸렸다. 나는 그렇게 오래 기다릴 만큼 참을성을 길러두지 않았다. 무공 스님한테 참을성을 배운 것은 다른 경우였다.

삼 일 후에 나는 다시 면허시험장으로 갔다. 그 경찰관이 차 창으로 고개를 내밀고 씨익 웃었다.

"몰라줘도 좋습니다."

내가 큰소리로 대답했다.

내 차례가 되었지만 뒷사람에게 양보하며 그 경찰관 차를 타기 위해 기다렸다. 내가 뒷자석에 올라타자 뒤를 흘끗 쳐다보고 말했다.

"또 떨어질 텐데 왜 이 차를 타죠?"

"언제 붙더라도 붙을 거 아닙니까? 누가 이기나 한번 해보겠습니다."

"삼 일 전에 떨어진 사람이 또 온다는 건 규정위반이란 걸 아쇼?"

"압니다."

"그런데 또 내 차를 타는 이유가 뭐요?"

"다른 차 타고 면허증 받으면 재미가 없겠습니다. 아저씨한 테 꼭 면허증 받을 참입니다."

"난 면허증 주는 사람 아니오."

"그렇게 될 겁니다."

"차암, 되게 물렸네."

앞사람이 떨어져서 중간에 회차되었다. 나는 출발선 앞에 서서 이렇게 말했다.

"조금이라도 마음에 안 맞으면 떨어뜨리세요."

"내 마음 안 내킨다고 떨어뜨리는 게 아니오."

"그럼 실력이 모자란다 생각되면 봐주지 마십시오."

"그렇게 자신 있소?"

"내 오깁니다."

"어디 오기 한번 봅시다."

자동차가 정해진 코스를 돌아 합격선까지 왔다.

"내가 졌소."

"그러실 줄 알았습니다."

"부탁 하나 합시다."

"그러시죠. 아저씨 얘기라면 다 듣겠습니다."

"합격은 시켜주겠소. 면허증은 보름 정도 기다렸다 찾아가쇼."

"왜요?"

"사실은 아까 당신이 내 차를 탈 때 거절했어야 옳았소. 모르면 몰라도 알고 있는 마당에 그냥 태운 게 잘못이었소. 그러니 보름 정도 기다려달라 이거요."

"그래야 마음이 편합니까?"

"그렇소."

"그러겠습니다."

"고맙소."

나는 합격증을 받아가지고 나오며 기분이 썩 좋았다. 그 경찰관이 아직도 잎사귀 두 개밖에 달고 있지 않다는 게 뭔가 잘못된 것 같았다.

나는 평소에 경찰관 제복만 보아도 알레르기처럼 돌기가 돈는 것 같았다. 어린 나이에 경찰관에게 시달린 경험 때문이기도 했지만 내 뇌리 속엔 지팡이로 보이지 않고 몽둥이로 보이는 잠재의식이 숨어 있었다. 사람들은 괜히 경찰관 제복을 싫어하는 것 같았다. 물론 괜히는 아닐 것이다. 그동안 국민들 가슴에 그런 인상을 지울 수 없게 만들었다는 건 천하가 아는 일이었다.

선생님과 봉투

은주 누나는 전화를 끊지 않은 채 눈인사만 했다. 나는 목욕탕에 들어가 샤워를 끝내고 나왔다. 은주 누나는 그때까지 계속 전화기를 붙잡고 있었다.

"수다 떠는 거 보니까 과부는 과부다. 무슨 전화를 그렇게 오래 걸어?"

그래도 은주 누나는 눈만 흘겼지 계속 전화기를 잡고 있었다. 밥하는 계집애와 윤정이가 소파에 쪼그리고 앉아서 은주 누나의 전화 소리에 귀를 기울이고 있었다.

"무슨 일이니?"

윤정이가 검지를 길게 세워 입술을 가리켰다. 조용히 하라는 신호였다. 은주 누나는 퍽 심각한 투로 말하고 있었다. 윤정이에 얽힌 얘기였다. 윤정이가 고전무용에 소질이 있어 퍽 열심히 뒷바라지를 해주는 누나였다. 상장과 트로피가 많아서 윤정이가 보통 소질은 아닌 것 같았다. 장구와 북, 족두리와 부채, 색깔 고운 한복과 장신구들, 고전 무용에 필요한 소도구들이 많았다.

나는 윤정이를 데리고 이층으로 올라갔다.

"무슨 일 생겼니?"

"삼촌은 몰라도 돼."

윤정이가 제법 의젓하게 말했다.

"네 일 같든데?"

"그렇지만 난 몰라."

"삼촌한테 말 못할 것도 있니? 엄마가 속상해 있던데. 무용 경연대회 나가서 상 탔잖니? 그것도 금상 받았는데……."

은주 누나가 하는 얘기를 간추려보면 윤정이가 금상 받은 일 때문에 잡음이 생긴 것 같았다.

"엄만, 자꾸 속았대."

"속다니, 왜?"

"엄만, 내 말 안 들어서 그래. 선생님한테 잘 안 보이니까 그랬잖아 머. 다른 애들은 봉투도 갖다 주고 그러는데 우리 엄마는 너무해."

"무슨 소린지 모르겠다. 분명히 네가 금상 받았잖니? 실력이 있어서 받았으면 그만이잖아."

"다른 애들도 다 받은걸 뭐."

"어떻게 다 받어?"

"우리 학교 애들 다 상 받았대 멀. 그러니까 속았대잖아."

은주 누나가 언성을 높이는 이유를 대충 알 것 같았다.

"금상은 너 혼자 아니니?"

금상이면 내 상식으로 한 사람만 받는 거였다. 일등을 두 명씩이나 주는 경우란 특수한 경우가 아니면 없는 법이었다.

"아냐. 우리 학교엔 네 명이 금상이래."

"전국경연대회 아녔니?"

"엄마가 다른 학교에 알아봤는데 금상 받은 애가 다른 학교에도 많대."

나는 더 묻고 싶어도 윤정이가 가슴 아파할 것 같아서 더 묻지 않았다. 뭔가 잘못된 것 같았다.

윤정이가 며칠 전에 받아온 금상 상장과 메달이 응접실에 진열되어 있었다. 윤정이가 그동안 받은 상장과 트로피들보다 오히려 맵시가 있게 생긴 상장과 메달이었다.

세계문화협의회라는 단체 이름도 거창했지만 다른 상장과 달리 금박지와 영문판의 상장까지 따라붙은 것이 퍽 권위가 있는 것 같았다. 그런 권위 있는 단체에서 세계적인 행사로 벌인 무용경연대회가 속임수였다는 건 납득하기 어려운 것이었다.

미국, 일본, 중국, 캐나다, 영국, 독일 등지의 어린이들까지 다

채롭게 출전하여 무용과 음악, 미술 등 예능 솜씨를 겨루는 대회라고 했다. 윤정이가 그런 대회에서 금상을 받았다는 게 대견스러워 내가 인형을 선물로 주기까지 했었다. 세계문화협의회에서 만든 팸플릿을 보면 십수 년이 넘게 그런 대회를 치렀고 대회위원장이나 운영위원들, 고문이나 심사위원들, 협의회 회장단이나 후원하는 단체들은 모두 굵직굵직한 인사나 단체들이었다.

은주 누나는 아직도 전화기를 붙들고 상대와 얘기를 하고 있었다. 대꾸하는 것을 들어보니 윤정이 말보다 더 심각한 것 같았다.

전화를 끝낸 은주 누나는 몹시 언짢은 기분이었다. 그렇게 기분 나쁜 표정을 평소에는 보기 어려웠다.

"누나, 왜 그래?"

"한심해서 그런다. 세상에 그럴 수가 있니?"

은주 누나는 흥분해 있었다.

"말해야 알지? 뭐가 잘못된 거야?"

"세상이 말세가 되려나 보다. 배우는 애들한테 사기 치는 게 버젓하게 움직이니 말이다. 그것도 큰 문화단체고 운영자도 큰 소리치는 사람이 말이다."

"누난 순진해서 그래. 세상이 어떤 곳인 줄 알기나 해? 배우는 학생들 얽어서 뱃속 채우는 부류가 어디 한두 군덴 줄 알아? 우리나라 장난감이나 아이스크림이라고 속여 파는 얼음과자 만드는 작자들투성인 것 몰라? 하느님도 두 손 들 친구들이 수두룩하다니까."

내 말은 별로 틀리지 않을 것이다. 장난감을 보면 그 나라 어른들이 그 나라의 미래를 걸머진 아이들을 어떻게 대하는지 안다는 말도 있다. 그리고 어린아이들이 즐겨 먹는 것들을 이용해 치사하게 돈벌이하는 부류를 보면 그 나라의 교육을 짐작할 수 있다는 말도 있다.

그런 부류들은 어린이들을 집단적으로 살해하려는 음모자인데도 이 나라 법이 무른 건지 아니면 그런 부류들은 돈이 많아서 법망을 피해가는 기술이 있는 것인지 몰라도 펄펄 살아서 갖은 재미는 다 보고 가는 것 같다. 서민이 조금만 잘못해서 옭아 넣는 일에 이골이 난 양반들도 돈 앞엔 할 말도 없는 것 같다.

코끼리가 밟아도 끄떡없는 장난감을 외국 사람처럼 만들어 달라는 게 아니다. 하루만 가지고 놀아도 못 쓰게 되거나 속상하게 되어버리는 장난감을 만들어 파는 제정신이 아닌 친구들이나 그런 걸 두 눈 뜨고 보면서 국민의 일꾼일네 하는 자들이 침묵하거나 이상한 짓을 뒷구멍으로 해치우는 건 도대체 어찌 되려고 그러는지 모르겠다.

설탕물에다 색깔 섞고 요리조리 장난질 쳐서 아이스크림 흉내를 내놓고 마치 선심이나 쓰듯 눈에 잘 보이지 않는 곳에 빙과류라는 작은 글씨를 넣어놓는 상혼은 왜 눈감아주는 걸까?

거기다 무슨 외국 이름자를 늘어 붙여놓는 버릇은 쪽발이들한테 배운 짓일 것이다. 대개 그런 부류들은 쪽발이라면 발톱 때라도 핥아먹을 부류들일 것이다. 그런 친구들은 제 자식 이름도 아마 서양식으로 메리, 도그, 워리, 쫑쫑, 끼끼…… 그렇게 지어줬을 것이다.

은주 누나는 고개를 흔들며 분해서 못 견디겠다고 했다.

"말해 봐. 끙끙 앓지 말고."

"말해 봤자지만…… 이건 너무 하잖니."

"그러니까 말해 보란 말야."

"윤정이가 타온 금상이 속은 거였어. 세계문화협의회란 데가 뭐하는 곳인지 몰라도 우리나라에 있는 외국인 자녀를 데려다가 전원에게 상을 주는 것까진 이해할 수 있지만 우리나라 아이들 잔뜩 데려다 참가비 몇만 원씩 받아먹고 마구 상장을 뿌렸대. 세상에 이럴 수가 있니?"

"참가비 얼마였어?"

"사만 원씩 냈단다."

"그런 걸 어떻게 알았어?"

"윤정이네 학교에서 단체무용까지 열 명이 출전했는데 모두 상장 받았대. 윤정이가 금상이고 나머지도 은상, 동상, 특별상…… 그런 식였대. 이상하다 싶었는데 다른 학교도 모두 그런 모양야. 그래서 몇 군데 확인해 봤어. 내가 학교에 있었기 때문에 알아보기 쉽잖겠니? 출전했다 하면 다 상을 준 모양야."

"그 친구들 장사 잘했겠네. 사만 원씩 천 명만 받아도 사천만 원 아냐? 문화 장사꾼한테 걸린 거구만."

"어쩐지 이상하다 싶었어. 무용선생이 이상하게 졸라대는 거야. 한 학교에서 열 명 이상 출전할 수 없다면서 자꾸 내보내래. 시상식도 없었어. 그냥 개인이 몇 일 몇 시까지 어느 호텔로 나오라고 해놓고 상장하고 메달만 내주는 식이었어. 먼저 같이 있던 동료 선생 중에 무용하는 사람이 있어서 물어봤더니 출전시켜 주는 머리 수에 따라서 봉투까지 주는 모양야. 그 선생은 그런 걸 아니까 거절한 모양야. 열 명이 넘으면 소문이 날 테니까 제한하는 모양이지."

누나가 흥분할 만한 일이었다. 은주 누나는 자세하게 알진 못하지만 대충 세계문화협의회란 단체와 선생들이 가담한 사기극을 설명해 주었다.

"누나, 솔직하게 말해서 선생들도 일급지니 금싸라기 학교니 해서 빽 쓰고 돈 써서 교육을 빙자해 돈 벌러 다닌다는 말 있던데?"

윤정이가 다니는 학교가 이른바 일급지였고 돈 봉투 흥청거리는 학교라는 말이 있었다. 은주 누나도 가끔 봉투 들고 쫓아가는 눈치였다.

"그거야 머……."

은주 누나는 말끝을 흐렸다.

"나도 다 알아. 누나도 애를 가르친 사람였고 이젠 별수 없이 봉투 들고 쫓아다니는 여자가 됐다는걸."

"쟤는……."

"누나 입장에서 할 수 없겠지. 혼자 사는 여자라고 업신여김 당하지 않고도 싶겠고 윤정이가 부반장이라도 계속하려면 그렇게 할 수밖에 없겠지. 윤정이가 그런 소리 하는 걸 나는 들은 적이 있어. 엄마는 선생님을 자주 찾아가지 않기 때문에 부반장밖에 못한다고. 반장 하는 애 집은 부자고 아버지가 높은 사람이라 엄마가 아예 기죽어서 그런다는 거야. 애들이 얼마나 무서운지 누난 알잖아. 윤정이 친구들도 그러던데 멀. 누구 엄마는 매달 얼마씩 내고, 누구 엄마는 선생 생일날 행운의 열쇠 해줬고, 누구네는 기름값 대준다고. 누난 선생 노릇까지 한 여자야. 누나도 그런다는 걸 모를 줄 알았어? 제발 내 누나만은 안 그런 여자였으면 좋겠어."

은주 누나는 고개를 돌렸다. 괴로운 표정이었다.

"윤정이네 학교의 어떤 선생은 노골적으로 봉투를 요구한다는 걸 알아. 양심적인 선생도 많지만 비열한 선생 숫자가 너무 많단 말야. 누나 같은 여자들이 있으니까 그런 선생이 늘어나는 거야. 윤정이가 컸을 때를 생각해 봐. 세상은 돈 가지고 해결하는 거라고 믿을 거고 선생이란 모두 돈독 오른 사람이라고 생각할 거 아니겠어?"

"그게 그렇게 안 되더라."

"왜 안 돼?"

"부모 맘이란 게 어디 그러니?"

"이해는 돼. 그러나 이건 너무하잖아. 윤정이네 학교 2학년 담임하는 강 선생인가 하는 여선생 소문 들었지? 애들이 모두 얘기할 정도면 그게 어떻게 선생야. 누나만은 제발 그런 여자가 되지 마. 돈 좀 있는 여편네들이 선생 돈 갖다 주는 시합하는 판에 누나가 왜 껴드는 거야? 제발 그러지 마."

"그만 하자. 내가 왜 잘못을 모르겠니. 자식 키우는 욕심 때문에 그렇게 됐지만……."

누나는 힘없이 선생들이 노골적으로 봉투를 요구하거나 봉투를 내놓지 않으면 안 될 상황을 만드는 얘기를 해주었다. 그런 선생이 너무 많다는 얘기는 충격이었다.

하느님, 교육자라고 해서 덮어두는 일만이 미덕은 아니잖습니까? 그런 건 더욱 뒤집어볼 일입니다.

하느님,

도대체 이 땅덩어리가 어찌 되려고 이러는 겁니까?

스승이란 어느 시대, 어느 나라든 존경의 대상인 것만은 분명한 사실이다. 스승은 값진 유산을 남길 뿐 아니라 그 나라의 백년대계의 설계자라고 할 수 있다.

이 땅엔 존경할 만한 스승이 많다. 그러나 존경받을 수 없는 스승이 더 많다는 사실도 부정할 수가 없다. 사랑의 매질이란 미명으로 폭력을 휘두르고, 스승은 선생이 아니며 월급 액수만큼만 선생 노릇 하려는 사기꾼들이 선생일 수 없는 것이다. 또 학생들을 현금 확보의 매개체로 생각하는 이른바 봉투에 눈이 어두운 수많은 선생들은 결코 선생이 아닐 것이다.

그런 선생들은 교육을 빙자한 교육상인일 수밖에 없다.

전 국민의 대부분은 학부모였거나 학부모 노릇을 하고 있으며, 어린애들도 세월이 가면 학부모가 될 것이다. 많은 학부모들은 음으로나 양으로나 봉투나 봉투와 유사한 물건을 선생에게 바쳐본 사람들일 것이다.

전에는 의사나 변호사, 세무서원 들을 허가 낸 도둑놈이라고 했지만 요즘 사람들은 선생을 허가 낸 도둑놈이라고 한다.

의사나 변호사나 세무서원 따위가 그런 소리를 듣는 것은 어쩌면 당연했던 시절이었는지 모른다. 그러나 선생이 허가 낸 도둑놈으로 하락한다는 건 가장 끔찍한 현실이 아닐 수 없다.

"누나, 내가 해결할 테니까 그동안 억울했던 일 있으면 죄다 털어놔봐."

은주 누나는 손을 내저었다.

"얘가…… 그냥 있어. 아무리 그렇기로서니 어떻게 선생을……."

"그게 잘못된 생각이라니까 그래. 내 자식 가르치는 선생이니까 속상해도 참고 지내자는 그 생각 때문에 봉투 주는 게 습관이 됐고, 사회문제로 번지지도 않았고, 그래서 음성적으로 학부모와 선생 사이의 돈거래와 흥정봉투가 난무하는 거란 말야."

선생들은 펄쩍 뛸 것이다. 증거를 대라느니, 어찌 선생으로서 그런 일을 할 수 있느냐면서 악을 쓸지도 모른다. 그러나 엄연한 현실인 걸 어쩌랴. 나도 그것만은 거짓이기를 빌지만…….

"내가 잊어버리면 그만이지, 머. 그만두자."

은주 누나는 괜히 말했다 싶었는지 발뺌을 하려고 했다.

"그게 자식 키우는 부모의 약점이라는 것쯤은 나도 알아. 내가 이담에 학부모가 돼도 그렇지 않을 거라는 자신은 없어. 어른들 말처럼 자식하고 연관된 문제는 자신 있게 말하는 법이 아니라고 한대잖아. 그러나 자식 키우는 게 약점이라고 해서 선생들과 음성적인 봉투 거래가 지속된다고 생각해 봐. 배우는 애들도 다 알고 있는 이 끔찍한 불신의 뿌리가 나중에 무슨 문제가 되겠어?"

"내가 알아서 할 테니까 냅둬."

은주 누나는 딱 잘라 말했다. 내 성깔을 알기 때문에 일이 크게 번지기 전에 덮어두려는 속셈인 것 같았다.

"알았어. 그러나 누나만은 제발 자식 키우는 게, 자식 가르치는 게 약점이 안 됐으면 좋겠어. 자식 가르쳐줘서 고맙다는 인사와 봉투를 통해 득을 보려는 건 분명하게 다른 거야. 누난 제발 선생을 치마폭에 싸들고 노는 치사한 여편네가 되지 마."

나는 덮어두는 체하고 나왔다. 은주 누나가 결코 동의하지 않을 거라는 걸 알았다.

반장 다툼이나 등수나 성적 조작이나 시험지 부정 따위를 통해 멋진 사모님이 되고 싶은 여편네들의 봉투 바람만은 사라져야 할 것이다. 더구나 그런 돈을 받아먹는 뻔뻔스러운 선생들이 이 땅에 음흉하게 많다는 사실은 이 땅의 장래가 의심스러운 것이다. 심지어 노골적으로 봉투를 요구하는 선생들이 많아졌다는 건 그동안 숱하게 곤두박질친 사도가 바닥으로 기어 다닌다는 증거가 되는 것이다.

하느님, 선생만은 제발 놔두세요. 이 땅의 스승상이 무너지면 누굴 믿고 살란 말입니까.

선생 가운데 가장 봉투를 밝힌다고 소문난 강 선생에게 전화를 걸었다.

"영란이 삼촌되는 사람입니다. 영란이 아버지께서 뭣 좀 전해 드리라고 해서 왔습니다. 학교 앞 유정 다방에서 기다리겠습니다."

나는 능청스럽게 말했다. 강 선생의 카랑카랑하고 신경질적인 음성이 경쾌하게 들렸다.

"조금만 기다리세요. 바로 나갈 테니까."

나는 전화를 끊고 책갈피 속에 든 하얀 사각봉투를 의미 있게 쳐다보았다. 그 봉투 속엔 천 원짜리 한 장이 두꺼운 편지지와 함께 들어 있었다. 천 원 한 장 던져주기도 아까운 여자지만 속을 떠보기 위해선 할 수 없었다.

십 분도 채 되지 않아 강 선생은 퇴근 차림으로 들어섰다. 옷매무새는 수수해 보였으나 눈꼬리와 날카롭게 생긴 하중이 빠르게 생긴 것이 감정적으로 싫었다. 차갑게 느껴지는 것은 테가 큰 안경이었다. 얼핏 보기엔 퍽 이지적인 느낌도 들었다.

"이렇게 나오시게 해서 죄송합니다. 형님이 바쁘셔서 제가 대신 선생님을 찾아뵈었습니다. 우리 영란이가 어떤지도 알고 싶고……."

강 선생은 생글생글 웃었다. 들어설 때의 표정과는 아주 딴판이었다.

"영란인 퍽 착해요. 공부를 좀 안 하려고 해서 그렇지만요. 부모님이 너무 관심을 갖지 않는가 봐요. 영란이네 식구 뵌 게 오늘 첨예요. 몇 번 상의할 일 있다고 오시라고 했지만 깜깜 무소식였어요. 부모님이 너무 하시다 싶었어요. 솔직하게 서운하기도 했고요."

"죄송합니다. 형님이나 형수께서 워낙 주변이 없으시고…… 빈손으로 오시기도 민망하고 하니까 그러셨겠죠. 그래서 제가 찾아뵙는 겁니다. 영란이도 다른 엄마 아빠는 다 찾아와 인사하는데 왜 안 가느냐고 떼를 쓰더군요. 어린 게 오죽하면 그러겠습니까."

"영란이가 똑똑하거든요. 다른 말은 안 했어요?"

"어린 게 영악스러워요. 제 저금통을 찢어놓고 봉투에 죄 담더니 제발 엄마가 학교에 좀 가보라고, 선생님 좀 찾아가보라고 울더군요."

"차암, 영란이 걔가 좀 엉뚱한 데가 있어요. 애는 착한데……."

강 선생의 낯빛이 별로 좋아 보이지 않았다.

"앞으로 자주 찾아뵐 테니 우리 영란이 좀 잘 가르쳐주세요. 없는 집에서 태어난 게 대죄진 건 아니지만 저희들이 도리를 다 못해서 할 말은 없습니다. 이건 형님 내외가 성의로 드리는 거니까 받아주세요."

나는 하얀 사각봉투를 내밀었다. 강 선생은 재빨리 봉투를 받아 차탁 밑에 감추었다.

"이거, 이러시면 안 되는데…… 어려우실 텐데……."

"저희들 성의라니까 그러세요. 넣어두세요. 적습니다."

"영란이는 지도만 잘하면 다른 애들한테 결코 안 떨어질 애예요. 아시겠지만 머리는 좋거든요."

강 선생은 한참 동안 영란이란 계집아이를 자랑하기 시작했다. 봉투를 받았다는 영수증이 바로 영란이의 장점을 억지로 분석해 주는 것 같았다.

강 선생이 발행할 수 있는 영수증이란 그것뿐이었다. 영란이란 애가 괜찮은 집 딸이거나 공부를 잘하는 아이였다면 더 큰 영수증이 있었겠지만 영란이란 계집아이는 그 정도 영수증밖에 받을 수 없는 애였다.

"잠깐 내려갔다 오겠습니다. 뭐 가져다 드릴 게 있는데 제 차 속에다 놓고 왔습니다. 잠깐만 기다려주세요."

강 선생이 고개를 끄덕였다.

"잠깐이면 됩니다."

나는 다방문을 밀고 나왔다. 그리고 하늘을 쳐다보고 웃었다. 시원한 차 두 잔 값과 담배 한 갑 값을 물어내야 할 강 선생의 꼬락서니를 지켜볼 심산이었다. 내가 넣어준 봉투를 열어보면 찻값과 담뱃값 계산하기도 적은 액수와 혹독하게 쓴 편지 한 통뿐이라는 걸 알게 될 것이다.

몸을 부르르 떨겠지.

하느님, 그 속엔 이렇게 써 놨습니다.

그만 봉투 좀 밝혀라. 이 천하에 더러운 돈벌레 계집아.

나는 다방 뒷문으로 몰래 들어가 칸막이 뒤에 앉아 신문을 펼쳐 들었다. 강 선생은 자꾸 출입문 쪽을 살펴보았다. 나를 기다리는 것이었다.

한참을 두리번거리던 강 선생은 화장실로 들어갔다.

나올 때의 표정은 보통 여자의 얼굴이 아니었다. 잔인한 꼴을 목격한 여인의 표정이라고 해야 옳았을 것 같았다.

화장실에 들어가 봉투를 뜯어보지 않았던들 그녀의 행복감은 조금 길었을 것이다. 그래 보았자 결과는 마찬가지였겠지만.

그녀는 재빠른 걸음으로 카운터 옆을 빠져나갔다.

"여보세요!"

앙칼진 다방 아가씨의 목소리가 들렸고 강 선생은 신경질적으로 핸드백을 열었다. 나는 키들거리며 웃었다. 강 선생은 그녀의 일생 전체에서 가장 참담한 꼴을 지금 겪고 있는지도 모른다. 선생이라는 명칭을 더럽히지 않으려는 사람들 때문에 그녀의 지나친 행동은 여태 묻히기만 했을 것이다.

그러나 내 손에 걸린 이상 그냥 지나치지는 못할 것이다. 선생다운 선생을 능멸하는 이 여자의 행위를 사회는 그동안 용인해 왔다. 용인하는 걸 미덕이라고 생각해 왔다는 게 더 정확한 표현인지도 모른다.

강 선생의 눈빛엔 살기마저 느껴졌다. 나와 정면으로 마주치자 입술을 달싹거렸다.

"이거 한 개 드시죠."

나는 오십 원짜리 빨아먹는 얼음과자를 내밀었다. 비닐 속에 단물을 넣어 얼린 얼음을 그녀가 받을 리 없었다.

"맛있습니다. 쪽쪽 빨아먹으면."

내가 내미는 것을 뿌리친 그녀는 앞서 걸었다.

"이봐요, 얼음과자 좋아하잖아요. 철없는 애라면 당연히 이런 거나 쪽쪽 빨아먹고 다니는 거 아닙니까."

"이거 왜 이래요?"

강 선생의 목소리가 날 서는 것 같았다.

"철딱서니 없는 애들이야 이런 거나 좋아하잖소? 자, 듭시다."

나는 강제로 얼음과자를 내밀었다.

"당신 누구예요?"

"당신하고 필연적으로 이렇게 될 수 밖에 없는 사내올시다."

"소리칠 거요. 물러서요!"

"뭐라고 소리치시려고 그러십니까? 학부모한테 봉투 뜯어먹고 살았다고 진술서 쓰시려면 한번 소리 질러보시지."

"……"

강 선생은 더 빨리 걸었다.

"이봐, 강 선생씨. 한번 소리 질러보시라니깐 그래. 나는 선생을 빙자해 봉투 속의 현금만 눈에 불 켜고 다닌 선생 중의 선생이다, 이렇게 소리치시라니깐."

"저리 비켜요."

강 선생이 도망치듯 뛰었다. 사람들이 쳐다보고 있었다.

"이봐, 강가 선생. 그럼, 내가 소리쳐드릴까."

"왜 이러시는 거예요? 난 애들을 가르치는 선생예요. 선생한테 장난칠 수 있어요?"

그녀는 내가 영란이란 계집아이와 어떤 연관이라도 있기를 지금 바라고 있을지도 모른다.

"난 선생님들을 존경합니다. 나를 가르쳐주신 선생님들은 돈 같은 걸 밝히고 성적을 조작하거나 세계문화협의회 같은 데서 돈 받고 자라나는 어린이들을 농락하진 않았지요. 우리 때 선생님들은 정말 선생님다운 분들이었어요. 요즘도 좋은 선생님들은 많지요. 당신같이 개떡 같은 선생이 늘어나서 병이지만."

"정말 왜 이러세요? 어쩌자는 거예요? 협박하는 거예요?"

강 선생이 턱을 세우고 대들 기세였다. 나는 웃어주었다.

"그럼, 나도 흥정 좀 해봅시다. 잠깐 저리로 갑시다. 작은 소리로 조용하게 속삭이며 말합시다. 내 목소리가 태어날 때부터 커서 말입니다."

강 선생은 두리번거리더니 주춤주춤 발을 옮겼다.

"여긴 당신네 학교 앞입니다. 떠들면 금세 볼만하게 될 거요."

"빨리 가요."

그녀는 다급하게 말하고 앞장섰다.

"이리 오시죠."

차 문을 열었다. 그녀는 순간 굳어졌다.

"누구시죠? 어디서 오셨죠?"

그럴 때의 강 선생 표정은 너무나 순박한 여인의 모습이었다.

"어서 타요."

"누구?"

"타라니까 그래요."

그녀는 힘없이 올라탔다. 조심하느라고 다리를 여미고 눈을 내리깔았다.

"자, 이것부터 먹어요."

그녀는 저항 없이 얼음과자를 받았다.

"다 먹어야 얘길 시작하겠소."

그녀는 마지못해 얼음과자를 깨물어 먹었다.

"그럼, 얘길 해봅시다. 학부모한테 정기적으로 봉투를 받죠?"

"아녜요. 가끔 보내는 분이 있지만…… 어쩔 수 없이 받아요. 정말예요."

여자는 남자보다 독해서 쉽게 실토하지 않는다는 것을 알고 있었다.

"이봐요, 강 선생. 내가 당신 남편처럼 속없는 사내가 아니라는 걸 알고 말하쇼. 지금부터 거짓말하면 수챗구멍에 박아버리든가, 학교 똥통에다 박아버릴 테니까 수틀리게 나와보쇼. 당신 한 달에 받는 봉투가 몇 개나 되며 얼마나 되는지 말해보쇼."

"별로 없어요. 왜 이러시는 겁니까? 어디서 오셨는데 이러세요?"

"너, 정말 이따위로 해볼래?"

나는 엑셀러레이터를 힘주어 밟았다.

"말할게요, 말할 테니 내려주세요. 제발 제 말씀 좀 들어보세요."

나는 이를 앙다물고 차를 몰았다.

하느님, 선생 아니라 선생 할아비라도 교육을 빙자한 사기꾼이면 수챗구멍에 박아버려도 괜찮겠죠?

차라리 치마 벗어 들고 돈을 긁어모을 일이지 자라나는 아이들이 알 정도로 돈을 밝히고 성적을 조작해 주고 반장 선거전을 조작하는 일만은 그냥 둘 수 없잖습니까.

하느님,

용서하는 게 직업이라고 하더라도 이건 너무 하잖습니까.

으슥한 계곡까지 강 선생을 끌고 올라갔다. 계속 빌고 솔직하게 털어놓겠다고 주절거렸지만 귀담아듣지 않았다.

"선생님, 왜 이러세요? 제발 용서해 주세요. 애들 가르쳐야 할 사람을 이렇게 하시면 어떻게 하겠어요. 다시 안 그럴 테니 보내주세요."

"너 같은 년은 주리를 틀어놓아도 시원찮은 년이다. 한번 얘기할 때 고분고분한 년도 아니겠지만, 옳은 소리 하는 말 무시하다가 네 신세가 어떻게 되는지 보여주마."

"선생님, 제발……."

"내가 네 선생이냐? 그럼, 너도 봉투 좀 내놔봐라."

"하란 대로 다 할게요."

"그럼 옷 벗어라."

"그건……."

"하란 대로 한댔잖아, 이년아."

"저……."

그녀는 충격을 받았는지 웃옷을 벗기 시작했다. 웃옷을 벗고 치마를 끌어내렸다. 삼십 대 여인의 풍요가 보였다.

"더러운 계집년 같으니라고. 그래 옷 벗어서 네 죄하고 무마하려고 그러냐? 이 속없는 년아."

그녀는 재빨리 옷을 입었다.

"죄 얘기해라. 다 알고 왔으니까 한마디라도 거짓말 했다간 정말 학교 운동장에다 발가벗겨 던져놓을 테니까."

"네, 말할게요."

그녀는 주절주절 늘어놓기 시작했다. 반장네 집에선 한 달에 십만 원씩, 부반장네 집에서도 오만 원씩을 정기적으로 받으며, 한 학기에 두 번쯤 전 학부형에게 최저 만 원에서 오만 원선까지 봉투를 받는다고 실토했다. 안 주면 몇 번이고 전화를 걸어 찾아오게도 하고, 시험지나 통신란을 통해 찾아오지 않은 보복을 보여주면 학부형이 알아서 봉투를 만들어 온다는 것이었다. 봉투 대신 물건을 받는 경우도 있다고 했다.

"저만 그러는 게 아녜요. 다들 그러는데요 뭘. 저만 왜 닦달하세요."

그녀는 궁지에 몰리자 동료 교사들을 물고 들어갔다.

"물귀신 같은 년."

나는 사정 두지 않고 속으로 멍이 들게 갈겨주었다. 강 선생은 대굴대굴 구르며 울었다.

"세계문화협의회에 한 사람 보내면 얼마씩 받았냐?"

"만 원씩요."

"몇 명 보냈나?"

"무용에 열 명, 음악 콩쿠르에 열 명……."

"누구한테 돈 받았냐?"

"박 부장한테요."

나는 대충 세계문화협의회의 수법을 메모한 뒤에 강 선생에게 각서 한 장을 받았다. 이후 단 한 번이라도 봉투를 받는 날이면 학교에 폭로해도 좋다는 각서였다.

거창한 간판을 읽어 내려갔다.

사단법인 세계문화협의회.

나는 속으로 거창한 이름과 거창한 인물들이 저지르고 있는 비열한 작태를 어디서부터 벗겨내야 할까 생각해 보았다. 회장단과 고문이란 직함을 가진 거물인사들이 너무나 많았기 때문에 자칫 잘못 손을 댔다가는 뒤집어쓰는 불행한 사태를 겪을지도 모른다는 생각을 했다.

사회적으로 널리 알려진 거물급 인사들이 노후대책 때문에 철모르는 어린이들 돈을 알겨먹고 사는 것일까?

늙으면 추악해지는 게 우리나라 늙은이들의 전통이란 말도 있었다. 깨끗하고 어른답게 늙은 사람도 많지만 무엇인가 좀 했다는 치들은 늙으면 거의 모두가 추악해진다는 건 역사가 증명하는 것이었다.

무식한 사람은 변절자가 되려고 해도 될 게 없지만 유식한 사람들은 곱게 늙기가 어려운지 걸핏하면 변절하기 일쑤였다.

존경받던 지식인들 대부분이 훼절의 대명사가 되어 추악한 웃음을 흘리고 있고, 하느님을 앞세워 민중의 일꾼인 것처럼 떠들던 종교인들은 가짜라는 게 드러났고, 정직한 언론인으로 진리와 정의의 사자처럼 굴던 언론인들은 대개 제 뱃속 채우기에 급급했던 게 드러났다. 학생들 앞에 서서 제일 꼿꼿한 것처럼 굴던 교수들은 눈이 빨갛게 제 꽁무니를 물고 미친 개처럼 뱅글뱅글 돌았고 민족의 지도자인 척하면서 국민을 위해 목숨까지 내놓겠다고 떠벌리던 친구들은 사리사욕의 대명사였다는 걸 국민들이 눈치채고 말았다.

세계문화협의회 사무실 문을 열고 들어섰다. 제법 넓은 사무실에 집기와 꾸밈새가 이름만큼이나 찬란해 보였다. 직원들도 꽤 많았다.

"박 부장님 계세요?"

여직원 앞에 가서 정중하게 물었다.

"어디서 오셨죠?"

"서울서 왔습니다."

"누가 서울서 온 걸 몰라요?"

"아, 어느 곳에서 나왔냐 이겁니까?"

"어째 오셨어요?"

"여기 취직하러 왔습니다."

"우린 직원 안 뽑는데요."

"박 부장님이 오라고 해서 왔는데요."

"그럼 저 안으로 가세요."

나는 여직원이 가리키는 대로 안쪽으로 갔다. 문을 노크하자 굵은 목청의 사내가 들어오라고 했다.

"실례합니다, 박 부장님을 찾습니다."

거만한 몸집의 사내였다. 금테안경을 벗어 책상 위에 놓고 소파를 가리켰다. 듬직한 모습이 누가 보아도 큰일을 하는 사람처럼 볼 것 같았다.

"어디서 오셨소?"

"네, 혹시 염라대왕이란 양반을 아시나 해서 들렀습니다."

"뭐라구요?"

잘못 알아들었는지 아니면 반문하는 건지 표정이 얼떨떨한 것 같았다.

"염라대왕을 아시냐 이겁니다."

"당신 뭐야?"

"사람입니다. 확실하게 사람입니다. 주민등록도 있고 이름도 있습니다."

"어허!"

어이가 없다는 투였다.

"사기 쳐서 어린 학생 농락하는 애들 있으면 염라대왕이 조기 묶듯 죄다 묶어가지고 오라더군요."

"이놈이, 여기가 어딘 줄 알고…… 감히……."

덩치 큰 박 부장은 금세라도 내 멱살을 옭아 쥘 표정이었다.

"쌈 잘하슈?"

내가 느물거리며 말했다. 갑자기 당하는 일이어서 그런지 몹시 당황하는 기색이었다.

"너, 여기가 어딘 줄 알고 왔냐? 이거, 순 공갈배 아냐? 여봐, 이 자식 끌어내!"

큰소리 나는 기색을 엿보던 사람들이 뛰어들어왔다.

"나, 손대지 마슈. 다쳐가지고 온 사람이라 건들기만 해도 치료비 단단히 물어야 될 거요."

소파에 버티고 앉아 이렇게 말하자 아무도 성큼 손대려고 하지 않았다. 아무리 침입자처럼 들어왔어도 손댔다가는 덤터기 쓴다는 걸 아는 사람들 같았다.

"너, 뭐하는 놈이냐?"

박 부장이 목청을 낮춰 이렇게 말했다. 함부로 다루어서 덕볼 게 없다는 걸 눈치챈 모양이었다.

"염라대왕하고 친한 사람요."

"여기가 어딘 줄 아냐?"

"아다마다요. 상장 남발하고 선생들 꼬드겨서 이상한 행사나 해서 배때기 불리는 데라는 것 정도는 알죠. 겁나게 생긴 자식들 먹고사느라고 겁나는 짓하는 데라는 것도 압니다. 한 가락 한다는 늙은 것들은 여기 다 있는 모양입니다. 그 늙은 것들 상판대기나 보고 가렵니다."

"어허, 이 자식 봐라. 어이, 경찰에 연락해 버려."

박 부장이 어이가 없는지 이렇게 말했다. 한 사내가 부장석 전화기를 잡으려고 했다.

"이봐, 젊은 친구. 전화 잘못 걸면 손모가지 부러져. 내 얘기 끝나거든 전화를 걸든 목을 비틀든 하란 말야."

"빨리 연락해!"

박 부장 목소리가 커졌다.

"이봐, 박 부장이 내 여잘 건드렸단 말씀야. 제 애인 뺏기고 언놈이 눈깔 빼고 그냥 있겠냐? 부르고 싶으면 불러라. 박 부장이 빵간 가면 김밥 싸가지고 열나게 면회 다니고 싶으면 전화를 빨리 걸라구."

순간 모든 사람이 멈칫했다. 박 부장의 낯빛이 금세 얼크러져 보였다.

"이 자식, 이거 정신없는 놈 아냐? 돈 놈이구만."

박 부장이 재빨리 두뇌를 회전시키고 있는 것 같았다. 웬만큼 나이 든 사내에게 그런 식으로 치고 들어가면 오금이 저리지 않은 사내가 없을 것이다. 더구나 박 부장처럼 돈 긁어모으는 일에 능통한 사내들 짓이란 뻔한 것이었다.

"그럼 떠들어보실까?"

나는 수첩을 꺼냈다. 수첩 속엔 전화번호뿐이었지만 겁을 주기에 충분한 임기응변이었다.

"이거 돈 녀석하고 말이 안 되겠군. 돈 뜯으러 다니는 놈들이 많다더니 이놈이 그런 놈인 모양이구만. 자네들 나가 있게."

사람들이 몰려 나갔다. 박 부장이 나를 노려보고 있었다.

"당신은 현명하오. 생긴 것처럼."

"할 말 있으면 해봐라. 얼마가 필요해서 그러는지 좀 알자."

"묻는 말에 서슴지 말고 대답 좀 해보슈."

"해봐라."

"혓바닥 반은 집에 두고 다니슈?"

"말하래두."

"그럼 우리 신사적으로 야자 타임 갖자. 너 같은 자식에게 내 혀도 온전하게 놀려대긴 싫으니까. 음악 콩쿠르, 미술대회, 무용대회 하는데 얼마나 벌었냐? 같이 좀 쓰자. 여기 회장이란 작자가 알고 보니 사기꾼이라는데 너도 사기를 전공으로 해서 먹고사냐?"

"이놈 봐라!"

"칵!"

나는 벌떡 일어나 박 부장 목을 옭아 쥐었다. 숨도 제대로 쉬지 못했다. 바닥으로 내던졌다. 버둥거렸지만 제대로 말을 못 했다. 혈을 짚어서 잘 움직이지도 못했다.

밖으로 걸어 나와 서류철이 있는 곳으로 갔다.

"박 부장님이 행사 서류를 가져오랍니다. 원본 가져오라던데요."

여직원이 서류철을 뒤적거려 한 아름을 안고 부장실로 들어갔다.

"어마!"

나는 서류철을 채뜨려 박 부장 책상 위에 던졌다. 여직원이 비명을 지르며 뛰어나갔다.

사람들이 우르르 몰려들었다.

"이 사기꾼들아. 무얼 못해 처먹어서 어린 학생들한테 사기쳐서 상장으로 돈을 만들어 처먹었냐? 이게 그 서류다. 증거물이 내 손에 있는 이상 너희들 맘대론 안 될 거다. 그래도 용감한 놈 있으면 경찰서에 전화를 해봐라."

사람들이 주춤거리고 있었다.

"오 초 내로 이 방에서 안 나가는 놈은 박 부장처럼 거품을 쏟게 하겠다."

몰려올 때처럼 우르르 몰려 나갔다. 제 놈들도 상장과 현금을 맞바꾸는 게 지나치다는 것과 세상에 알려지면 큰일이라는 걸 아는 것 같았다.

"이봐, 할 말 있으면 맘 놓고 해봐라. 이 장부는 내가 가져가겠다."

"여보세요, 그건……."

"안 된다는 거냐?"

"제발 이러지 말고 말로 해봅시다. 원하는 게 있으면 말해 보시오. 같은 사내끼리 못할 말이 뭐요?"

"너, 말 한번 잘했다. 사내끼리 터놓고 말 좀 하자. 그래 선량한 학생들한테 몇만 원씩 참가비 받아서 상장을 몇만 장씩 만들어 나누어줘서 배때기 채우는 게 잘난 놈들 할 짓이냐?"

"그게 아닙니다. 저희들은 자라나는 아동들을 격려하여 세계적인 문화를 형성시키자는 목적 아래……."

더 말할 틈을 주지 않았다. 박 부장은 대자로 뻗어 누웠다.

"사내끼리 사내답게 말할 때 사기 치면 그 꼴이 된다. 너희 회장이란 작자는 뭐하는 친구냐?"

"사회사업도 하시고 한때 정치도 하셨습니다."

"그럴 줄 알았다. 그러면 고문들 명단에 정치가, 학자, 교수, 성직자, 의사, 예술가, 재벌 들이 끼여 있을 만하겠다. 그치들한테 얼마씩 주냐?"

"드리는 거 없습니다. 정말입니다."

"한 번 행사 치르면 얼마나 남냐?"

"……."

박 부장은 또 한 번 나가떨어졌다.

"그 장부에 다 있습니다."

다급했는지 이렇게 말했다. 나는 장부를 차근차근 살펴보았다. 상장과 메달 만드는 일에 돈을 쓴 게 별로 없었다.

교사들에게 협조비로 준 액수가 보통 많은 게 아니었다. 끔찍스러운 것은 참가학생 몇천 명 전원에게 금상, 은상, 동상 그리고 특별상과 대상, 장려상과 장원 등의 상장을 다 주었다는 사실이 밝혀졌다.

"이건 상장 장사지 세계문화가 어쩌구 하는 데가 아니잖냐?"

박 부장이 고갤 숙였다.

바깥에서 두런거리는 소리가 들렸다. 문이 열리고 알 만한 얼굴을 가진 노신사가 들어왔다.

"당신이 박창수 영감요?"

"그렇소."

역시 거물다웠다. 의젓하게 소파에 기대앉았다. 어깨가 떡 벌어진 젊은 애가 박창수 회장 뒤에 버티고 섰다. 박 부장은 생기를 찾은 듯 꿈틀거렸다.

"무슨 일이오? 여기가 어디라고 행패를 부리는 거요? 나하고 애길 해봅시다. 나 박창수란 사람이오."

"압니다. 정치도 했고 사회사업도 했고 지금 사기집단 왕초 노릇 한다는 것도."

"젊은 사람이 너무 막말하누만. 이봐요, 난 평생교육에 일생을 바친 늙은이요. 이 땅의 미래를 위해 아동들에게 예술의 꿈을 심어주고……."

나는 자리를 박차고 일어나 박창수 영감의 멱살을 잡았다. 젊은 사내가 주먹을 날렸다. 나는 재빨리 몸을 피해 그 주먹에 박창수를 내밀었다. 박창수가 비명을 지르며 나자빠졌다. 안경이 박살났다.

"왕초 때리는 졸개야, 이리 와서 두어 대만 맞아라."

나는 젊은 사내를 비틀어 내던졌다. 박 부장 옆에 고꾸라져 누웠다.

"박창수 영감 들으슈. 당신 부하가 당신 친 거지 나는 손 하나 대본 적이 없소. 이제 실토를 하시지 그러슈. 정치나 했다고 거들먹거리며 사회 저명인사 이름 빌려 이런 고급 사기집단 왕초 노릇 하는 재미가 어떤지 말요. 애들한테 몇만 원씩 울궈내서 두 달에 한 번씩 각종 대회 열어 돈 챙기는 게 평생교육이고 이 땅의 미래란 말요?"

"이봐, 이봐 내 얘기 좀 듣고."

박창수가 고통을 이겨내려고 안간힘으로 나를 잡았다.

"제발 곱게 늙으슈. 뭐 좀 안다는 늙은이들이 이따위로 늙으니까 젊은 애들이 본받잖소. 차라리 옛날 하던 식으로 큰 사기나 쳐서 떼부자 되는 게 낫잖소. 당신 정치 한답시고, 사회사업 한답시고 배 채운 거야 천하가 아는 사실이지만 이건 해도 해도 너무하잖소."

"이봐, 젊은이. 그건 그렇게 아니라 좀 더 나은 평생교육장을 만들기 위해 우리가 준비하고 기획하고 있는 걸 들으면 알 걸세만."

"사기꾼 왕초 노릇 하려면 변명이나 말재간이 일품일 수밖에 없다는 것쯤은 나도 압니다. 고문이라는 자식들이 거물들로만 구성됐습디다. 후원회 인사도 쩌렁쩌렁한 치들입디다. 다 폭로해서 어떤 꼬라지들인가 보여주겠소."

"젊은이, 그분들은 아무 죄도 없소. 내가 아무 관련도 없는 사람들을 그냥 명단에 넣어놓은 거요. 왜 거짓말을 하겠소."

박창수가 겨우 소파에 기대앉아 괴로운 표정으로 말했다.

"최소한 승낙은 했을 거 아니오?"

"내 얼굴 봐서 그러라고 한 것뿐요."

"당신, 정치할 때도 국민한테 그런 술수로 사기 치더니 죽을 때까지 사기 치고 살 거요? 배우는 애들 데리고 장난 좀 하지 마슈. 애들 먹는 과자나 얼음물 얼린 것 따위, 애들 장난감, 애들 옷, 애들 좋아하는 것 가지고 장난질 치는 새끼들은 지옥에 가도 똥통 속에 거꾸로 박힐 거요. 당신은 한때 이 나라 지도자였소. 오늘은 비겁한 상장 장사꾼 두목으로 전락했소. 왜놈들 붙어먹다 살아남은 놈들치고 국민한테 사기 안 치는 놈이 없소. 이 더럽고 치사한 늙은 것아."

나는 사정없이 박창수를 까발겼다.

"너 같은 민족배반자들이 여태까지 민족지도자니 대학자니 너울 쓰고 잘 처먹으며 살았지. 진짜 독립운동한 사람들은 배가 고파도 너희들은 가면 쓰고 폼나게 살았지. 어디 한번 이 땅의 어린이들까지 사기 처먹은 네 배짱의 끝 좀 보자."

나는 있는 대로 폭언을 퍼부었다. 박창수가 미운 생각대로라면 치도곤을 내고 싶었지만 늙은이를 차마 두드려 팰 수 없었다.

말없이 고개를 숙이고 있던 박창수가 나를 조용히 응시했다.

"내 부탁 하나 들어주겠소?"

"해봐라"

"타협을 합시다. 낼 모레면 죽을 늙은이오. 맘 편히 죽게나 해주시오. 억지는 쓰지 않겠소."

박창수 표정은 퍽 지쳐 보였다. 진지함도 엿보이는 것 같았다.

"나는 친일파 배신자들처럼 타협을 하는 사내새끼가 아니다. 너희들은 체면과 염치를 위해선 민족도 팔아치운 놈들이다. 그동안 그만큼 속았으면 됐지 더 속아달란 말이냐?"

나는 이왕 시작한 길에 지금도 살아서 떵떵거리며 사는 문화단체 회장하는 늙은 여우년 욕도 했고, 지도급 인사라고 얼굴 내미는 늙은 늑대들 이름을 들먹이며 박창수의 친일행적을 낱낱이 털어놓았다.

"할 말 없소."

"그럼 경찰에 이 서류를 몽땅 넘기겠다."

"그래도 할 말이 없소. 마지막으로 내 말 한마디 합시다."

나는 고개를 끄덕였다. 박창수가 허리를 꼿꼿하게 세웠다.

"이 협의회를 해체하겠소. 그리고 여기에 관련된 재산 전부를 장학기금으로 내놓겠소. 나는 그냥 조용히 묻혀서 살겠소. 젊은이 맘대로 하시오."

나는 잠깐 박창수와 시선을 떼어놓았다. 마음속에 갈등이 들어차고 있었다. 친일파를 단죄하지 않아서 생긴 비정한 사회상을 기억하는 마음과 늙은이를 편히 죽게 해줄 마음의 투쟁이었다.

나는 박창수의 손을 잡았다. 박창수가 일어나 내 손을 잡았다.

"좋습니다. 그냥 가겠습니다. 영감님을 믿겠습니다."

뭐라고 부르는 소리가 들렸지만 나는 문을 열고 뛰어나왔다. 늙은이에게 구차한 소리를 하게 내버려두고 싶지 않았다.

하느님,

저 정도만이라도 이 땅의 인물들이 소갈머리가 넓었으면 좋겠습니다.

이튿날 조간신문을 펼쳐 들고 나는 가슴이 확 뚫리는 심정이었다.

박창수는 내가 상상했던 것보다 많은 액수의 재산을 여러 대학에 장학기금으로 헌납했다. 세계문화협의회를 해체했다는 기사는 없었지만 그럴 만한 배짱이 있다면 걱정하지 않아도 좋을 것 같았다. 과거의 우리 선조들은 비열하지 않았다. 정정당당한 늙은이들이었다. 왜놈들이 들어온 뒤부터 이 땅의 인물들이 변절된 것이었다.

전화를 걸었다.

"영감님, 고맙습니다."

"젊은이, 누군지 이름도 물어보지 못했소만 잊지 않겠소. 고맙소."

"안녕히 계십시오."

나는 전화를 끊고 돌아앉았다. 가슴이 후련했다. 마구 소리치고 싶었다.

하늘 아래 이런 일도

산에서 내려온 뒤로 계속 아침 운동과 새벽의 참선을 하지 않아선지 몸이 찌뿌듯한 것 같았다. 은주 누나가 새벽마다 약수터를 다니며 같이 다니자고 깨웠지만 긴장이 풀려선지 새벽잠에 일어나기가 어려웠다.

"다혜한테 전화 왔다. 급한 일이란다."

은주 누나가 방문을 두드리며 이렇게 말했다. 나는 벌떡 일어나 방문을 열었다.

"빨리 받아라."

나는 전화기 있는 쪽으로 가다 말고 은주 누나에게 눈을 흘겼다.

"누나, 정말 이럴 거야?"

"다 네 몸 생각해서 그러는 거다. 이왕 일어났으니 약수터나 가자."

은주 누나가 물통을 내밀었다.

"내가 포터구만."

"너 땜에 약수터 다녔는데…… 너는 운동도 않고……."

"가만있어, 옷 좀 바꿔 입고."

"너한테 그저 다혜가 약이구나. 아무리 졸라도 외눈 하나 깜짝 않더니 다혜한테 전화 왔다니까 벌떡 일어나는 걸 보니. 암튼 좋을 때다."

나는 웃기만 했다. 다혜가 외갓집에 원고 정리하러 내려가 있기 때문에 급한 전화가 올 리 없었다. 졸라도 꿈쩍 않으니까 그런 식으로 나를 깨운 것이었다.

운동복으로 갈아입고 누나를 따라나섰다. 약수터 올라가는 산길은 풀섶이 우거져 있었다. 내가 산으로 들어가기 전만 해도 한 뼘씩밖에 자라지 않았던 풀섶이 한 길씩 자라 있었다. 동네 할아버지와 할머니들이 깎아 만든 운동장엔 배드민턴 채와 셔틀콕을 든 사람들이 많았다. 셔틀콕이 포물선을 그을 때마다 노인들은 박수를 치거나 소리를 질렀다.

약수를 떠가지고 내려오는 사람들도 운동장 옆에서 체조를 하거나 철봉에 매달려 운동을 하고 있었다.

"평소 육체노동을 않는 사람들이라서 저 고생이겠지."

은주 누나가 이렇게 말했다. 그 말은 틀린 말이 아니었다. 사람들은 동물이란 사실을 잊고 사는 것 같았다. 동물들은 운동이란 말이 필요치 않다. 생존하기 위해 뛰어다니는 그것만으로 생태학적인 생존을 쟁취할 수 있는 것이다.

운동이란 결국 동물적으로 돌아가자는 몸부림인 것이다.

"누나, 운동하고 노동하고 어떻게 다른지 알아?"

"비슷비슷하지, 머."

누나는 아침마다 운동한다는 게 얼마나 어려우며 중노동인지 잘 알고 있었다. 건강한 생명체를 유지한다는 게 얼마나 어려운지 아는 여자였다.

"몸 놀리는 건 비슷할지 모르지만 노동은 먹고사느라고 움직이는 거고 운동이란 건강과 연결된 몸놀림야. 프로야구 선수 같은 사람들은 운동이 아니라 노동자지. 야구 노동자."

"대충 맞는 얘기 같다."

누나는 약수터가 내려다보이는 능선 위에 올라서서 가벼운 체조를 시작했다. 아직도 은주 누나의 몸매는 유연해 보였다. 군살이 약간씩 붙어 있는 게 보였지만 균형 잡힌 몸매였다.

"누나도 에어로빅댄스나 하러 다니지그래?"

"난 궁상맞아서 못 다니겠더라. 우리 동네 아줌마들 안 다니는 사람이 없어. 두어 번 쫓아갔다가 돌아왔다."

"아프리카 흑인들이 그런 춤 추면 몸에 아무리 좋다고 해도 안 배울 거야. 허물 벗겨진 애들이 추어대니까 이게 웬 떡이냐

하고 달려드는 거지."

"그게 결국은 흑인들 춤 아니니?"

"누가 아니래. 탈색인종 애들이 배워다가 음악 깔고 폼 잡으니까 우리나라 사람들은 사족을 못 쓰는 거지."

몸 좋게 하기 위해 그런 춤 배우는 것까지야 탓해서는 안 되고 탓할 수도 없이 좋은 일이지만 탈색인종이 지지고 볶는 거라면 무엇이든지 받아먹는 그 습성은 한번쯤 짚고 넘어갈 문제인 것 같았다.

내가 운동하는 걸 지켜보던 은주 누나가 고개를 갸웃거렸다.

"너도 스님한테 가서 춤 배웠니?"

내 몸놀림은 흡사 춤 같은 것이었다. 격렬한 운동을 하는 게 아니라 가장 부드러운 새의 깃털처럼 보드랍게 움직이는 것이었다.

"그렇게 됐어."

누나가 몇 번인가 내 움직임을 따라 하더니 고개를 저었다.

"힘들어서 못하겠다."

"이렇게 보드랍게 움직이니까 쉬운 줄 알았지? 빠르고 힘찬 걸 누가 못하겠어. 느리고 보드랍고 가볍게 움직이는 게 더 어려운 거야. 아무것도 없는 허공을 날아다니는 식이니까."

"그런 운동 오래하면 날아다니겠다."

"그렇지."

직접 따라서 해본 누나는 내가 하는 운동이 보통 운동과 전혀 다르다는 걸 눈치챈 것 같았다.

운동을 끝내고 계곡 아래쪽으로 내려갔다. 산등성이에 천막 친 곳이 보였다.

"무슨 일야?"

내가 천막을 가리키며 물었다.

"사람 사는 데지, 뭐겠니?"

"저기서?"

"그래. 두어 달 됐다."

"누가 사는 건데?"

"집을 빼앗겼나 보더라. 애들은 많고 남편은 병들어 죽고…… 애들이나 적어야 우리 집으로 오라고 하지."

누나는 안쓰럽다는 듯이 천막 쪽을 바라다보았다.

"애들이 몇인데?"

"자그마치 다섯이나 되니……."

"밥 먹고 애만 낳았나 부지?"

"며느리는 도망가고 아들은 애들만 퍼질러놓고 죽었댄다. 할머니가 그 애를 키워야지 별수 있었겠니."

"집도 없었나?"

"쫓겨났대."

"쌀 좀 갖다 주지 그랬어?"

"빈 독에 물 붓기야. 두 가마나 보냈는데 표도 안 나."

"동네 사람들은?"

"저 살기도 바쁜데 도와주겠니? 몇 사람이 얼러서 보태주긴 하지만 언제까지 그럴 수도 없잖니?"

"무슨 일이 있었나?"

"억울하다는데 믿어지질 않아. 우리들만 보면 울면서 그 얘길 하는데…… 실성한 늙은이 같기도 하고, 진짜로 억울한 것 같기도 하고…… 횡설수설하니까 모르겠어."

천막도 군데군데 이음새가 많았다. 편편한 자리에 기둥을 박고 사방에 있는 나무로 기둥을 삼아 줄을 맨 천막이었다. 조그맣게 마당을 꾸며놓고 그 위에 세숫대와 비눗갑, 자잘한 단지와 사과궤짝을 늘어놓았다. 신발 벗어놓은 돌멩이 위엔 때 전 운동화와 슬리퍼들이 아무렇게나 흩어져 있었다. 애들도 나이가 어린 것 같았다.

"애들은 몇 살씩이나 먹었어?"

"말도 마라. 돌 지난 애부터 초등학교 다니는 애까지 줄줄이다. 애들은 예쁘장하긴 한데…… 사람들이 고아원에 갖다 주라고 했다가 욕만 먹었어."

"사람들, 무슨 말을 못해서 고아원야? 어떻게 거둬줄 생각들은 않고."

"거둬줘? 내쫓지나 않으면 다행이다. 약수터 다니는 사람들하고 저 아랫동네 사람들이 구청에다 진정서 내가지고 서너 번씩 옮겨 다녔단다. 눈에 안 뜨이게 숨을 재간은 없고 하니까 계곡으로 내려간 거야."

"뭐라고 진정서 냈는데?"

"산림법 위반이겠지, 머. 저 아랫동네 반장이 돕자고 나섰다가 혼꾸멍만 났대드라."

나는 천막을 한 바퀴 돌았다. 이런 곳에서 살 수 있는 것이 용하다는 생각이 들었다. 얼마나 오래 이 천막에서 버티어 나갈 수 있을지 모르지만 찬바람이 돌면 지탱하기 어려울 것 같았다. 여름철이라 견딜 수 있었겠지만 요즘도 밤바람은 좋지 않았다.

"애들은 어때?"

"이런 데 사는 애들 같지 않아. 밝고 명랑해. 할머니하곤 딴판야. 할머니는 늘 죽을상이지. 애들이 모기 물려서 엉망진창인데도 낮이면 약수터 와서 노느라고 정신없어. 그러니까 애들이겠지만."

"구청에선 뭐래?"

"자진철거 않으면 태워버린대나 봐."

"빌어먹을……."

우리는 약수를 떠가지고 내려왔다.

은주 누나는 흰 봉투를 천막 구멍 속으로 살짝 집어넣고 돌아나왔다.

"고마워, 누나."

"저 사람들 방이나 하나 얻어줬으면 싶다만…… 얻어줘도 못 살 거야. 애들이 많으니 누가 좋다고 하겠니? 집만 얻어주면 뭐하니. 저렇게 사니간 사람들이 가끔 도와나 주지. 셋방살이 해보았자 쌀 한 톨 못 얻을 텐데……"

우리는 아무 말 없이 집으로 돌아왔다. 밥을 먹으면서도 영 마음이 개운치 않았다.

모아두었던 돈을 봉투에 넣어가지고 산으로 올라갔다.

천막의 마당엔 꼬마들이 둘러앉아 밥을 퍼먹고 있었다. 할머니는 나를 보자 돌아앉았다.

"식사하세요, 할머니."

"불 지르려고 왔수?"

매몰차고 독기 서린 목소리였다.

"아녜요, 할머니."

나는 죄지은 사람처럼 말했다.

"질러보려면 어디 질러봐!"

음울한 목소리가 째지고 있었다. 밥 먹던 꼬마가 소리 높여 울었다. 제일 큰 계집애가 꼬마를 얼른 안았다. 할머니는 알아들을 수 없게 중얼거리고 있었다. 악이 받쳤는지 플라스틱 바가지에 담긴 물을 벌컥벌컥 마셨다. 얼굴 전체에 독기가 서려 있었다. 절절한 한이 서린 듯 깐깐한 체구가 모질어 보였다. 구청직원들이 철거하러 왔다가 할머니의 그 얼굴을 상대하지 못한 채 돌아갔을 거란 생각이 들었다.

"구청에서 온 게 아니라 저 아랫동네에서 왔어요. 도와드리려고요."

나는 일부러 큰 소리로 말했다. 이렇게 강조하지 않으면 말을 꺼내기도 전에 소리만 지를 것 같았다.

꼬마들도 매서운 눈초리로 나를 노려보고 있었다.

"왜 도와주려고 해."

마찬가지로 매몰찬 음성이었다.

"이거 받으세요."

나는 얼른 흰 봉투를 내밀었다. 할머니가 엉거주춤 받았다. 그리고 봉투를 주욱 찢어 돈을 세었다. 입가에 자잘한 미소가 감돌기 시작했다. 꼬마들도 그제서야 다시 밥을 퍼먹었다.

"앉구랴."

미안한 표정으로 자리를 가리켰다. 나는 엉덩이를 밥상 옆으로 디밀고 앉아 상을 훑어보았다. 꼬마들이 먹기에는 맛없는 것들이었다.

"할머니, 저랑 얘기 좀 하실래요? 무슨 사정인지 알아야 도와드리죠."

"말하면 뭐 하겠수. 시상이 그런걸."

많이 부드러워진 목소리였다. 나는 바싹 다가앉았다. 꼬마들이 할머니가 내려놓은 돈 있는 곳으로 손을 내밀었다.

"이년들이!"

할머니가 맵게 등짝을 때렸다. 꼬마들이 찔끔 물러서자 할머니는 돈을 괴춤에 찔러 넣었다.

밥을 다 먹고 설거지를 할 때까지 할머니는 신세타령만 늘어놓았지 억울한 사연은 털어놓지 않았다.

"할머니, 얘길 좀 자세히 해보세요. 제가 도와드릴게요."

"끙!"

어디가 결리는지 몸을 부르르 떨더니 꽁초를 입에 물었다.

"귀신이 곡할 일이라우. 시상이 망할라나 보우. 내 말 안 믿겠지만……."

"저는 믿어요."

"쳐죽여도 시원치 않을 년. 그년들 아득아득 씹어 먹어도 내 속이 안 풀릴 거유."

"그러시면 쓰나요."

나는 도망간 며느리 얘기인 줄 알고 이렇게 말을 받았다.

"이 자식들 에미야 잘 도망갔지. 예서 살아봐야 똥줄만 탈 테니까 말이우. 어디 가서 서방 끼구 잘 살겠지. 독한 년이긴 하지만."

한숨 섞인 목소리가 그렁그렁했다. 꼬마들이 천막 안에서 후닥거리고 울었지만 쳐다보지도 않았다.

"그럼 누구 말씀예요?"

"내 구렁이 심줄 같은 돈 떼어먹은 년 말이지 누구겠수? 그년, 벼락 맞아 뒈질 거구만. 꼬박 육 년간이나 새마을사업 쫓아댕겨서 번 돈 몽땅 떼어먹은 년인데두 하느님이 벼락을 안 때리고 여태 살아 있수."

할머니는 어디가 아픈지 얼굴을 찡그렸다.

"자세하게 말씀 좀 해주세요. 제가 찾아드릴 테니까요."

"그년을 당해? 나 같은 년두 두 손 바짝 들었수."

"할머니가 무슨 힘이 있어요. 젊은 사람이 나서는 게 좋잖아요?"

"안 돼. 그년은 안 돼. 그런 독한 년이 세상에 또 있을까."

할머니는 갑자기 땅바닥을 치며 통곡했다. 나는 당황해서 사방을 둘러보았다. 아무도 없었지만 괜히 찾아왔다 싶었다. 천막 안에 있는 꼬마들이 얼굴을 내밀고 시시덕거렸다. 할머니의 그런 통곡 소리를 예사로 듣는 걸 보면 이 할머니의 통곡은 늘상 벌어지는 일 같았다.

한참 만에 할머니는 눈물을 닦고 돌아앉아 내 손을 잡았다.

"미안하우. 늙은이가 망령 든 모양이우. 이젠 속이 좀 뚫렸나 보우. 이렇게 울고라도 살아야지."

"울고 나면 속이 시원하세요?"

"그렇수."

"그럼 더 우세요."

"나올 눈물도 이젠 없수."

울고라도 살아야겠다는 할머니의 절절한 한이 무엇인지를 듣고 싶었다. 할머니는 내가 준 돈을 다시 꺼내 양말 속에 챙겨 넣었다.

"얘길 좀 해보세요."

"그년, 생각만 해도 갈아 마시고 싶은데…… 펄펄 살아서 잘 처먹기만 하니…… 글쎄 내 얘기 좀 들어보우."

"하세요."

"그 썩어 죽어도 시원찮을 년. 글쎄 이렇게 답답한 년도 살아 있다우. 새마을사업하는 데 육 년이나 쫓아댕기고 안 해본 짓이 없이 살아온 년이 못 먹고 못 써서 배 곯아가며 번 돈을 한 아가리에 다 쑤셔 넣었다우. 아마 젊은이 같아선 복창 터져 죽었을 거유."

할머니의 애기를 들으면서 나는 몸을 부르르 떨었다. 여간해서 꿈쩍도 않던 나였는데 할머니 얘길 들으며 도저히 참을 수가 없었다.

가슴이 찡하게 아팠다.

아들이 죽자, 며느리는 퍼질러놓은 애들을 내버리고 도망갔다. 할머니는 새마을사업장과 시장 바닥과 남의 집 일거리를 찾아다니며 번 돈 백만 원으로 방 한 칸을 얻어 애들과 살림살이를 꾸려나갔다.

"그런 집이 오죽했겠수. 다 쓰러져가는 집인데 펌프 물 먹고 살았지. 펌프 물에서 석유기름 냄새가 펄펄 났지만 그래도 살아볼 거라고 나머지 백만 원을 건넛동네 빨래하러 다니던 임 사장집에 줬잖겠수."

할머니는 백만 원을 월 4푼 이자 놓기로 하고 임 사장 여편네에게 줬다. 빨래하러 갔다가 돈 급하다는 소리를 듣고 욕심이 나서 건네줬다는 것이었다.

"몇 달 동안은 사만 원씩 꼬박꼬박 잘 줬지. 그런데 어느 날 가보니까 이사 가고 없어졌잖우."

통곡하던 할머니 목소리가 아니었다. 차분하게 가라앉은 목소리였다. 아마 이 사람 저 사람에게 하소연하다가 신세를 설명하는 것도 조리 있게 다듬어진 것 같았다.

열흘 동안이나 헤매다니다가 겨우 임 사장 여편네를 강남의 어떤 아파트에서 만난 할머니는 울면서 내 돈 내놓으라고 떼를 썼다. 당장 돈이 없고 떼어먹을 사람이 아니라는 생각에서 차용증서 한 장을 받고 돌아왔다.

"번드르하게 사는 사장집이라 믿었수. 찍으라는 손도장까지 찍어가지고 온 차용증서도 있겠다, 이자도 두 달치나 미리 받았으니 의심이나 했겠수."

할머니는 또 내 손을 꼬옥 움켜잡았다.

"그런데……."

할머니는 말을 잇지 못하고 쭈르르 눈물을 흘렸다.

몇 달 동안 이자 받는 재미로 살던 할머니가 어느 날 임사장네 아파트를 찾아갔다. 임 사장네는 또 이사 가고 없었다.

"악을 쓰고 찾았다우. 더 좋은 아파트로 이사를 갔다는 것만 알았지."

또 며칠을 찾아 헤매어서 임 사장 여편네를 만났지만 할머니는 까무라치고 말았다.

"이럴 수가 있는 일이우. 환장할 일이지. 못 배우고 없는 년은 혀 깨물고 죽어야지."

할머니는 비닐봉지로 싼 차용증서를 속주머니에서 꺼내놓았다.

"내가 국문을 모르는 까막눈이라고 이렇게 할 수 있겠수. 벼락이 무섭지두 않은지."

그 차용증서는 임 사장 여편네한테 할머니가 돈을 얻어 쓴 것으로 되어 있었다. 결국 귀찮으니까 차용증서를 거꾸로 써준 것이었다.

"그래서요?"

나는 갑자기 열을 받았다.

"전셋돈 백만 원을 빼주고 이리로 쫓겨났지 벨수 있었겠나."

할머니는 눈물을 흘리고 있었다.

할머니의 음울한 목소리를 되새기고 싶지 않았다.

"그래서 어떻게 됐어요?"

"말도 마우. 하도 억울해서 그 집구석에 들어가 양잿물까지 먹었다우. 그 담부터는 숫제 문도 안 열어주고 경찰에 넘깁디다. 악을 쓰고 혀를 깨물고 갖은 지랄을 다해도 내가 돈을 꿔갔다니…… 그래서 결국 전셋돈 빼준 거유. 그러고도 이 늙은 년이 살아 있다우. 목숨이 질기긴 합디다."

할머니는 이자 준 백만 원은 고사하고 전셋돈 백만 원까지 빼앗기게 된 판이라 버틸 때까지 악을 썼다고 했다.

그러나 결국 할머니는 법 앞에 유일한 증거자료인 차용증서 때문에 굴복하고 말았다.

"그게 사실입니까?"

내가 너무나 어이가 없어서 이렇게 물었다.

"믿을 사람이 없는 것도 당연하지. 이자돈 준 걸 아는 사람도 모른다고 시치미를 떼는 세상이니까."

"그게 누군데요?"

"그년 친구지 누구겠수."

"이해할 수 없어서 그래요. 세상에 그런 일도 다 있어요? 혹시 할머니가 돈 받으러 가서 뭔가 잘못하신 거 아녜요?"

할머니는 회상하듯 고개를 젖혔다.

"어느 년이 두 번씩 속아 넘어가고 그냥 있을까…… 세 번째 이사 간 아파트에 가선 막 소리부터 질러댔지. 내 돈 떼어먹은 도둑년이라고 말이우. 내 생각엔 그렇게 하지 않고는 받을 재간이 없을 것 같았지. 도둑년 배짱이 아니고서야 그럴 순 없었을 거 아니겠수? 그랬더니 아파트 사람들이 쫘악 모입디다. 막 해댔지. 당장 내 구렁이 심줄 같은 돈 내놓으라구……."

"첫 번째 집 찾아갔을 때도 그랬죠?"

"안 그럴 년이 어디 있겠수. 내 평생에 첨 만져본 돈인데. 그것도 그년 도망가고 애새끼들 데리고 먹을 것 못 먹고 입을 것 못 입어 가며 내 배만 곯은 게 아니라 저눔들 곯려가면서 모은 돈인데…… 젊은이 같으면 첫 번째 도망갔을 때 그냥 됐겠수?"

"아뇨."

"그래서 악을 바락바락 썼지. 그년이 당황해 가지고 나를 마구 잡아끌더니 선이자 두 달치 주고 이놈의 종잇장 써준 거라우. 애들 갖다 주라구 과자두 주구, 막상 환대를 받으니까 내가 심했다 싶어서 백배사죄하고 왔다우. 그때 무슨 짓 하던 받아냈어야 하는 건데……."

못내 아쉬운 모양이었다.

상황을 대충 들어본 나는 부들부들 떨리는 가슴을 억제할 수 없었다. 처음 이사 간 아파트 앞에서 악을 바락바락 쓰는 무식한 할머니가 당한 앙갚음치곤 너무 지나친 일이었다. 돈 백만 원 때문에 당한 수모를 그런 식으로 되돌려줄 수 있는 부잣집 여편네의 심정을 현미경 밑에 넣어 관찰해 보고 싶었다.

할머니 말은 상당히 할머니 입장만을 설명한 것이었다. 부잣집 여편네에게 그 이상의 창피를 줬을 것 같았다.

"그 여자, 지금 어디 살아요?"

"또 이사 갔답디다. 주택 사가지고 갔다는데 어디 사는지 모르겠수."

"그 뒤로 또 찾아갔어요?"

"안 찾아가면 나는 어찌 살란 말이우. 자다가도 그 생각만 하면 가슴이 벌렁벌렁해서 뜬눈으로 새우는걸. 새벽 바람에 냅다 쳐들어갔지. 파출소 사람들도 잡아넣기 지겨웠는지 애원을 합디다."

"그럼 그 여자 친구는 어디 살아요?"

"친구는 무슨 친구, 춤추러 다니는 년들이. 화투짝이나 만지고 춤바람이 나서 돌아댕기다 만난 년들이라우. 내가 그년 집에서 일해 줄 때도 눈꼴이 셔서 못 보겠습디다만…… 어린 새끼들 생각하고, 산 목구멍에 거미줄 칠 수가 없어서…… 나도 성한 년은 아니라우. 이젠 저 새끼들 땜에 죽을 수도 없다우. 저 새끼들만 없대두…… 그냥 칵 뒈지구 말지……."

절절한 한을 느낄 수 있었다. 보통 늙은이들이 죽어버리겠다는 말은 삶에 대한 극렬한 애착심 때문에 해보는 말이지만 이 할머니는 정말 죽을 것만 같았다. 할머니 말을 들으면 할머니가 살아 있는 것이 이상할 지경이었다.

"사람들이 쌀이라도 갖다 줘요?"

"요새 그런 사람이 어딨수."

고개를 쩔쩔 흔들었다. 내가 알기는 은주 누나 말고도 약수터에 다니는 사람들이 가끔 도와준다고 했다. 할머니는 일부러 거짓말을 하는 것 같았다.

아니 어쩌면 동정심을 받아내려는 단수 높은 거짓말을 하고 있는 지도 모르겠다. 그래서 한 편의 드라마를 만들어 구걸의 방패막으로 삼았는지도 모른다는 의구심이 솟아났다.

의심할 만큼 할머니의 말은 너무나 논리정연했고 그럴 만큼 간악한 여편네가 이 땅에 존재하리라고 믿어지지도 않았다. 또 그런 억울한 사연을 듣고 일방적으로 부자 여편네를 감싸

고돌 경찰관이나 법관이 있을 것 같지 않았다.

"할머니, 도와주는 사람이 있잖아요? 쌀을 한 가마씩 갖다 준 사람도 있던데요?"

할머니 낯빛이 금방 씰룩거려졌다.

"할머니, 거짓말을 왜 하세요?"

나는 속았다는 기분이 들자 다부지게 따지고 싶었다. 내가 준 돈도 갑자기 아까워졌다.

"이봐요, 젊은이. 오죽하면…… 이 늙은 년이 오죽하면 도움 받는 데가 없다고 하겠수. 그렇게 얻어라도 먹지 않으면 저 새 끼들하구 살아나 있겠수? 도움 받는 것두 한두 번이지…… 애 들이나 커야 남의 집 빨래해서 풀칠이라두 할 거 아니우."

"아까 부잣집 여자한테 당한 것도 그래요. 믿어지지 않아요. 할머니가 뭔가 잘못한 게 있거나 그만한 사정이 있는 거 아네 요?"

"내가 거짓말하믄 벼락을 맞아 죽겠수. 저 새끼들 놓고 어떻 게 남을 잡아먹겠수."

"아무래도 믿을 수가 없잖아요?"

"다들 그럽디다. 믿는 사람이 없습디다. 내가 거짓말로 꾸며 댄 거라고 합디다. 내가, 이 늙은 년이 찾아가서 좀 심하게 한 건 사실이지만 거짓말은 아니라우."

할머니는 아까보다 감정을 죽인 음성으로 처음부터 끝까지 사건의 내막을 얘기해 주었다.

두 번째 들으면서 앞뒤 말이 다르지 않았고 그 여편네의 남편과 주변 사람들 얘기를 짚어나갈 수 있었다.

"우리 큰새끼한테 물어보구려. 이 늙은 년은 답답하고 폭폭해서 거짓말할 수 있을지 모르지만 저 새끼는 나 쫓아댕겨봐서 알 거유."

그쯤 얘기하면 믿어볼 만한 것이지만 나는 너무 엄청난 충격을 받았기 때문에 초등학교 다니는 계집아이를 불러내 물어보았다.

할머니 말과 거의 다름이 없었다. 나는 몇 가지 의문을 품고 진위를 캐내려고 유도를 해보았지만 조금도 할머니의 얘기와 다른 게 발견되지 않았다.

"할머니 제가 해결해 보도록 하겠습니다."

내가 할머니의 손을 잡고 말했다.

"이젠 돈두 필요 없수. 그년 감옥이나 보내면 속이 확 풀리겠수. 그런 년이 어디 사람이우. 여우두 그러진 않을 거유."

"그래도 돈을 찾아서 집이라도 얻으셔야죠. 산속이라 금방 추워져요. 겨울 나실 생각 말아야죠."

"나야 한데서 자두 그만이지만…… 저 불쌍한 새끼들은…… 애비 에미두 없는 새끼들은……."

할머니 눈에선 눈물이 방울져 흘러내렸다. 가슴이 뛰는지 앞가슴을 움켜쥐고 흐느꼈다.

"그러니까 맘 굳게 자셔야 됩니다."

"그러니까 살아 있잖수. 해결이 안 될 거유. 될 일 같으면 늙은 년이 이 고생인데 하느님인들 가만 있었겠수?"

"하느님이 딴 일 하느라고 바빠서 그래요. 부처님도 있잖아요."

나는 농담처럼 이렇게 말했다.

"그러게 말이우."

"애들은 괜찮아요?"

"그냥저냥…… 지들두 살아 있는 게 장할 거유. 저년이 예배당에 놀러 갔다가 허리를 다쳐서 꼼짝 못하는데…… 약값이 있겠수, 예배당 사람들이 쳐다를 보겠수."

"교회에 다니세요?"

"나는 안 댕기는데 새끼들은 즈이 에미 따라 댕겨서……."

"할머니 이렇게 사는 걸 교회에서 알아요?"

"저 새끼들 땜에 알지."

"그런데도 안 도와줘요?"

"저년이 다쳐서 꼼짝 못하고 누워 있어도 어느 년 하나 대가 릴 내밀지 않습디다."

"교회에 놀러 갔다 다쳤는데도 안 와봐요?"

"누가 아니라우. 그래서 예배당에 다시 나가면 죽인다고 했다우."

"그럼 요새 교회에 안 보내요?"

"즈이들이 몰래 댕기기는 하는 모양인데……."

나는 대충 메모를 한 뒤에 할머니의 천막을 빠져나왔다.

하느님,

도대체 무슨 말을 하란 말입니까?

당신을 따르는 무리들이 그 지경인데 누굴 더 믿을 수 있단 말입니까? 이 땅엔 신실한 진짜 신자도 많지만 가짜 예수쟁이도 많습니다.

당신의 권위가 땅에 떨어지고 있습니다. 회복할 생각이 없으신지요.

그 부잣집 여편네를 데려다 쓰실 데가 없겠습니까? 그런 여자를 여자 하느님 시키시면 어떨까요.

할머니가 살던 동네는 산동네여서 쉽게 할머니의 전셋집을 찾을 수 있었다. 백만 원짜리 전셋집이 어떤 곳인가를 확인할 수 있었다.

시민아파트라는 명칭으로 통하는 십여 년이나 된 낡고 허술한 아파트였다. 요즘 흔히 말하는 아파트에 비하면 아파트라는 이름이 부끄러운 그런 곳이었다. 지대가 높아서 불편한 정도는 참을 수 있지만 비가 새어 들어오고 위층에서 흘러내리는 화장실 물과 오물들로 얼룩진 것으로 미루어 형편 없는 아파트였다.

낡아서 덜커덩거리는 쇠파이프는 녹이 슬어 볼품이 없었고 가운데 복도를 중심으로 좌우에 나란히 현관이 붙어 있어 서로 문만 열어놓으면 방 안이 훤히 보이는 곳이었다.

9평짜리 시영아파트. 누가 보아도 그것이 시영아파트라면 나라꼴이 부끄러울 수밖에 없었다. 서울 시영아파트가 민영아파트보다 나아야 한다고 주장하고 싶진 않았다. 다만 시 소유의 재산이라면 적어도 손질을 해주는 성의쯤은 가져야 했을 것이다.

일층 입구의 편지함 속엔 한 달에 이천 원씩 정도의 분양금 독촉장이 여러 장 있었다. 그 정도의 돈도 제 시간에 내기 어려운 서민들이 살고 있는 곳이라면 시 당국자의 발길이 잦아야 할 곳이었다.

만약 그런 곳에 말발이나 있는 떨거지들이 몰려 살았다면 과연 지금처럼 내팽개쳐져 있었을까?

결코 그런 추악한 꼴을 하고 서 있진 않았을 것 같았다.

할머니가 살던 집은 맨 꼭대기에 있는 1동이었다. 복덕방 영감 말로는 높이 올라갈수록 집값이 헐하고 전셋값도 싸다고 했다.

서울에서 꽤 살 만큼 사는 사람만 산다고 소문난 Y동의 산 꼭대기엔 그런 낡고 허름한 아파트들이 늘어서 있었다. 시내와 가깝고 교통이 좋아서 서민들이 모여 살기는 좋은 곳이라고 생각했다.

Y동 A지구 아파트 1동에 들어서며 나는 지독한 똥냄새를 맡았다. 복도 한가운데를 지나가는 화장실 오염 물질들이 잘 내려가지 않아서 아파트 전체가 그런 냄새였다.

"진정하고 도와달라고 관공서 쫓아다녀봐야 외눈 하나 깜짝 안 해요. 우리들이 사는 집이니까 우리들 힘으로 고쳐야겠지만…… 그럴 힘 있으면 왜 여기서 살겠어요."

나를 안내해 주던 사람이 이렇게 말했다. 바로 Y동 A아파트 아랫동네엔 고급주택들이 들어서 있어서 한눈에도 Y동 산다고 하면 부자라는 인상을 받을 것 같았다.

"저 공터는 집 지으려고 그러는 모양이죠?"

나는 아파트 앞쪽의 공터를 가리켰다. 터를 닦은 지 얼마 되지 않은 것 같았다.

"그렇대요. 벌써 몇 년 됐는데 저렇게 벌겋게 팽개쳤죠. 나무를 마구 잘라내고 하더니…… 여긴 공원 지역인가 개발금지 지역인가 해서 나무도 베어낼 수 없는 곳이래요."

"그런데 땅을 닦게 넙뒀어요?"

"들리는 소문엔 옛날 어떤 야당의 대표라는 작자가 터 닦았대요. 주민들이 항의했지만 어디 씨가 먹혔겠어요? 지지난해엔 여름 장마에 석축이 다 무너져서 난리가 났었죠. 만약 집 지어놓고 무너졌어봐요. 여러 사람 떼죽음 당했을 겁니다. 국민을 위한다는 작자가, 그것도 야당의 대표까지 했다는 작자가 뒷전에서 땅장사나 해대고 불법인 줄 알면서 나무를 베어냈으니 알쪼 아니겠습니까."

"글쎄요."

나는 성글게 대답할 수밖에 없었다. 이 지역에 대해 아는 게 없어서 무슨 대꾸든 할 수가 없었다.

"산 위에 하꼬방 짓고 살던 사람들을 죄 몰아낼 땐 시퍼렇던 사람들였죠. 무허가 철거할 때처럼 보호 지역이면 끝까지 보호해야지 않겠어요? 어떤 놈은 힘 가졌다고 법망도 풀어주고 우리 같은 서민들은 하수구 냄새 맡아가며 살아도 어느 놈 하나 얼굴 내미는 놈이 없어요."

나는 대꾸 없이 그 사람을 따라 계단을 밟았다. 그 사람 말은 별로 틀린 것 같지 않았다. 갈라진 벽, 허술한 시공, 낡은 쇠붙이, 유리창 하나 없는 복도, 썩어 들어간 난간과 창틀, 얼룩진 오물 흐른 자국들.

"이거 언제 진 거죠?"

"십여 년 된다나 봐요. 와우아파트 무너질 때 겁나니까 빨간 벽돌을 대충대충 붙여놓아서 방도 모두 비뚤어졌어요."

아! 기억하기도 끔찍한 와우아파트 사건과 연결되는 아파트였구나. 지금까지 버티고 있는 게 신기하다는 생각도 들었다.

그때 서울특별시장 하던 사람이 물러났던가? 아닐 거야. 아마 더 높아졌었을 거야. 사람을 떼로 죽였으니까 그 배짱이라면 높여주는 게 당연했을 것이다. 잘나려면 그 정도는 잘나야 할 것이다.

"그럼 차라리 헐어달래지 그래요? 그래서 요즘 잘 지은 시영 아파트 분양받으면 되잖아요?"

"누가 아니랍니까. 시에서 안전점검 나온다면 사람들이 헐리지 않으려고 칠하고 돈 거둬서 때우고 야단입니다. 점검하러 온 사람한테 이상 없다고 하니까요. 새는 곳도 없고 튼튼하다고 자랑합니다."

"왜요?"

나는 어이가 없어서 이렇게 물었다.

"헐리고 다른 좋은 아파트로 갈 수가 없는 사람들이니까 그렇죠. 새로 지은 시영아파트 분양받으려면 손에 이백만 원쯤은 쥐어야 합니다. 그러니까 도리어 분양증을 헐값에 팔아 전세로 들어가는 실정입니다. 그러니까 새도 좋고 냄새 나도 살 수밖에요. 또 대개 먹고사는 근거지가 요 근처인데 헐리면 저 변두리로 쫓겨가 버스 두 번 타고 한 시간 넘게 시달려가며 밥벌이하러 다녀야잖습니까. 딱한 사람들입니다."

나는 아파트 내부를 구경하면서 그 사람 말이 하나도 틀리지 않는다는 걸 알았다.

"없는 사람들 심정 너무 몰라줘요. 지난 겨울엔 저 아랫동네보다 연탄값이 이 원이나 비쌌어요. 높은 곳이라 배달하기 어렵다는 거죠. 그런데 알고 보니 Y동 동장이란 작자가 업자 측 말대로 올려 받으라고 했대요. 그래서 진정서 내고 난리 쳤죠. 금세 이 원이 내리던데요. 단돈 이 원 가지고 악을 쓰는 사람들입니다."

나는 고개만 끄덕인 채 할머니가 꼬마들 다섯 명 데리고 살았다는 방을 들여다보았다. 포개어 자지 않으면 안 될 방이었다.

244

"큰 애들은 다락에서 잤어요."

주인 여자의 말에 다락을 들여다보았다. 기어 다니지 않으면 안 되는 좁은 다락이었다.

주인 여자는 할머니에 대해 아는 대로 얘기를 해주었다.

"저도 할머니가 고지식한 양반이라 믿을 수밖에 없긴 했지만……. 그래도 영 믿어지지 않았어요. 그 할머니가 백만 원이란 돈이 있을 리도 없구요."

주인 여자의 결론은 이런 것이었다. 나는 주인 여자가 일러주는 대로 주택가에 사는 부잣집 여편네의 친구란 여자를 찾으러 내려갔다.

롱 드레스를 입은 여편네는 내가 찾아온 용건이 바로 그 할머니에 관한 것이라고 하자 고개를 절레절레 흔들었다.

"생각해 봐요. 돈 많은 주부가 무엇이 답답해서 없는 늙은이 돈 그런 식으로 떼먹겠어요. 어이가 없어서……."

내가 변호사 사무실의 심부름꾼일 줄만 아는 이 여자는 냉커피까지 끓여다 주며 열심히 친구를 위해 얘기해 주었다.

"그 늙은이가 또 발작했나 부죠? 떼를 써도 정도껏 써야죠. 잘사는 집이라고 귀찮아서 그냥 내줄 줄 아는 늙은이예요. 백만 원쯤 우습게 아는 집에서 불쌍한 늙은이 걸 그런 식으로 해먹겠어요? 말도 안 돼요."

여자의 말은 설득력이 있었다. 할머니의 주장과는 전혀 딴판이었다. 상식적으로 생각해도 할머니가 주장하듯 차용증서를 거꾸로 써서 사기 칠 만한 여자들은 아닐 것 같았다.

"그 할머니가 너무 애절하게 나오니까 믿지 않을 수도 없습니다. 우리는 어디서부터 손을 대야 할지 아직 모릅니다. 가능하다면 사실을 밝혀서 피해자가 없도록 할 생각입니다. 그 할머니가 너무나 막무가내로 나오고 약간 돌지 않았나 싶어서 의심해 봅니다만."

"이미 재판까지 끝난 일 아녜요? 보셔서 알겠지만 미친 늙은이 말 믿고 선량한 시민을 괴롭혀서 쓰겠어요? 법치국가에서 이럴 수 있어요."

친구를 위해 주는 마음이 퍽 지극한 것 같았다.

"그 늙은이 지금 어디 살아요?"

"천막 치고 어렵게 사는 모양입니다."

"내 친구라서 얘기하는 게 아니라 착한 여자 독사 만들었어요. 어렵게 사는 늙은이라고 해서 백만 원을 차용증 받고 줬으면 고마운 줄 알아야죠. 그냥 주면 씀씀이가 헤퍼지고 할까봐 차용증서 받아뒀던 거예요. 만약 그런 거 안 받고 줬었다간 정말 큰일 치를 뻔했지요."

"사실이 그렇다면 그럴 일이었겠는데요."

"들어보세요. 내 친구가 받을 맘이 없었다구요. 어차피 어려운 늙은이니까 받아낼 돈도 없었을 거구, 또 애초 그냥 줄 생각이었으니까 이사 갈 때도 그냥 간 거였어요. 그런데 어느 날 아파트로 쳐들어와서 돈 떼먹고 도망갔다고 악을 써댔으니…… 생각해 보세요. 그까짓 백만 원이 요즘 돈예요? 줘버리면 조용할까 싶기두 했대요. 얼마나 어이가 없었으면 그랬겠어요. 그러나 괘씸해서 못 참겠더래요. 그래서 넘긴 거예요."

"저래도 그 지경이면 못 참겠는데요."

"누가 아니래요. 그래도 그 친구는 착해요. 지금이라도 그 늙은이가 맘 잡고 살려고 노력하면 공증하고 돈을 주고 싶대요. 착한 여자 괴롭히지 마세요. 미친 늙은이 말 듣고 또 조사하다니 말이나 돼요?"

"듣고 보니 그렇습니다."

나는 갑자기 그 할머니한테 속은 것이 아닌가 하는 생각을 했다.

"누가 뒤에서 조종하는지나 좀 찾아봐요. 누가 시키는 것 같애요. 그렇지 않고서야 그렇게 논리적으로 떼를 쓸 수 있겠어요?"

"한번 더 조사해 봐야겠군요."

내 가슴이 자꾸 흔들렸다. 할머니의 억지에 내가 말려들어가는 것 같았다. 그러나 진지한 할머니의 목소리와 폭폭한 통곡 소리를 지울 수는 없었다.

지나치게 친절한 여자 집을 나와 다시 A아파트로 올라갔다. 그쪽에서 다시 찾아 나서는 게 좋을 것 같았다. 만약 할머니 말이 옳더라도 할머니 편을 들어줄 사람이 없으면 이번 일은 무의미한 것이었다.

그러나 Y동 일대에서 할머니가 백만 원이란 거금을 지니고 있었다는 걸 믿는 사람은 아무도 없었다. 그만한 돈으로 이자놀이 한다는 것조차 가당찮은 일이라는 것이었다.

"할머니하고 친한 분은 없었나요?"

나는 몇 시간 동안 헤매다가 지쳤다. 아무도 할머니 편이 되어줄 사람을 찾을 수가 없었다.

"없어요."

"조금이라도 가깝게 지낸 할머니라도 계셨을 거 아닙니까?"

"첨엔 가까이 지냈던 할머니가 있었는데 나중엔 앙숙이 돼서 말도 않고 지냈어요."

"그 할머니가 이사 갈 무렵에 앙숙이 됐나요?"

"오래됐을 거예요. 그 할머니도 그놈의 재판 때문에 신물이 났대요."

"왜요?"

"할머니 얘기론 그 할머니가 알면서도 미우니까 모르는 체한다는 거래요. 귀찮아 죽겠다고 그러던데……."

한 오라기의 실끝을 잡은 기분이었다. 가게에 내려가서 술한 병과 과일상자를 사들고 할머니 집으로 갔다.

나무 그늘에 앉아 있던 할머니 표정이 별로 탐탁한 것 같지 않았다.

"귀찮아죽겠네."

얘기를 다 듣고 난 할머니의 첫마디였다.

"그 할머니 사정이 너무 딱해서 그래요. 생각해 보세요. 천막에서 꼬마를 다섯이나 데리고 배곯는 걸 생각해 보세요. 생각나는 대로 얘기 좀 하세요. 도와주세요."

내 애원이 지나쳤다고 할 정도였다. 할머니는 자꾸 딴전을 피웠다. 뭔지 안타까운 마음이 숨어 있을 거라는 생각이 들었다.

"얘기 다 했는데……."

할머니는 딴전을 피우면서도 자꾸 눈을 깜빡거렸다.

"할머니가 그렇게 됐다고 생각해 보세요. 손자를 다섯 데리고, 배고파 우는 애들 데리고 같이 소리 내어 우는 할머니 생각해 보세요. 살면 얼마나 살겠어요. 그렇게 돌아가시면 원귀라도 그냥 있겠어요? 할머니, 할머니가 조금만 도와주면 그 할머니는 살 수 있어요."

이런 식의 얘기만 계속했다. 한참 만에 할머니는 고개를 외로 돌린 채 말했다.

"그놈의 할매, 일찍 뒈지지두 않을 거여. 독하니께."

"원한이 서려서 돌아가실 수도 없어요. 억울하게 당하고 그냥 살 수 있겠어요? 할머니가 좀 도와주세요."

"망할 놈의 늙은이."

그러고도 한 시간 가량이나 뜸을 들였다. 무엇인지 감추고 있는 것 같았다. 어쩌면 부잣집 여편네에게 사주를 받았을 수도 있었다.

"망할 놈의 늙은이……."

눈가에 눈물이 핑 돌았다.

"할머니, 그 할머니 눈 못 감아요. 그러니 어쩌겠어요."

"나, 가막소 가믄 워쩐댜?"

"왜 감옥 가요?"

"망할 놈의 늙은이가 미워서…… 그땐 그럴 수밖에 없었으니께. 내가 일찍 죽어야는디……."

"무슨 말씀인지 알겠어요. 그건 제가 책임질게요. 정말 걱정 마세요. 얼마나 받았어요?"

"받긴 뭘 받아? 나, 그런 거 몰라."

"뭐든 줬을 거 아네요."

"……."

할머니는 치마꼬리로 눈물을 훔치고 내 손을 잡았다.

"삼십만 원 받았어. 주는디 안 받을 사람이 워딨겠어."

"그럼요. 잘하셨어요. 그런 건 죄가 안 돼요."

"가막소 가서 큰일 난다는디?"

"누가 그래요?"

"그 여자가."

"재판 받을 때 가서 뭐랬어요?"

"못 봤다구 했다니께 자꾸 물어봐."

앙칼진 대답이었다.

"돈 주는 거 봤어요?"

"아니라니께. 이자 받으러 갈 때 혹시 따개꾼들이 돈냄새 맡을지 모른다구 같이 가재서 갔었지."

"이자, 얼마 받았어요?"

"사만 원 주대, 망할 놈의 늙은이, 담배 한 곽이 읎어."

"그런데 왜 모른 체했어요?"

"미운 게 그렇지. 오죽 미운 짓 하믄 그럴까."

"그 여자가 삼십만 원 줄 때, 뭐라고 했어요."

"모른다구만 해주면 삼십만 원 준댔어. 아침에 택시로 델러 와서 삼십만 원 주대. 그래서 시키는 대루 다 했지. 누가 물어봐도 그렇게 대답해야지 다르게 하믄 가막소 간댜."

감옥 간다는 말에 주눅이 들어 있는 것 같았다. 나는 절대로 감옥에 보내드리지 않을 거라고 안심시켰다. 그래도 할머니는 두려운지 자꾸 더는 모른다고 손을 저었다.

대충 상황을 짐작할 수 있었다. 더 이상 증거가 없어도 할머니 말을 증거로 임 사장 여편네를 다잡아 앉힐 수 있을 것 같았다.

나는 할머니 손에 만 원짜리 한 장을 쥐어주고 내려와 소형 녹음테이프를 돌려보았다. 잡소리가 많이 섞여 있었지만 할머니의 더듬거리는 목소리에서 임 사장 마누라의 계산된 음모를 읽을 수 있었다.

하늘 아래 이런 일도 일어날 수 있을까?

한글을 모른다는 약점을 이용해 가난한 할머니가 일생을 모은 백만 원을 차용증서 거꾸로 써주어 사기 쳐먹고 그것도 부족해 전셋돈까지 빼먹어 천막 치고 살게 할 수 있을까?

그것도 부잣집 여편네, 백만 원쯤은 돈같이 여기지도 않는
다는 여편네의 수작이었다. 할머니가 아파트로 쳐들어가서 다
짜고짜 소리 질러 창피를 당했다고 해서 무식한 할머니에게 그
런 처절한 복수극을 펼칠 수 있을까?

이건 내 생각에도 가장 비열한 복수극이었다.

하느님, 이 땅엔 이보다 더 비열하고 치졸한 복수극을 벌이
는 사람이 많습니다. 아니 그것은 차라리 낫습니다. 죄 없는 선
량한 시민의 목을 조르고 출세하거나 돈을 버는 사람이 많습
니다.

하느님은 아실 겁니다.

그러면서도 명상만 하고 계십니다. 하느님이 뒷짐 지고 벙어
리가 되어 주저앉은 날부터 법이란 것이 생겼을 겁니다. 하느님
은 법이란 괴물을 대리인으로 내세운 뒤에 쉬고 있습니다.

아주 느긋하게 말입니다.

그런 식으로 나가면 언젠가는 하느님을 끌어내려 법대로 심
판하게 될 겁니다.

제발, 그때 가서 하느님답게 변명 따위는 하지 마쇼.

애들에게 임 사장집에 관한 정보를 캐내도록 했다. 불경기에
도 제법 돈 걱정을 않는 사장이라고 했다. 아파트 근처에서 알
아온 얘기로는 임 사장 마누라의 씀씀이도 헤픈 편이라는 것

정도였다.

"재미있는 건 마누라가 춤바람 났다는 것과 고스톱은 끝내주는 여자래요. 소문이 짜하던데요."

"괜히 하는 소리 아냐?"

나는 그 정도 얘기까지 단숨에 물어온 애들이 의심스러워 이렇게 물었다. 자칫 잘못해서 뒤를 캐고 있다는 눈치를 보여 일을 그르칠 수 있기 때문이었다.

"아녜요. 우연히 중국집 배달하는 녀석하고 가겟집 배달하는 녀석을 만나게 돼서 물었더니 좔좔이던데요 멀. 배달 나가면 푸짐하게 앉아서 화투 친다는 겁니다. 그릇 가질러 가면 문 잠그고 나오며 어디 카바레로 나오라고 연락하는 걸 몇 번 들었다던가 그래요."

나는 쉽게 임 사장 마누라를 잡아챌 수 있다는 생각이 들었다. 고스톱 현장을 덮쳐봐야 별로 일거리가 생기지 않지만 춤바람에 얽힌 남자 사냥 장면을 잡을 수만 있다면 손쉽게 꺾어 앉힐 수 있을 것 같았다.

"그럼 손 빠른 애들 두 명 보내서 쑤셔봐라."

내 작전은 빤한 것이었다. 현장을 덮쳐 잡겠다는 생각이었다. 그래서 쉽게 할머니를 등쳐먹은 사건을 해결해 놓고 싶었다. 남의 여편네를 무조건 꿇어앉히고 법적으로도 끝난 얘기를 물고 늘어지기란 쉬운 노릇이 아니었다.

애들은 오랜만에 흥미 있는 일이라도 생겼다는 듯이 뛰어나갔다. 춤바람 난 여자를 믿느니 바람난 수캐를 믿는 게 낫다는 시쳇말도 있었다. 그리고 그동안 내가 지켜본 많은 이야깃거리도 여자의 춤바람에 얽힌 것이 많았다. 춤바람 난 여자의 행실은 바람기 높은 사내들보다도 오히려 난해한 것들이었다.

많은 사내들은 제 마누라만 빼놓고 모든 여자들이 바람나주기를 기대하고 있을지도 모른다. 그것이 사내들의 생리라면 여자들은 모든 바람이 정당화되기를 기다리는 것보다 모든 바람기가 영원한 비밀로 지켜지기를 고대하고 있는지도 모른다.

춤바람 난 여자들이 모두 음란한 피를 가졌다고 믿진 않는다. 그러나 내가 지켜본 많은 여자들은 춤바람과 대낮의 정사는 필연적인 관련으로 비추어졌었다.

춤추는 젊은이들은 음란하지 않은데 춤추는 유부녀들은 어째서 음란해야 하는지 모를 일이었다. 디스코 텍으로 몰려드는 수많은 젊은이들에게선 생생한 젊음의 혈기와 열정을 느낄수 있었지만 늙은이들이 몸을 흔드는 곳에선 어쩐지 음탕한 비디오 테이프가 돌아가는 느낌을 받곤 했다.

아리랑에 맞춘 춤사위가 그렇게 음란했었단 말인가? 어깨춤과 상모꾼의 자발맞은 모듬뛰기에서 그런 음탕함을 맛볼 수있었단 말인가? 아니면 병신춤이나 자진모리에 감돌아드는 춤사위가 음흉한 웃음을 흘렸을까?

서양 것이라면 모든 걸 문명이라고 받아들이는 자세가 아마더 큰 사대주의일 것이다. 춤을 받아들여 멋들어지게 춤추는 것은 아무도 탓할 수 없는 것이다. 그러나 문화와 삶의 방식이 다른 구조 속에서 우리들의 관심이라는 체로 걸러서 수용하는 자세가 아쉽다고 말할 수 있겠다.

애들은 이튿날 오후에 임 사장 마누라의 행적을 연락했다.

"확인까지 했습니다. 빨리 오세요."

들뜬 목소리였다. 불법으로 주간 카바레를 하는 장소에서 임 사장 마누라는 친구들과 떼지어 남자들과 어울렸으며 메모지에 방 하나를 잡아달라는 밀명을 내렸다고 했다.

"바로 여관 앞으로 오시면 됩니다. 우리들이 기다릴 테니까요."

"차질 없도록 해라. 눈치채지 않게 잘 따라다녀."

"걱정 마세요. 알아서 할 테니까 빨리 오세요."

나는 녹음기를 챙겨 들고 달려갔다. 턱 밑에다 녹음기를 틀어주며 닦달을 해댈 생각이었다.

여관 근처의 큰길가에 한 녀석이 나와 있었다.

"들어간 지 십 분쯤 됐어요. 허여멀건 한 자식인데 애송이 같애요."

"너희들은 저쪽 골목에서 기다려라. 내가 신호하기 전엔 꼼짝도 마라."

"우리가 해치우죠."

녀석은 끝내기를 제 손으로 해보고 싶은 모양이었다.

"가서 기다려라."

"예."

못내 아쉬운 목소리였다. 나는 십여 분쯤 한적한 여관이었지만 방마다 사람 소리가 들려왔다.

사랑할 장소가 없어서 이런 기현상이 유행하는 것인지도 모른다. 사랑하는 사람들이 육체를 태우고 싶어서만은 아닐 것 같았다. 밝은 것을 너무 부끄러워하는 속성 때문인지도 모른다. 그것은 부끄러운 게 많다는 결론일 수도 있다. 사랑하는 게 부끄러움일 수는 없다. 사랑하는 걸 부끄럽다는 공식으로 만들어준 이유가 있을 것 같기도 했다.

애들이 일러준 방문 앞에 귀를 기울였다. 격렬한 몸짓 소리가 계속 들려오고 있었다. 아랫도리가 기립하는 걸 느꼈다. 항상 느끼는 것이지만 이런 경우에 여자의 교성이 유난하게 들리는 이유를 모르겠다. 동물 가운데 암컷이 클라이막스에 오르는 것은 사람뿐이라는 말도 있었다.

여자는 남자보다 행복한 것일까?

임 사장 여편네를 더 행복하게 내버려둘 수밖에 없었다. 차마 쾌락의 꼬리를 붙들고 교성을 지르는 방으로 들어설 수는 없었다. 짧은 순간이지만 그녀의 행복을 빼앗고 싶진 않았다.

하는 꼴로 보면 순간적 행복이라도 마구잡이로 헐어내고 싶었지만 차마 그럴 수가 없었다. 나도 복수하는 사내가 되고 싶진 않았다.

다시 담을 넘어 들어갔다. 사내가 빠져나갔지만 임 사장 마누라는 화장을 하는지 나오지 않았다.

"누구요?"

상기 있는 목소리로 물었다. 나는 말없이 문을 열었다.

"누구야?"

"당신 남편이 보낸 사람요. 조용히 하지 않으면 더 시끄러워질 거요. 가만히 앉아 계쇼."

"……."

갑작스럽게 당하는 일이어서 그런지 대꾸를 못했다. 옷매무시를 고치고 있어 풍만한 육체를 감상할 수는 없었지만 보통 여편네는 아닌 것 같았다.

"금방 나간 친구가 누구요?"

"댁은 누구세요?"

"얘기했잖소. 당신 남편이 당신 뒤 좀 조사해 달래서 쫓아다니는 놈이라고. 얘길 쉽게 풀려면 나를 매수하는 것도 괜찮소. 다만 내가 묻는 대로 죄다 솔직하게 털어놓는다는 조건이오."

"홍신소서 나왔어요?"

"아뇨. 개인적으로 고용된 사람요."

"얼마 받았어요?"

여자는 그렇게 담대한 것인지도 모른다. 사내들보다 언제나 대범한 것을 느끼곤 했다.

"내가 묻는 말부터 대답해요."

"우리 이러지 말고 장소를 옮겨요. 조용한 데 가서요."

임 사장 마누라를 한 대 올려붙이고 싶었지만 눌러 참았다.

임 사장 마누라는 쭈뼛거리는 기색 없이 여관 문을 나섰다. 대낮이라 오가는 사람이 있었지만 표독스러울 만큼 냉정했다.

여자의 변신은 그렇게 무서운 것인지도 모른다. 남편이 정탐꾼으로 보냈다는데도 그녀는 구차하게 매달리거나 애원하지 않았다. 아주 당당하게 장소를 옮겨서 얘기를 하자는 것이었다.

"타요."

그녀는 명령하듯 택시 문을 열고 말했다. 나는 피식 웃었다.

"어서 타요."

나는 이 여자의 냉소가 어디서부터 생겨나는 것인지 보아두고 싶었다. 택시 안으로 빨려 들어가듯 들어갔다.

"L호텔로 갑시다."

그녀는 냉랭하게 말했다. 택시 기사가 뒤를 흘낏 쳐다보고 액셀러레이터를 힘껏 밟았다. 여관에서 당당하게 걸어나온 애송이와의 관계를 무한한 상상력으로 분석하고 있는 것 같았다.

L호텔까지 말 한마디 하지 않은 채 갔다. 그녀의 표정으로 보아선 도대체 감정이라곤 털끝만큼도 보이지 않았다. 여자가 저렇게 담담할 수 있을까?

정사 현장을 덮쳤는데도 저렇게 표정이 변하지 않을 수 있을까?

저 정도 배짱이라면 불쌍한 할머니 돈 이백만 원을 삼키고도 시치미를 뚝 뗄 수 있을 것 같았다.

그녀는 호텔방 열쇠를 들고 엘리베이터 앞에 서서 눈짓으로 나를 불렀다.

"타요."

아까와 똑같은 음성이었다.

"조 여사, 어쩌자는 거요?"

내가 반문하듯 물었지만 그녀는 냉랭한 표정으로 엘리베이터로 들어갔다. 나도 따라 들어갔다.

호텔방에 들어서자 그녀는 문을 잠그었다. 그리고 여전한 그 표정으로 물었다.

"맥주 좀 하겠어요?"

"길게 얘기하자는 겁니까?"

"난 어차피 오래 살 여자는 아녜요. 그러니 할 얘기나 좀 해보자는 거예요. 난 당신을 미워하지 않아요. 내 남편이 어떤 사내라는 것도 알아요."

"좋아요. 맥주 마셔봅시다."

조 여사가 맥주를 시키고 창밖을 물끄러미 쳐다보았다.

"남편한테 얼마 받았죠?"

담담한 목소리였다.

"액수를 밝힐 수는 없소."

"난 액수도 대충 알아요. 단도직입적으로 말하겠어요. 두 배를 줄게요. 그게 훨씬 현명할 거예요. 어차피 당신은 돈 때문에 나선 거 아녜요?"

"그렇다고 할 수 있죠."

"그럼 현명한 방법을 선택하시는 게 좋을 거예요."

"조건은 없습니까?"

"남편 뒤를 캐주세요. 알 만한 건 다 알고 있지만……."

자조적인 말투였다. 조 여사의 남편인 임 사장에게 문제가 많은 것 같았다. 나는 당분간 말려들어가는 척을 하기로 했다.

"조 여사, 남편은 퍽 정직한 분이라고 생각해 왔습니다."

"겉으론 그렇겠죠. 그러나 역으로 뒤를 밟아보면 알 거예요. 차마 내 입으론 떨려서 말이 안 나와요."

"여자관계 말인가요?"

"그래요. 내 피를 말려놓고 나와 이혼한 뒤 젊은 계집앨 들여앉히려고 별 수작을 다 부린다는 걸 내가 모르는 줄 알아요? 불쌍한 여자를 그렇게 괴롭히는 게 아닙니다. 난 언제라도 죽을 각오가 되어 있어요. 내 한 목숨 끊어버리면 그만예요. 그러나 이대로는 억울해서 못 죽겠어요. 그러니 날 도와주세요. 부탁예요."

돌아선 그녀의 얼굴엔 표독스러울 만큼 냉랭하던 냉소가 사라지고 물방울이 맺혀 있었다.

"나도 얘기 좀 합시다. 그 남자는 어떻게 된 겁니까? 억울한 사연이야 있겠지만 그런 식으로 해결할 수밖에 없는 겁니까?"

"안 당해본 사람은 모를 겁니다. 생각해 보세요. 피가 마를 일이지요. 사람을 사서 미행시키는 걸 아는데, 여자가 어떻게 견디겠어요."

"그럴 만한 사정이 있는 거 아닙니까?"

"그렇게 생각할 수도 있겠죠. 아까 그 남자도 당신처럼 나를 미행하던 사람예요. 일 년도 넘게 미행했어요. 그러다가 내가 못 견딜 것 같아서 만났죠. 대신 두 배로 줄 테니 남편을 조사해 달라고요. 남편은 첩살림을 하고 있어요. 그것도 애송이하구요. 첩살림뿐이 아네요. 내가 어떻게 참겠어요. 그래서 나도 못 참고 저질렀어요. 여편네라고 가만히 앉아서 당할 순 없잖아요."

"그렇다고 그런 식으로 나서는 건 뭐가 잘못된 것 같아요."

"그래요. 잘못됐어요. 나도 알아요. 그건 그렇고…… 어떻게 하시겠어요. 제 부탁 들어주시는 거죠?"

조 여사는 차라리 당당했다. 내가 할 말을 잊어버릴 정도였다.

"조 여사, 당신의 딱한 사정은 이해가 가요. 그러나 난 돈이 필요한 놈이 아닙니다. 조 여사, 당신이 저지른 일이 얼마나 무서운 짓인지를 알려주고 싶어 찾은 거요. 당신을 만나기 전엔 만나면 그 자리에서 그냥 두지 않을 생각이었어요. 지금은 마음이 많이 달라졌어요. 그렇다고 해서 이대로 그냥 넘어가고 싶진 않아요. 따질 건 따지고 가릴 건 가리고 싶어요. 아시겠어요?"

"나더러 어쩌라는 거예요. 돈이 싫다면…… 까놓고 말해요. 나도 이 호텔까지 올 때는 모든 걸 각오한 여자예요. 내 몸이 필요해요?"

조 여사는 악 받친 여자 같았다. 임기응변으로 자신의 부정을 막아보려는 태도 같지는 않았다.

"여보세요, 사람을 그렇게 같잖게 보지 마십쇼."

"그럼 뭘 원하세요."

"난 당신 남편이 보낸 사람도 아니고 당신 뒤를 캐려고 다니는 사람도 아니오."

"그럼 누구예요? 뭣 때문에 날 찾았죠?"

"바로 그 의문을 당신이 풀어야 됩니다."

"난 모르겠어요."

그녀는 내가 남편의 사주를 받은 사람이 아니란 사실이 더 겁나는 모양이었다.

"좋아요. 내가 묻는 대로 말해 봐요. 거짓 없이 말하는 게 우리 서로 편할 겁니다."

"감출 것도 거짓말할 것도 없어요."

"Y동 아파트에 살던 할머니를 아세요?"

"알아요."

"재판까지 해서 백만 원, 이자 주기로 하고 백만 원, 도합 이백만 원 빼앗은 기억을 하세요?"

"……."

"솔직하게 얘기하기로 했잖아요?"

"그래요. 그것 때문에 왔어요?"

"그렇습니다."

"그건 사실예요."

"그럴 수가 있습니까? 난 생각만 해도 부들부들 떨려요. 조 여사 당신을 파멸시키고 싶어요. 내 말 알아요? 왜 당신을 추적했는지."

나는 갑자기 분노로 들끓었다. 가엾은 여자이긴 했지만 할머니의 돈을 그런 식으로 빼앗을 수 있다는 건 인간의 짓이라고 할 수 없었다.

"그러나 내 얘길 들어봐요. 잘못한 건 사실이지만 그럴 수밖에 없었어요. 그때 당한 창피를 생각하면 더한 것이라도 빼앗고 싶었어요. 말없이 이사 오고 싶어서 온 게 아니고 그렇게 왔지만 찾아가서 원금과 이자를 돌려줄 생각이었는데…… 변명 같지만 사실예요. 그런데 갑자기 아파트 사람들 죄 모였는데 도박꾼이니 서방질 하는 걸 봤다느니 하며 악을 썼어요. 생각해 보세요. 소문이 어떻게 났겠는가를. 남편이 그때부터 나를 족치는 거예요. 그 늙은이가 우리집에 파출부처럼 들랑거렸으니까 거짓말하지 않았다는 게 남편 주장예요. 나로선 도저히 견딜 수 없는 일이었어요. 그 동네에 더 살 수도 없었고."

"그건 알아요. 그 할머니가 그런 할머니라는 건. 오죽하면 그랬을까도 생각했죠. 그러나 재판까지 해서 백만 원을 빼앗는 건 아무리 억울해도 지나친 거 아녜요?"

할머니가 충분히 그럴 만한 여자라고 생각했다. 상황을 들어보니 조 여사도 악에 받칠 만했다고 느꼈다.

"그래서 벌어진 게 이 꼴예요. 남편이 그때부터 사람을 사서 나를 미행했고…… 나도 만신창이가 되어버렸어요. 그 늙은이만 아니었으면 내가 이 꼴이 됐겠어요?"

조 여사는 처음부터 끝까지 상황을 설명했다. 조 여사 말을 들으면 할머니가 좀 지나쳤다는 걸 부정할 수는 없었다.

"할머니는 그게 전 재산예요. 새마을사업장에 나가 몇 년간 번 전부예요. 아무리 그렇더라도 몇 식구를 산에 천막 치고 살게 하는 건 조 여사가 사람의 탈을 쓰고 할 짓은 아니었다고 생각합니다."

"그건 시인하겠어요."

"지금이라도 이백만 원과 거기에 대한 후한 이자를 지불한다면 지금까지 내가 추적한 걸 없었던 걸로 할 수 있습니다."

조 여사는 괴로운 표정이었다.

"내가 이 신세가 된 건 어디 가서 보상 받나요?"

애원 가득한 물음이었다.

"원한다면 내가 해결해 보겠습니다."

"어떻게요?"

"계속 이 곡예를 할 겁니까?"

"청산하고 싶어요. 그러나 어려워요. 그 사내가 놓아주질 않아요. 돈도 많이 줬어요. 계속 요구해요. 빠져나갈 길이 없어요. 그리고 남편이 가정으로 돌아온다는 보장도 없어요."

"한번 생각해 봅시다."

내 머릿속은 복잡해지기 시작했다. 이 사태를 원만하게 해결할 만한 생각이 떠오르지 않았다.

우리는 한참 동안 침묵을 지켰다.

"우선 순서대로 합시다. 그 할머니가 밑든 곱든 돈은 해주시죠. 그리고 그 사내는 내가 해결할 수 있습니다. 그러나 남편 되시는 분 문제는 전적으로 두 사람의 문제이지 내가 나서서 해결될 문제가 아니라고 생각합니다. 안 그렇습니까?"

조 여사는 대답 없이 고개를 끄덕거렸다. 그녀의 표정은 몹시 피곤해 보였다.

"하나씩 풀어나가죠."

"그래요. 나도 견딜 수가 없어요. 더 이상 죄를 짓고 싶지도 않아요. 언제든 일이 커지면 죽어버리겠다는 생각뿐이었어요."

"가정문제라면 조 여사께서 인내심을 가지고 참으면 해결되겠죠. 그 사내 문제라면 제게 맡겨도 됩니다. 정말입니다."

"그렇지 않을 거예요. 보통 거머리가 아녜요. 막판엔 나까지 물고 죽을 사내예요."

"제 솜씨가 좀 있습니다. 믿게 해드리기 위해 좀 보여드리겠습니다."

나는 표창을 빼 들고 돌아섰다. 나무 옷걸이에 열 개가 정확하게 꽂혀졌다.

"좋아요. 믿어보겠어요."

"믿어도 될 겁니다."

그녀는 핸드백에서 수표 석 장을 내놓았다.

"이걸 갖다 드리세요. 그리고 이건 그 사내의 연락처예요."

나는 사내의 연락처와 주소를 받아 넣고 수표는 도로 내놓았다.

"어려운 부탁 하나 하겠습니다. 정말 어려운 겁니다. 속이 아프더라도 할머니, 얼마 살지 모르는 할머니를 위해 직접 찾아가서 돈을 주세요. 수표 말고 현금으로 말입니다. 조 여사의 억울한 사연은 묻어두십시다."

"그러죠."

조 여사는 풀이 꺾여 이렇게 말했다.

"나를 믿어주십시오. 그 사내 문제는 꼭 해결해 드리겠습니다."

"참고로 말씀드릴게요. 그 사낸 폭력배예요. 부하도 많고……."

"그럴 줄 알았지요. 애초 그 사내는 남편한테 그걸 부탁 받는 순간부터 한 건을 하게 되리라고 믿었을 겁니다. 그래서 미행한다는 걸 일부러 알려준 걸 겁니다. 그런 친구일수록 해결은 아주 깨끗해집니다. 만약 그 사내가 연락해 오면 장총찬이란 애가 외가 쪽으로 동생이라고만 하세요. 잊지 말고 해야 됩니다."

"그래 보지요."

별로 자신 없는 목소리였다.

"곧 알게 됩니다. 내가 믿을 만한 가치가 있다는 걸 알 겁니다."

"믿겠어요. 먼저 나가겠어요. 늦었으니까요."

"그러세요. 전 조금 있다 나가겠습니다."

"내일, 그 늙은이를 찾아갈게요."

"고맙습니다."

"죄송해요."

그녀는 내가 내미는 전화번호를 받아 넣고 나갔다.

일이 우습게 뒤틀려버렸지만 내 기분은 나쁘지 않았다. 차라리 모든 사람은 상황 때문에 어쩔 수 없는 악인이 될 수 있다는 걸 조금쯤 배운 기분이었다. 그녀의 행동은 모지락스럽게 다루어도 한이 없을 정도지만 어쩐지 함부로 대하고 싶지 않았다. 죽음이란 것까지 각오한 여자였기 때문에 그렇게 솔직하고 그렇게 담대했을 것 같았다. 소갈머리 없는 사내들보다 훨씬 나아 보였다.

십오 분쯤 기다렸다가 밖으로 나왔다. 햇살이 퍽 눅어 있었다. 한여름의 고비를 넘겼지만 아직도 한낮은 더위의 잔해가 묻어 있었다.

애들에게 사내 녀석이 어떤 인물인지 알아오도록 했다. 애들은 그 밤 안에 사내의 신상명세를 알아왔다.

"자잘한 녀석이군. 두더지 밑에서 깝신대던 녀석이잖아?"

사내의 별명은 곰털이었고 두더지 사단에서 별로 두드러진 인물은 아니었다. 술집에 팔려 다닐 정도로 소문은 나 있었지만 제대로 주먹일을 한 적은 없었다.

"두더지 있는 데부터 알아놔라."

"한꺼번에 손볼 생각입니까?"

"곰털을 제대로 잡으려면 두더지가 있어야 돼."

"알았어요. 아침에 연락할게요."

"붙지는 마라. 있는 데만 알아봐. 내가 조용히 해결할 일이 있어서 그래. 너희들도 빠져라. 얼씬대다가 괜히 튈지도 몰라."

"형 이름 듣고 안 튀고 배기겠어요."

애들은 내가 일선에 나서지 않는 게 불만이었다. 은근히 내가 나서서 어깨를 펴주기를 고대하는 눈초리였다. 그러나 내게 이런 무예의 길을 터준 무공 스님과 무초 스님의 가르침을 저버릴 수는 없었다. 주먹공사판에 뛰어들어보았자 내 신세만 고달파지는 것이기 때문이었다. 의리 있는 사내들 세계는 내가 뛰어들지 않더라도 맛볼 수 있는 것이었다.

두더지라는 인물이라면 나와 부딪치는 걸 충분히 회피할 인물이었다. 그러나 곰털의 문제를 해결하기 위해선 어차피 두더지의 힘이 절실해졌다.

이튿날 오후에 나는 곰털을 차에 태웠다.

"이봐, 나를 곱게 봐두는 게 오래 사는 길이다. 네가 하늘 높은 줄을 몰라서 그러겠지. 이봐, 오래 살고 싶지 않다 이거냐?"

곰털은 영문 모른 채 끌려가면서 계속 이런 식으로 공갈을 쳐댔다.

"두더지 앞에 가서 얘기합시다. 곰털 형님 유명한 거야 세상

천지에 모르는 사람 있습니까? 말씀은 이따가 하시고 조용히 가십시다."

나는 이런 식으로 고분고분하기만 했다. 곰털은 기가 살아서 내 어깨를 쳐가며 주먹이 얼마나 세며 깡치가 얼마나 센지를 떠벌리고 있었다. 나는 말없이 듣기만 했다. 왜 같이 가자는 것인지 하필 두더지 형님한테 가는 이유가 무엇인지 알려고 했지만 나를 따라온 애들 두 명이 옆에 붙어 있어서 입으로만 큰소리를 쳤다.

두더지는 내 얼굴을 보더니 대번에 낯빛이 변했다. 더구나 곰털을 끌고 들어왔기 때문에 더욱 그런 것 같았다.

"오랜만이다."

"오랜만이네. 갑자기 무슨 일야? 쟤는 뭐야?"

당황한 표정이 역력했다. 두더지는 내게 큰 빚이 있었다. 그러나 나는 그 빚을 받지 않았다. 어차피 주먹공사판을 떠날 마당이었기에 치사한 복수극은 포기했었다.

"얘한테 내 얘길 좀 해줘라. 그리고 우리 누나를 괴롭혔다는 걸 어제사 알았다. 우리 외사촌 누나를 단 한 번, 눈만 껌뻑하고 쳐다봐도 이걸로 해결하겠다는 걸 네가 말 좀 해줘라. 내가 장총찬이란 것도."

나는 표창을 빼서 곰털의 구두코를 정확하게 찍었다. 곰털이 부르르 떨었다.

"곰털!"

"옛!"

"조 여사가 내 누나다. 널 없애려다가 딱 한 번 참기로 했다. 난 두 번까지 참는 놈이 아니다."

"알았습니다."

두더지가 그 자리에서 떠벌렸다.

곰털은 즉석에서 털썩 무릎을 꿇었다.

"두더지, 고맙다. 다시는 만나지 말자. 이걸로 내 빚을 갚은 걸로 하자."

"고맙네. 정말······."

나는 뒤도 돌아보지 않은 채 밖으로 나왔다. 햇살이 마냥 신선하기만 했다.

상처 받기

여름이 점점 멀어지고 있었다. 가을 냄새는 아침저녁으로 서늘한 기운서부터 시작되었다. 남들 다 가는 여름 바다 한번 구경하지 못한 다혜와 나는 모처럼 여행 계획을 세웠다.

다혜는 번역문제 때문에 올 여름을 꼼짝할 수 없었지만 나는 괜히 햇살이 무서워서 바캉스 계획을 세우지 못했다. 강원도 산골에서 무공 스님과 함께 태운 살갗은 아직도 검둥이 같기만 했다.

"꿍꿍이 없기."

다혜가 여행 계획을 세우며 내게 이렇게 말했다.

"꿍꿍이가 뭔데?"

나는 시치미를 떼고 되물었다.

"엉큼하게 굴면 안 돼."

"신혼여행 가는 거 아니니?"

"그럼 안 가겠어."

"그런 게 아니고 신혼여행 예행연습 아니냐 이 말야."

"고적답사라는 거 있잖아."

"가을 바다가 고적이니?"

"복작거리는 바다에 가서 바가지 쓰고 못 볼 거 보는 거보단 낫잖아. 아무도 없는 바다…… 얼마나 멋져."

"차라리 설악산이나 속리산 같은 델 가는 게 낫겠다."

나는 다혜가 자꾸 바다 쪽을 고집하는 게 못마땅했다. 가을 바다처럼 머쓱한 곳은 없을 거라고 생각했다.

"가며 오며 재미지, 안 그래?"

"아무도 없는 바다…… 바다의 늑대란 말은 알겠지."

"은장도란 말을 아시나요?"

"과일 깎는 칼이라고 압니다."

"정 못마땅하면 휘 둘러서 속리산쯤 돌아오면 되잖아."

"좌우간 네 고집 꺾어 앉히려면 장가가서 삼 년간 내 피가 마르겠다."

"난 시집가겠다고 한 적 없어. 시집가서 얽매이느니 차라리 남의 집 식모살이 하겠다."

나는 다혜의 고집에 대해서 자신이 없었다. 어쩌면 무슨 짓을 하든 한 번만 꺾어버리면 주저앉았을지도 모른다고 생각했다. 그녀를 훔쳐버리면…… 그땐 달라지겠지.

아무도 없는 밤바다를 보고 싶어 하는 다혜의 마음속에 어떤 변화가 생긴 게 아닐까?

몇 해 동안 바다에 가본 적이 없는 다혜였다. 작년 여름엔 동행하기로 하고 그 난리를 치르느라고 나 혼자 떠났었다. 명식이를 만난 지도 꽤 오래되었다. 사법고시 이차시험을 치를 때 전화로 한마디만 하고 다시 산으로 기어올라가 버렸기 때문이었다.

외갓집에 가서 번역일을 하며 다혜의 가슴속에 어떤 외로움이 쌓여 이번 여행을 먼저 제안했을 것만 같았다. 몇 장의 편지로 내가 무지무지하게 보고 싶다는 얘기를 전했었다. 평소에는 그렇게 애절한 낱말을 사용하지 않는 다혜였었다. 남들은 끌어안고 온갖 수식어를 동원하여 사랑하는 걸 확인시키려고 재잘거린다는데 다혜는 그렇지 않았다.

어떤 땐 나를 사랑하는 게 아닐 거라는, 단순한 남자친구로 여길지도 모른다는 불안감도 생기곤 했다. 내가 사랑하는 것만큼 나는 다혜에게 받는 게 없다는 생각을 하면 때려주고도 싶었다.

"좋아. 오늘 저녁 지도 놓고 내가 코스를 정할게."

나는 끝내 우기지 못하고 다혜 말처럼 여행 계획을 세우기로 작정했다.

"당장 정하면 되잖아. 내일 아침 떠날 테니까."

"알았어. 서점으로 가보자."

우리는 팔짱을 낀 채 복작거리는 거리를 지나갔다. 팔짱 끼고 걷는 다른 쌍들을 유심히 살펴보았다. 사내 녀석이 괜찮다 싶으면 여자애가 쪽박이었고 여자애가 괜찮다 싶으면 사내애가 비리비리해 보였다.

하느님이 머리 하나는 좋은 것 같았다. 그런 일은 되게 공평한 척하는 것 같았다. 쌍꺼풀 수술한 여자애들이 의외로 많았다. 예뻐지는 일이라면 양잿물이라도 마실 것 같았다.

서점 앞엔 사람들이 많았다. 책 안 읽는 나라라는 말이 거짓말처럼 느껴졌다. 책방마다 사람들이 밀어닥쳐서 술장사 하던 사람도 담배가게 하던 사람도 모두 책방으로 전업할 순 없을까? 지하다방도 책방으로 변하고 웬만한 큰 건물은 모두 책방 주인 것이 될 수는 없을까?

지도 한 장을 펼쳐놓았다. 우리나라 모습이 축소된 지도 위에 우리가 서 있는 곳이 어디일까 생각해 보았다. 우리는 미세한 먼지보다도 작은 존재였다.

"살 꺼야?"

다혜가 비교적 상세한 지도를 들고 물었다.

"사야지."

"돈 내."

"지도값이야 천 번을 내라고 해도 내겠다."

"마치 애국자 같애."

다혜가 지도를 둘둘 말아 들고 앞장섰다.

"난 지도만 보면 혼자라도 일본을 쳐들어가고 싶어."

"중공을 먹는 게 훨씬 크잖아?"

"광개토대왕 때 땅만 찾으면 되겠지. 그러나 일본은 달라. 송두리째 갉아먹고 싶어."

"그럼 찬이가 일본 총독 되는 건가?"

"물론이지. 가장 악랄한 총독이 되겠지. 세계에서 유례가 없는 가장 독한 총독 노릇을 해보고 싶어."

"교과서 왜곡한 애들은 이제 죽었다."

다혜가 손가락으로 목 치는 시늉을 했다.

"걔들은 함부로 대하지 않겠어. 가장 정중하게 대접하겠어. 동경 네거리에 대형 유리 진열장을 만들어서 한 발짝도 못 나가게 하고 죽을 때까지 거기에서 살게 해야지."

"제발 그런 생각 좀 그만해. 쪽발이하고 꼭 같이 비열해져. 우리가 얼마나 신사적인가를 보여줘야지."

나는 별로 할 말이 없었다. 다혜 말이 옳다고 생각했기 때문이었다.

"아무리 그래도 쪽발이들한텐 물리적인 방법으로 창피 주는 것밖에 없는 것 같애."

"진정해. 우리가 돌아다닐 데는 일본이 아냐. 집에 가서 준비해야지."

"나하고 간다는 걸 집에서 아니?"

나는 그게 궁금했다.

"몰라."

"부모님을 속이면 쓰니? 내가 전화할까?"

"어떻게 될까?"

"아름다운 사연을 만들어 갖겠지."

우리는 일찍 헤어졌다. 내일 새벽에 떠나려면 준비를 서둘러야 했다. 배낭과 등산장비를 가지고 가면 훨씬 재미있는 여행이 될 것 같았는데 다혜가 반대했다. 번거롭게 다니지 말자는 얘기였다.

새벽에 집을 나섰다. 안개가 자욱하게 긴 새벽길은 상쾌했다. 안개가 색깔을 품고 있다면 얼마나 좋을까. 색깔이 없더라도 좋았다. 향기가 섞여 있으면 얼마나 좋을까.

다혜는 길가에 서서 손을 흔들었다. 간편한 차림새가 경쾌해 보였다. 그녀가 들고 있는 것은 작은 여행가방 하나뿐이었다.

"누나가 빌려줘?"

다혜는 제 차를 끌고 다닐 수가 없다며 버스 여행을 제안했었다.

"어차피 내가 차비를 대기로 했으니까 마찬가지 아냐?"

"미안해서 그렇지."

"미안한 걸 알면 갚을 기회는 충분해. 맘 놓고 갚아."

276

"술 빼놓고 먹는 건 다 책임지겠어."

"그건 얌체짓이다."

"뭐가 얌체야."

"널 먹구 싶거든."

"난 식인종하고 여행하지 않겠어."

다혜는 토라지는 시늉을 하며 길 옆으로 내려섰다.

말을 해버렸으니 망정이지, 나는 밤새 그 생각뿐이었다. 정말 이번 여행이 신혼여행 예행연습이었으면 좋겠다는 생각이었다. 그래서 고집 센 다혜를 부드러운 여자로 바꾸어놓고 싶었다.

"취소할게."

나는 웃으며 소리쳤다.

"일본식 취소 아냐?"

"아냐. 나의 왜곡을 시인함과 동시에 우방에게 정중하게 사과하는 거야. 쪽발이 애들하군 달라."

"그럼 와서 모시고 가."

"빌어먹을…… 내가 남자로 태어난 게 이렇게 불행할 수가 있니."

나는 길가에 서 있는 다혜의 손을 잡았다. 그녀의 장난기는 언제나 그런 식이었다. 그러나 그것을 장난이라고 판단했다가는 봉변을 당할 수밖에 없었다. 그녀는 몇 년이 흘러가도 몸에 쌓은 성을 결코 헐지 않았다. 수없이 많은 기회가 있었지만 한 번도 육체를 열지 않았다. 고작 열어준 것은 입술뿐이었다. 그녀는 그래서 나에게 더 신비하게 자리 잡고 있는 것인지도 모른다.

"나하고 바꿀까?"

다혜의 표정은 장난스럽지만 진지해 보였다.

"정말 바뀌어봤으면 좋겠다. 그럼 너도 내 심정을 알 거다."

"나도 마찬가지야. 나도 남자가 되고 싶어. 그래서 마음 놓고 내 맘 내키는 대로 살고 싶어. 여자에겐 너무 제약이 많단 말야."

"여자가 훨씬 무슨 일이든 하기 쉬워. 뭐든 해봐. 걸리는 게 훨씬 적지."

"그럴까……."

"무슨 꿍꿍이가 있는 거 아니니?"

"무슨 꿍꿍이가?"

"그런 것 같애."

"앞이나 잘 보고 몰아."

내 운전솜씨를 믿으면서도 불안한 모양이었다. 운전을 배워 차를 몰고 다녔기 때문에 불안감을 느끼는 것이었다. 그래서 알면 병이란 얘기가 있는 것 같았다.

자동차는 고속도로로 접어들었다. 질주하는 차량들의 속도는 100킬로미터 아워를 훨씬 넘어서고 있었다. 고속버스는 무섭게 돌진하는 흉기 같아 보였다. 짐을 가득 실은 트럭들도 전속력으로 달리기만 했다. 그러나 서울 시내의 일부 택시 운전사들보다는 그래도 나아 보였다. 교통순경이 없다면 서울은 살생의 도시가 되었을지도 모른다. 그렇게 달리지 않으면 밥을 먹고 살 수 없게 만들어진 사회도 문제겠지만 먹고사는 것을 빙자하여 법의 무법지대를 만드는 택시 운전사들의 횡포는 세계 최고가 아닐 수 없었다.

한번 부딪치면 깡통 밟은 것처럼 형편없이 부서지는 자동차를 만들어 돈 버는 자동차회사도 여전히 떵떵거리며 살고 있다. 그런 걸 감독하라고 대임을 맡긴 당국자들도 코를 골고 자는 것만 같다.

수원을 빠져나와 아산만으로 이어지는 고속화 도로로 들어섰다.

"경부고속도로처럼 잔인하게 누워 있는 도로가 아니어서 좋다."

나는 새로 만든 도로의 깨끗함을 보고 이렇게 말했다.

"내가 운전해 볼까?"

다혜의 제안이었다.

"넓고 깨끗한 도로가 나서면 운전해 보고 싶지?"

"그런가 봐."

"그러자."

나는 도로 옆에 차를 세우고 운전대를 다혜에게 맡겼다. 다혜는 선글라스를 고쳐 걸고 조심히 운전대를 잡았다. 품위 있는 차림새로 운전하는 여인들이 그렇게 아름다울 수가 없었다. 시내에서 가끔씩 마주치는 그런 여인들에게서 나는 질투를 느끼기도 했었다.

"결혼하고…… 네가 운전해서 회사에 데려다주고……."

나는 등받이에 몸을 기댄 채 다혜의 옆얼굴을 쳐다보았다.

"운전사 월급이 얼만 줄 알아?"

"외상하면 되잖아. 그럴 땐 임금체불이라고 하든가?"

"누가 결혼한댔어?"

"이거 신혼여행 아냐?"

"그럼 받아버리겠어."

"난 생명보험에 조금밖에 안 들었는데……."

우리는 침묵이란 게 싫은 젊은이였다. 들판길과 산길로 이어지는 고속도로 옆의 경치는 우리를 들뜨게 하기에 충분했다.

"저런 곳에 살았으면 좋겠다. 언제나 맑은 공기 마시고 언제나 심호흡 좀 하게. 서울이란 덴 심호흡조차 하기 무서운 데잖아."

"그럼 뭐하러 여태 서울서 살았어?"

"글쎄 말이다. 밥 먹으려면 서울밖에 없다는 생각을 했었거든. 서울에 주저앉지 않으면 마치 굶어 죽거나 낙오하거나 병신 취급을 받을 것 같았어. 잘난 척하려면 서울에서 살아야되는 줄 알았지. 촌놈이란 사실이 지독하게 서러웠었거든."

나는 회상에 젖어드는 기분으로 말했다. 내가 처음 서울이란 땅을 밟고 느낀 것은 삭막한 동토였었다. 서울이 척박한 땅이란 것은 지금도 변치 않았다. 치기만만한 젊음 가지고 서울이란 도시를 뚫고 나갈 수는 없었다. 서울은 거대한 괴물 같기도 했고 지옥의 한 모서리 같기도 했었다.

"노래에도 있잖아. 아름다운 서울에서 살렵니다."

"어쩌면 서울을 아름다운 도시로 만들어달라는 역설이 아니었을까?"

"그럼 서울 구제 호소곡이었나."

자동차는 아산만 둑길을 타고 달렸다. 바닷물과 강물로 갈라놓은 둑은 위용을 자랑하고 있었다. 우리는 차를 세우고 둑위로 올라섰다. 바다를 막아 뭍으로 만든 인간의 숨결이 담뿍 안겨 있는 방조제였다. 바다는 말없이 출렁거리고 있었지만 인간에게 빼앗긴 살점의 끄트머리를 내어놓으라고 소리치는 것 같았다. 방조제는 몸으로 바다의 아우성을 막고 서 있는 수문장이었다.

바닷바람이 머리카락을 헝클어지게 만들었다. 다혜의 헝클어진 머리칼 사이로 나는 그녀의 야성을 읽었다. 한 번도 다혜의 몸에서 야성을 느껴본 적은 없었다. 그저 곱고 순결한 여인으로만 내 눈에 익은 여자였다. 이상스런 복장으로 응원단일을 할 때도 그녀에게서 야성을 느끼지는 않았다. 옷을 벗지 않으려고 몸부림칠 때도 마찬가지였었다.

"널 갖고 싶다."

나는 바닷바람에게 이렇게 소리쳤다. 다혜가 바닷바람에게 뭐라고 말하려다 말고 씨익 웃었다.

"난 동물이고 싶다. 그래서 본능대로 움직이고 싶단 말야. 그래서 난 너를 갖고 싶어."

메아리도 없는 내 목소리가 바닷바람에 실려 흩어졌다.

"우린 사람이다."

다혜가 내 동물적 본능에게 이렇게 쏘아붙였다.

"나는 사람이다. 그러나 사람이란 동물이다."

바람이 또 그 소리를 안고 나뒹굴었다.

다혜는 내 엉뚱한 표정을 사진기에 담고 있었다. 나는 한없이 넓은 바닷속으로 뛰어들고 싶었다.

"나 좀 찍어줘."

다혜가 사진기를 내밀고 계집애처럼, 야성미를 감추고 본능적 여인의 자세로 돌아와 고즈넉하게 둑길에 앉았다.

렌즈 속에 다혜를 넣고 나는 숨을 멈추었다. 이상스럽게도 그녀에게 상처를 주고 싶다는 강렬한 욕구가 치솟았다.

그녀를 정복할 수 있을까?

내겐 그런 의문점이 생겼다. 시간이 가면 흐트러질 거라고 생각했었는데도 그녀는 조금도 흐트러지지 않았다. 오히려 더 꼬장꼬장한 여인으로 변해 가고 있었다.

자동 셔터라는 문명의 이기 때문에 우리는 필름 한 통을 다 찍어버렸다. 그녀의 눈빛이 강렬하게 부딪쳐도 얼굴을 돌리지 않았다. 부끄러움이 사라진 것은 아니었다. 그러나 그녀는 응시하는 걸 주저하지 않았다.

"다혜, 우리 뜨거운 거 안 할래?"

"입술?"

"그래."

"대낮에?"

"뭐가 어때."

"그래도……"

조금 더 떼를 쓰면 될 것 같았다. 웬일인지 오늘의 다혜는
눅눅해진 것 같았다.

"우린 사랑하잖아."

"사랑하고 키스하고 같아?"

"표시잖아."

"남자들은 여자마다 다 사랑하고 싶은가 부다."

"나름이지."

"미나, 요즘 뭐해?"

"차암…… 내가 보호자니? 뭐하는지 내가 어떻게 아니?"

"정말 몰라?"

"그래."

"좋은 앤데."

"이거 왜 이래?"

"오늘은 소독하지 않았지?"

나는 웃었다. 미나와의 입맞춤 때문에 그녀의 가슴에 큰 상

처가 남은 것 같았다. 입맞춤 한 번 하는 일에도 다혜는 소독하기를 바랐다.

"좋아, 오늘은 그냥 하겠어."

다혜는 미나 얘기만 떠올리면 뜨거워지는 것 같았다. 그런 일에 너무 결벽증이 있는 것 같았다. 그러나 난 그녀의 순결에 대해 불만이 없었다.

우린 뜨겁게 부딪쳤다. 그녀의 입술은 뜨거웠다. 둑길 위엔 두 사람밖에 없었다.

지나가던 자동차들이 클랙슨을 빵빵거리며 지나갔지만 우리는 아랑곳하지 않았다.

다혜의 입술이 이렇게 달콤해 본 적은 없었다. 그리고 뜨거웠다. 다혜의 깊은 곳에서 뜨거운 것이 솟구치는 것 같았다. 전에 없이 적극적인 포옹이었고 과거에 느껴보지 못한 대담한 입맞춤이었다.

다혜에게 어떤 변화가 오고 있다는 직감이 들었다.

어쩌면 그녀의 모든 것을 훔쳐가도록 내버려둘 것만 같은 예감이었다. 그녀의 언제나 차가운 입술이었고 언제나 가벼운 포옹뿐이었었다. 어떤 때는 인형 같은 여자라고 생각할 정도였었다.

바닷바람이 세찼다. 그러나 다혜는 뜨거웠다.

지나가는 사람들이 계속 클랙슨을 두드렸지만 우리는 그렇게 둑길 위에서 입맞춤을 계속하고 있었다.

"내려갈까?"

내가 먼저 다혜에게 한 말이었다. 내가 물러서지 않으면 다혜는 그대로 서 있을 것만 같았다.

"그래."

힘없이 대답하고 멋쩍게 웃었다. 바람에 흩날린 머리칼을 손가락으로 빗으며 다혜는 바다를 가리켰다.

"바다가 육지라면……."

마치 노래처럼 그녀가 말했다.

"그나마 바다라도 있으니까 다행이지. 지구는 전쟁으로 벌써 망했을 거다. 바닷속에 사는 녀석들도 생각해 봐야지. 사람만 동물이니?"

갑작스럽게 변모한 다혜에게서 나는 불길한 느낌을 받았다.

"내가 운전할까?"

"그래."

"이렇게 좋을 줄 알았으면 배낭 지고 올 걸 그랬어. 내가 밥하고 반찬 만들어서 먹여주고 싶은데……."

"흐흐흐……."

"왜 웃어?"

"짜릿해서 기절하겠다."

"정말야. 그런 생각이 든다니까 그래."

"대신 다른 걸로 해봐."

"그게 뭔데?"

"몰라서 물어?"

나는 능글맞게 말했다.

"우리 진짜 신혼여행 가는 거야?"

"예행연습이란 거 있잖아."

"……"

다혜는 대꾸 없이 열쇠를 꽂고 시동을 걸었다.

"내게도 희망이란 게 있겠니?"

"자꾸 말 시키면 급브레이크를 우아하게 밟을 수가 있어. 충격에 의한 턱뼈의 손상이나 기타 모든 사고의 책임은 전적으로 찬이한테 있다는 걸 경고하겠어."

"외교관 마누라 같다."

"그렇게 될지도 모르지."

"나 같은 사내도 외교관이 될 수 있겠니? 꼬부랑 글씨라곤 아이 캔 낫 스피크 잉글리시밖에 모르는데."

"그게 최상의 영어 아닌가?"

"나도 그렇게 생각해."

자동차는 연포 가는 길로 들어섰다. 펼쳐지는 시골 풍경이 짙게 익어가고 있었다. 익은 벼이삭과 허수아비의 모습이 너무 대조적이었다. 참새떼가 허수아비 등을 탄 채 꽁지를 들까불고 있는 모습도 보였다.

"나 갈대 좀 꺾어줘."

길가에 차를 세우고 다혜가 갈대 우거진 숲길을 가리켰다.

"갑자기 왜 이래?"

"갑자기 갈대가 되고 싶은 거 있지?"

"흔들리니?"

"흔들리고 싶어."

나는 말없이 숲길로 들어가 갈대를 한아름 꺾어왔다. 트렁크에 갈대를 싣고 한 개를 짧게 꺾어 앞유리 옆에 꽂았다.

"아무래도 무슨 일이 있는 것 같다. 그렇지?"

나는 다혜가 그렇게 갑작스러운 변화를 내게 보인 적이 없다고 생각했다. 보드랍다가도 갑자기 날카로워지는 수가 있었지만 이렇게 흐느적거리는 여자처럼 보인 적은 없었다.

"난 변하지 않았어."

"누가 변했대? 무슨 일이 있냐는 거지."

"살아 있어."

"누가 살아 있는 걸 몰라?"

"숨도 쉬고……."

"옛날 애인 생각하며 신혼여행 가는 여자 같다."

"그랬으면 얼마나 행복할까?"

나는 직감이긴 하지만 다혜에게 무슨 일이 생겼다는 생각을 했다. 혼기가 찼으니 집안에서 좋은 자리를 주선하는 것인지도 모른다. 교육자 집안이란 믿을 만한 방패와 유명한 사학재단의 교장 선생이란 직함 그리고 다혜의 인물과 졸업장 때문에 더 시달리고 있을지도 모른다.

가슴이 철렁 내려앉은 기분이었다.

"딴 데로 시집가래니?"

"……"

다혜는 흘낏 쳐다보고 앞만 쳐다보았다.

"말해 봐. 괜찮아."

"그럼 여태 몰랐어?"

"어떻게 알아?"

"짐작도 못해?"

"다헨 내 꺼니까 한 번도 다른 녀석이 넘보리라곤 상상조차 안 했지. 누가 감히 내 껄 넘봐."

나는 괜히 소리를 높였다.

"내가 왜 찬이 꺼야?"

"내가 그렇다면 그런 거야."

"너무 자신만만하군. 찬이는 너무 몰라. 내가 그동안 얼마나 시달린 줄 알아? 선도 세 번이나 봤단 말야."

"뭐라고? 선까지……"

"날 원망하지 마. 다 찬일 위해서였어."

"그게 어째서 날 위한 거니?"

"아버지가 찬일 싫어해. 직업도 없고 주먹질만 하고…… 건달을 좋아할 아버지가 어디 있어?"

"그래서."

"내가 왜 취직 않고 노는 줄 알아? 아느냐 말야?"

"......."

나는 대꾸할 말이 없었다.

"찬이가 직장엘 나가도 우리 아버지 마음은 마찬가지야. 지난번 그 일이 고마운 건 고마운 거고 결혼시키는 문제는 다르다는 양반야."

"......."

갑자기 눈물이 쏟아질 것 같았다. 나는 차를 세우게 하고 다혜를 끌어내렸다.

"왜 이래?"

"지금부터 나한테 말 시키지 마. 혼자 생각해 보겠어."

나는 운전대에 앉았고 다혜는 큰 눈을 껌벅거리며 옆자리에 앉았다.

시동을 걸고 액셀러레이터를 힘주어 밟았다. 속도계의 바늘이 가볍게 올라섰다.

"유리 올려!"

다혜는 말없이 유리를 올렸다. 나는 무섭게 질주하기 시작했다. 구불구불 이어진 시골길이지만 속도계는 백이십 킬로미터 아워를 가리키고 있었다.

"바보처럼 이러지 마!"

다혜의 째지는 소리가 들렸다. 나는 대꾸하지 않았다.

"죽고 싶으면 혼자 죽어. 난 살아야 돼. 속력 줄여!"

"말 시키지 마."

나는 전혀 엉뚱한 화풀이를 하고 있었다.

"바보!"

"그래, 난 바보다."

"좋아, 맘대로 해. 난 뛰어내리겠어."

다혜가 차문짝을 벌컥 열었다. 나는 브레이크를 밟았다. 다혜는 멍청해진 내 얼굴을 뚫어지게 쳐다보고 말했다.

"말 안 시킬게 천천히 가."

나는 고개를 끄덕이고 차를 천천히 몰았다. 마음이 조금 가라앉았다.

연포 들어가는 입구길은 포장되지 않았다. 흙먼지가 뽀얗게 일어났다. 돈 좀 있다는 사람이 개발한 해수욕장이라고 들었는데 좀 지나친 것 같았다. 포장할 돈으로 더 중요한 사업을 하느라고 그랬겠지만 포장해서 나라에 기증하는 일도 그렇게 못된 일은 아닐 것 같았다. 하긴 그래야 돈 좀 벌 수 있는 건지도 모른다.

해수욕장은 을씨년스러웠다. 빽빽하게 들어찬 건물들이 폐허의 빈민굴같이 느껴졌다. 썩 세련되게 지어진 건물도 왠지 그랬다. 철 지난 해수욕장 풍경은 어디든 마찬가지겠지만 너무 빼곡하게 지어진 건물들 때문에 더 그런 느낌이었다.

아무도 없는 유령의 도시라고나 할까. 어쨌든 우리는 철 지난 바다를 구경하기 위해 달려온 사람들이었다.

민가에 방 하나를 얻어놓고 밖으로 나왔다.

"반찬이라곤 해산물이나 좀 준비하쥬 뭐. 후딱 댕겨오쥬."

수더분한 주인 아주머니가 우리들의 때늦은 여행이 볼썽사나웠던지 해산물을 사러 바닷가에 갔다 오겠다고 했다.

아무도 없는 바닷가 풍경, 오후의 햇살이 그래도 따뜻한 바닷가, 해조음이 살풋해 보이는 바닷가, 모래밭의 열기가 그래도 한여름의 냄새를 풍기고 있었다.

"화났어?"

다혜가 팔짱을 힘주어 꼈다. 나는 그녀의 체온과 그녀의 옅은 화장 내음이 감미롭게 느껴졌다. 바닷가에 묶여 있는 고깃배가 혼자 춤추듯 흔들리고 있었다. 야산 언덕에 서 있는 별장의 색깔이 숲속의 정경을 침식한 것처럼 미워 보였다. 그것이 내 소유의 별장이 아니어서 그런 것일까?

"화났느냐니까?"

"안 났어."

"아깐 왜 그랬어?"

"누가 언제 뭘 그랬는데?"

나는 겸연쩍은 생각이 들어 이렇게 말했다.

"능글맞긴……."

그녀는 힘주어 팔짱을 꼈다. 내 팔꿈치께에 닿는 그녀의 가슴은 갑자기 내 욕정에 불을 당겼다.

"다시 선 볼래?"

나는 다그치듯 물었다.

"내가 도망가지 않으면 또 봐야 할 팔자야."

"도망가면 되잖아."

"어디로 도망가란 말야?"

"우리 집으로 와."

"난 그러기 싫어. 제대로 결혼해서 살고 싶어."

"하면 되잖아. 뭐가 무서워? 지금이라도 당장 해버리면 그만이잖아. 애새끼 하나 낳아가지고 들어가봐. 별수 없이 사위 자식도 내 자식이다 그럴 테니까."

"우리 아버진 그게 안 통해. 그리고 또 그런 자식 되긴 싫어."

"넌…… 날 사랑하지 않는 거지?"

"사랑하기 때문에 그런 거야."

"이상한 논리다. 사랑한다면서 어떻게 아버지의 승락 없이는 못 한다는 거지? 사랑이 약하다고 실토하는 게 낫잖겠니?"

"그래, 아무렇게나 생각해. 변명 같은 건 하고 싶지 않으니까."

우리는 쓸데없이 말꼬리를 잡고 티격거리고 있었다.

바닷가의 백사장 위쪽에 있는 솔밭은 여름의 잔해가 아직도 남아 있었다. 우리는 솔밭에 앉아 바닷가에서 밀려오는 바람을 맞았다.

"우리 아버지가 얼마나 날 괴롭혔는지 모를 거야. 그 얘길 다 하자면 전집 한 질은 될 거야. 어머니는 처음엔 내 편을 드는 것 같더니 시간이 갈수록 달라질 정도야. 상대가 워낙 괜찮다는 생각이 든 거야."

"도대체 뭐하는 자식들인데 그래?"

나는 은근히 울화가 치밀었다. 묻지 않아도 상대 남자의 직업은 뻔한 것이었다. 돈을 잘 번다는 부류이거나 사회적 명성을 지닌 집안의 아들이거나 공부 잘해서 괜찮은 자격증 가진 부류일 게 뻔했다.

"말해 봤자 뻔하잖아?"

"빌어먹을. 네 아버지도 별수 없는 속물이구나."

나는 이렇게 말했다.

"그래, 우리 아버진 속물야. 그러나 이거 하나만은 잊지 마. 딸을 사랑하는 부모의 공통분모 때문이지 결코 사위덕을 보려는 속셈은 아니라는 걸 말이야. 바로 말해서 어느 누구라도 찬이 같은 사내를 사위로 맞고 싶은 부모가 어디 있겠어. 막말로 하면 건달이잖아. 직업도 없고 일류대학도 아니고 홀어머니에 외아들이고, 그렇다고 자랑할 만한 집안도 아니고…… 나더러 심한 소리 한다고 그러지 마. 사회가 그러니까 우리 아버지도 그런 기준으로 찬이를 보게 되는 거야. 물론 나는 결코 그렇게 보진 않아. 찬이 같은 사람은 취직하거나 남 밑에서 일할 성질도 못 돼. 그러나 내가 원하는 건 찬이가 내 앞에서만은 보통 사내이길 바래. 난 그걸로 족해. 그 이상을 요구한다면 내가 이런 말도 할 필요가 없어. 단 세속적으로 결혼을 계산에 의해 주판질하며 시집가고 싶은 여자도 못 돼. 난 그런 계산이 싫어. 내가 그동안 숨겨온 것은 내가 찬이를 사랑했기 때문야."

"알아. 네 맘을……."

나는 겨우 이 말을 했다. 다혜의 말은 그른 게 아니었다. 사회란 그런 기준으로 사람을 평가하기 때문이었다. 어쩌면 그런 기준 때문에 사회가 발전하는 것인지도 모른다.

"내 마음을 알아달라고 이런 소릴 하는 건 아냐. 그러나 내가 얼마나 갈등 속에 살았는지는 알아줬으면 좋겠어. 선을 볼 수밖에 없었어. 그건 나를 지킬 수 있는 방패였어. 찬이를 괴롭히지 않고 내가 이 고통을 헤쳐나갈 수 있는 길을 찾고 싶었어."

"우린 마치 연속극 주인공 같구나."

"그럴지도 몰라."

다혜가 소나무에 등을 기댄 채 피곤한 눈빛으로 바다를 내려다보았다. 바다는 처음 왔을 때보다 훨씬 멀리 밀려나 있었다. 모래밭이 드넓게 드러났다. 바다 가운데 떠 있는 섬 위로 갈매기처럼 보이는 새떼가 날아갔다.

"내 맘 알겠어?"

한참 만에 다혜가 물었다. 나는 고개를 끄덕였다.

"방법을 생각했다."

다혜가 또 한참 만에 입을 열었다. 나는 다시 고개를 끄덕이고 바다 쪽으로 몸을 돌려앉았다.

"내겐 등을 보이지 마. 싫단 말야."

다혜의 손이 내 어깨를 짚었다. 나는 갑자기 서러움이 묻어나는 느낌이었다. 사회적으로 보면 나는 실업자라는 사실을 부정할 수 없었다. 돈벌이를 하지 못하는 사람을 대접해 줄 리 없었다. 다혜 아버지의 고집도 무리는 아니라고 생각했다.

"내가 다혜 아버질 만나겠어."

몸을 돌려 세운 내가 다부지게 말했다. 다혜의 눈빛이 내 말을 거부하고 있었다.

"내가 해결하겠어."

강조하듯 다시 한 번 말했다.

"바위에 계란을 던지겠어? 아버지 마음은 굳어졌어. 찬이가 만난다고 해서 변할 일이 따로 있지. 오히려 더 복잡해지기만 해. 점수를 더 잃는다니까 그래."

"결판을 보겠어."

"제발 그 성질 쓸 때를 좀 가려봐. 내가 일 년 동안이나 싸워도 바늘구멍 들어갈 자리도 없었어."

"그럼 어쩌자는 거야? 헤어지자는 거니? 그래서 그 얘기하려고 여기 온 거니? 네 맘을 이미 결정해 놓고 통보하려는 거잖아. 까놓고 말해 봐. 할 얘기 있으면 다해 봐."

내 가슴속에 쌓여 있던 응어리가 한꺼번에 튀어나왔다. 다혜는 그런 내 눈을 뚫어지게 응시했다.

"아무렇게나 생각해도 좋아. 그러나 분명한 것은 그렇게 소갈머리 없는 여자가 아니란 것만은 알아야 돼."

다혜는 그동안 아버지와 식구들에게 얼마나 시달렸는지를 차근차근 얘기했다. 내가 시답잖은 청년이란 건 내 스스로도 인정하는 것이었다. 사회적 통념으로 내가 얼마나 보잘것없는지도 물론 알고 있었다. 결혼이 일정한 계산에 의해 이루어지는 것이지만 부모 입장에선 자식들의 행복을 위해 그 계산을 따라가는 게 정도인지도 모른다.

다혜는 차분한 목소리로 그동안의 갈등이 얼마나 컸으며 자신을 지키기 위해 몇 번인가 맞선을 보지 않을 수 없었다고 했다.

"그럼 나더러 어쩌라는 거지?"

내가 물었다.

"나도 모르겠어. 무작정 기다린다고 되는 일도 아니고 그렇다고 밀고 들어갈 일도 아니잖아."

"우리 도망갈래?"

"그러긴 싫어."

"그럼 어쩌겠다는 거야?"

"나, 유학가기로 했어."

"뭐라구?"

나는 자리에서 벌떡 일어났다. 다혜가 내 손을 잡고 따라 일어났다.

"우리를 지키기 위해서야. 물론 핑계 김에 공부도 하고 싶어. 욕심이 지나친지 모르지만 공부를 더해서 무엇이든 해내고 싶어. 이번에 번역일을 하면서 자신을 얻었어. 이대로 썩지 말고 공부를 하자는 생각과 우선 아버지와 가족들의 성화를 벗어나서 찬이와 내 일을 꼼꼼하게 따져가고 싶어. 일이 년 지나면 아버지 생각도 바뀔 거야. 그동안 찬이는 무엇이든 찬이의 길을 가지 않겠어? 지금 그런 꼴로 살아가는 건 정말 싫어."

다혜의 눈가에 물기가 흐르고 있었다. 가늘고 여린 물기였지만 내 가슴엔 커다란 폭포같이 느껴졌다.

가슴이 뭉클하게 떨었다.

"정말 갈래?"

내 목소리가 떨고 있었다.

"……."

대답 대신 고개를 끄덕였다.

"그럼 난……."

내 가슴 끝에 매달린 흐느낌의 소리였는지 모른다.

"우린 헤어지는 게 아냐. 만나기 위해서 잠시 떨어져 있는 거잖아."

결국 그 얘기를 하기 위해 다혜는 여행계획을 세운 것 같았다. 다혜가 겪은 고통의 폭이 어떠했는지도 알 것 같았다. 다혜 아버지가 바라는 그런 사회적 평가를 얻어내기는 이미 글렀다고 생각했다. 고시공부를 시작할 수도 없었고 그렇다고 의과대학에 입학할 실력이 있는 것도 아니었다.

그러나 다혜 아버지가 깜짝 놀랄 만큼 재벌회사에 취직하여 내 실력이 어떻다는 걸 보여주고 싶진 않았다. 지금이라도 김 갑산 영감을 찾아가면 자리 하나는 맡아올 수 있었다.

"정말 가야겠니?"

나는 머언 바다를 바라보며 물었다.

"가야 돼. 우리를 위해서야."

"내 생각엔 여기서 해결할 수 있을 것 같애. 아버지를 만나 겠어. 그래서 내가 어떤 놈이란 걸 보여주겠어."

"그건 어리석은 짓야. 얘길 했는데도 자꾸 그래. 될 일 같으 면 내가 왜 말리겠어?"

"이왕 이렇게 된 마당에 무슨 짓인들 못하겠니. 부딪쳐보는 거야."

"글쎄, 찬이 맘은 알아. 그러나 찬이가 우리 아버지 기준으 로 보면 철딱서니 없는 애숭이일 뿐야. 아니, 내가 보는 찬이는 훌륭한 청년일 수 있지만 내 친구가 보는 찬이는 아직도 어린 애일 수 있어. 더 솔직하게 말하자면 찬이는 아무것도 가진 게 없는 청년야. 내 눈엔 찬이만 한 남자가 없지만 말야. 그걸 왜 모르는 거야. 답답해 죽겠어. 주먹 쓰는 사람들은 찬이를 부러 워하고 찬이를 존경할지 모르지. 그러나 사회는 그렇지 않아. 사회적 기준이 뭔지 모르지만 찬이는 그냥 실업자야. 더구나 우리 식구들 눈엔 더 형편없는 사내야. 능력도 없고 미래도 불 확실하고…… 그걸 알겠어?"

다혜가 지껄이는 말이 이렇게 험한 적은 없었다.

"네 말은 맞아. 난 아무것도 없어. 가진 것도 없고 실력도 없고 취직할 배짱도 없고. 그건 너보다 내가 더 잘 알아. 그리고 다혜 아버지가 그렇게 생각할 수밖에 없다는 것도 이해가 가. 그런데 네가 유학가는 길만이 우리의 미래를 설계하는 거라고 생각하는 것만은 납득할 수 없어."

햇살이 기울었지만 바다는 뭍보다 밝아 보였다. 가을 옷을 입었지만 찬바람은 몸을 스산하게 만들 정도였다. 갑자기 내려간 기온 탓도 있지만 아무도 없는 가을 바닷바람이 을씨년스러워서 더 그런 것 같았다. 바싹 마른 풀밭이었지만 습기가 기어 올라왔다.

"여기선 더 이상 견딜 수가 없어. 나도 장담할 수 없단 말야. 애원하는 부모, 딸자식 앞에 무릎이라도 꿇겠다고 애원하는 부모한테 언제 꺾일지 모른단 말야. 일 년이고 이 년이고 공부하면서 우리의 길을 만들어갈 수 있잖아. 찬이도 공부하러 올 수 있잖아. 꼭 공부가 아니더라도……."

다혜는 외국 유학을 결심할 수밖에 없었던 사정을 죄다 털어놓았다.

"이해할 수 있어. 그러나 난 유학 같은 걸 갈 주제도 못 되고 갈 형편도 못 돼. 공부를 좀 못해도 언제 돌아가실지 모르는 어머니의 외아들로 이 땅에 남아 있고 싶어."

단 한 번도 외국 유학에 대해 생각해 본 적이 없었다. 공부를 계속할 수 있으리라고 상상해 본 적도 없었다.

"그런 뜻으로 한 얘기가 아냐. 그냥 생각해 보란 얘기지."

우린 침묵을 지키고 있었다. 매듭이 풀리지 않는 것 같았다. 오랫동안 우리는 침묵하고 있었다. 다혜에겐 다혜만이 느끼는 감정의 곡선이 있었고 나는 나대로 견딜 수 없는 심정이었다.

어떤 사회든 잠재력이나 개인의 노출되지 않은 능력은 인정해 주지 않는 것이다. 더구나 결혼 문제일 땐 개인의 역량이나 배경을 심각하게 따지는 것 같았다.

우리는 어두워지는 바닷가를 걸었다. 여전히 침묵을 지키고 있었다. 참담한 기분이 들었다. 이것은 유기하에게 정통으로 당할 때 느꼈던 참담한 패배와 또 다른 아픔이었다. 유기하란 중국 무술의 고수에게 참담한 패배를 당할 땐 그래도 다시 대결할 수 있는 기회를 엿볼 의지라도 있었다. 다혜 아버지 머릿속에 들어 있는 의식을 내 힘으로 바꾼다는 게 거의 불가능하다는 걸 짐작했다.

나는 누구인가? 그리고 나는 무엇을 할 수 있는 사내일까?

무공 스님 앞에 서면 내 의식 속엔 아무것도 아니라는 존재를 느끼곤 했다. 그러나 그 의식 속엔 내 존재가 엄연한 개체로 살아 있었다. 다혜네 식구들이 의식해 주는 그런 보잘것없는 사내는 아니었다.

주인 아주머니가 차려온 밥상은 꽤 정갈스러워 보였다.

"밥맛 뚝 했지?"

다혜가 새색시처럼 다소곳하게 앉아 싱싱한 생선을 내 앞으로 돌려놓았다.

"밥맛뿐 아니라 살맛도 없다."

나는 투정부리듯 말했다.

"우선 우린 밥을 맛있게 먹은 뒤에 얘길 해봐."

다혜가 괜히 너스레를 떨고 있는 눈치였다. 나를 위로하려고 노력하는 것 같았다.

"정말 갈래?"

나는 첫술을 뜨면서 이렇게 물었다. 다혜가 어슬프게 웃었다. 그녀의 얼굴에서 처음으로 모성애 같은 애잔함을 보았다. 너무 이지적이어서 어떤 땐 여자 냄음도 나지 않는 구석을 보이는 여자였었다.

"밥부터 먹고 따져. 내가 가는 것과 밥 먹는 건 아무 관계가 없는 거니까."

"난, 관계가 있어."

"나, 피곤해. 집에서도 피곤하고 나와서도 피곤하고……."

우리는 또 말없이 밥을 먹었다. 이렇게 오붓하게 밥을 같이 먹는 것도 어쩌면 마지막일지 모른다고 생각했다. 그녀가 외국 유학을 떠나서 반드시 내 곁으로 돌아온다는 보장은 없는 것이었다. 가까이 있어도 사랑을 확인하는 일이 쉽지 않은데 그렇게 멀리 떠나가버리면…….

하느님,

어쩌란 말입니까? 다혜를 내 곁에서 떠나보내시렵니까? 내겐 다혜와 결혼할 자격이 정말 없는 겁니까?

밤의 해변은 칙칙한 어둠으로 둘러싸여 우리들 마음처럼 가라앉고 있었다. 파도 소리는 낮보다 더 요란스러웠다. 바닷가에 묶여 있는 고기잡이 배는 더 출렁거리고 있었다.

우리는 삭막한 폐가 근처를 배회하는 사람 같았다. 마치 돌아갈 곳이 없는 사람들 같기도 했다.

"들어가자."

내가 먼저 말했다. 차가운 바닷바람이 싫었다. 따뜻해지고 싶었다. 다혜의 가슴을 끌어안고 포근한 숨소리를 듣고 싶었다.

"날, 떠나게 내버려둬."

흩뿌려지는 목소리였다. 다혜의 표정을 읽을 수는 없었지만 그녀의 괴로운 마음을 느낄 수는 있었다.

바깥채는 안채와 떨어져 있어서 조용했다. 아마 여름 한철 민박하는 손님을 받기 위해 지어놓은 건물 같았다. 안채는 초가삼간을 지붕만 개량한 것 같았고 바깥채는 시멘트 벽돌로 지은 집이었다.

아랫목에 누운 다혜가 말없이 내 입술을 받았다.

"정말 떠날래?"

"이미 수속을 다한걸."

"왜 나한테 한마디도 안 했지?"

"할 수가 없었어."

"왜?"

"차마 얘기할 수가 없었어. 우리 아버지가 찬이를 그렇게 반대할 줄도 몰랐고 반대하는 이유가 그런 이유라는 게 창피하기도 했어."

"그런 얘기 때문에 상처 받을 줄 알았니?"

"응."

"난 그 정도로 상처 받지 않아. 이미 알고 있었어. 그러나 다혜와 결혼하기 위한 방편으로 취직하고 싶은 생각은 추호도 없어."

"아냐, 찬인 괴로워했어. 아까 내가 얘길 시작할 때 또 알았어. 그렇게 상처 받을 줄 알았으면 떠날 때까지 말하지 않는 게 좋았을지 몰라."

"난 아무렇지 않아."

나는 상처 받지 않았다고 자꾸 우기기만 했다.

"나같이 보잘것없는 여자 때문에 찬이가 상처 받는 걸 원치 않아."

다혜는 한 번도 그런 얘기를 한 적이 없었다. 언제나 당당하고 언제나 떳떳한 여자였었다.

밤은 깊어가기만 했다. 수속을 거의 끝낸 다혜가 그냥 떠나 버려도 내겐 할 말이 없는 일이었다. 그러나 다혜는 나를 사랑하기 때문에 결코 그냥 떠날 수 없었다는 거였다.

"정말 사랑하는 거지?"

내가 물었다. 무엇이든 확인해 두고 싶었다.

"맹세할 수 있어."

"그럼 네 손으로 옷을 벗어."

나는 다혜를 안아 일으켰다.

"그렇게 확인이 필요해?"

다혜가 물었다.

"난 필요해. 그렇지 않고선 보낼 수가 없어."

어쩌면 내 진심이었는지 모른다.

"정말?"

"그래."

"……"

다혜는 말이 없었다. 그녀를 훔칠 수 있다면 그녀의 사랑을 의심치 않아도 될 것만 같았다. 오늘 밤은 무슨 짓을 하더라도 그녀를 훔치고 싶었다. 훔치지 않고는 견딜 수가 없었다.

"옷 입고 잘 거야?"

"……"

"난 약속은 지켜. 네가 스스로 옷을 벗지 않으면 결코 널 훔치진 않겠다. 무슨 얘긴지 알겠지."

"그렇게 내가 갖고 싶어?"

침울한 목소리였다.

"그래. 난 네가 필요해."

"그게 사랑의 확인야?"

"널…… 뭘로 믿으라는 거지? 여기에 있는 것도 아니고…… 육체가 그렇게 중요한 거니? 사랑한다면 말야."

"모르겠어. 나도 내 마음을 모르겠어. 나는 흐트러지고 싶어. 내 가슴속에도 욕망은 꿈틀거린단 말야. 나도 찬이 꺼고 싶어."

"그럼 됐잖아. 더 이상 뭐가 필요하단 말야?"

"모르겠어."

나는 다혜의 웃옷 단추에 손을 댔다. 그녀는 내 손을 꼭 쥐었다.

"약속했잖아. 차라리 내가 벗겠어."

"그래. 네가 벗어."

다혜는 웃옷을 벗어 머리맡에 놓았다. 그녀는 잠깐 내 얼굴을 쳐다보고 피식 웃었다.

"정말 벗어야 돼?"

"넌 내 꺼니까. 제발…… 나 좀 살려두고 가라. 너마저 없으면…… 난 어쩌라는 거니? 어떻게 살아 있으라는 거니? 생각해 봐. 내가 어찌 견디라는 건지, 제발……."

다혜 앞에서만은 어린애가 되고 싶었다. 내가 지닌 자존심이고 내가 지닌 힘이고 그녀 앞에선 아무 위력도 지닐 게 없었다. 차라리 그런 게 귀찮은 것이었다.

"모르겠어."

다혜는 청바지를 벗었다. 나는 그런 다혜를 힘주어 안았다.

"넌 내 꺼야. 정말 내 꺼야."

그녀는 누웠다. 나는 급하게 옷을 벗고 다혜 곁에 누웠다.

다혜는 반항하지 않았다. 입술과 숨소리가 꼭 같이 뜨거웠다. 내 몸도 모두 뜨거워지기 시작했다.

"사랑한다. 정말……."

다혜는 뻣뻣한 채 내 입술을 당기고 있었다. 팽팽한 가슴을 감싸고 있는 브래지어를 벗겨 머리맡에 던졌다. 다혜의 가슴은 몹시 뛰고 있었다. 긴장한 탓인지 뱃속에서 꼬르륵거리는 소리가 들렸다.

"벗겨줄까?"

내가 물었다.

"싫어."

"그럼 네가 벗어."

"모르겠어. 정말 이래야 하는 건지."

"왜 이래. 날 살게 해달란 말야."

내 숨소리는 다혜의 뜨거워 오르는 몸처럼 가빠졌다.

다혜는 몸을 수그려 옷을 벗었다. 나도 따라서 마지막 옷을 벗었다. 그녀는 이미 뜨거워져 있었다.

그녀를 더 뜨겁게 해주고 싶었다. 그래서 우리들의 상처가 우리들의 미래를 확실하게 만들어줄 수 있기를 기대했다. 그녀는 차츰 꿈틀거렸다. 차갑던 살갗들도 모두 뜨거워졌다.

"안 돼. 제발…… 안 되겠어."

그녀는 몸을 사렸다. 나는 턱숨을 높이며 그녀의 움츠린 몸을 펴려고 했다. 완강해진 다혜의 육체가 금세 굳어버렸다.

"다혜야, 넌 내 꺼야. 이러지 마."

"비켜. 안 돼. 이러면 안 돼."

"왜 안 돼?"

나는 조금도 늦추지 않았다. 늦출 수가 없었다.

"이러면 소리 지르겠어."

다혜가 다급한 목소리로 말했다.

"맘대로 해. 누가 뭐래도 넌 내 꺼야."

"제발 이러지 마."

"난 안 돼."

"이런다고 찬이 게 되는 건 아니잖아."

"확인해 두지 않으면 안 돼."

아까 옷을 벗을 때의 체념이 아니었다. 그녀는 달팽이처럼 몸을 꼰 채 내 몸짓을 거부했다.

"다혜야, 제발……."

"안 돼."

"죽이겠다!"

"차라리 죽여."

"미치게 하지 마."

"나도 마찬가지야."

"넌, 사람도 아니다."

나는 다혜의 따귀를 갈겨버렸다. 다혜가 나뒹굴었다.

"차라리 실컷 때려. 이렇게 하면 난 찬이 곁을 영원히 떠나게 될 거야. 우린 끝장나는 거야. 차라리 때리란 말야, 때리란 말야."

다혜는 엎드려 흐느끼고 있었다. 둥그런 그녀의 등짝이 드러났다. 실오라기 하나 걸치지 않은 다혜 모습은 처음이었다.

나는 흐느끼는 그녀의 등을 쳐다보며 도대체 이 여자의 성분이 무엇인지 생각해 보았다.

"넌 욕망도 호기심도 없니? 네가 여자니? 네가 사람이냐구?"

나는 흐느끼는 그녀에게 이렇게 퍼부었다.

"나도 여자야. 다 주고 싶어. 그러나 지금은 안 돼. 결혼할 때까지만 참아줘. 제발, 부탁야."

나는 눈을 질끈 감았다. 그녀를 억지로 훔칠 수도 있었다. 혈을 짚어 눕히면 그만이란 생각이 들었다.

"찬인 힘으로 꺾을 수도 있어. 그러나 그렇게 되면 난 시체가 되어 있을 거야."

다부진 말이었다. 나는 한참 동안 그녀의 등을 쳐다보았다. 그리고 일어나서 주섬주섬 옷을 챙겨 입었다.

"그래, 졌다. 옷 입어라."

나는 그녀의 물기 가득한 뺨에 입을 맞추고 나왔다. 어둠이

깔린 바닷가로 뛰어나갔다. 아직도 팽팽해 있는 내 아랫도리의 욕망을 끌 수가 없었다.

마구 내달렸다. 물 빠진 모래밭으로 정신없이 내달렸다. 해수욕장 끝까지 달렸다. 텐트촌으로 넘어가는 물길까지 달려가서야 나는 주저앉았다.

욕망은 사그라들었다. 그렇게 견딜 수 없게 밀어닥치던 욕망도 흔적 없이 사라져버렸다. 찬바람 결에 마른 모래밭은 냉기로 가득했다. 나는 길게 누워 거친 숨을 토해내기만 했다.

한참 만에 나는 다혜의 차가운 손을 잡았다. 힘없이 서 있는 그녀의 얼굴은 몹시 지쳐 보였다.

"미안해. 그러나 난 찬일 사랑해. 우리 사랑을 지키려고 그러는 거야."

"알아. 나도 지킬게."

"그럼 됐어. 들어가."

"내일 서울로 올라가자. 난 밤이 무섭다. 오늘은 맹세를 해도 내일 밤은 나도 또 모른단 말야. 이놈의 욕망이란 놈은 맹세 가지고 안 돼."

"그래. 나도 마찬가지야. 나도 밤이 무섭기는 마찬가지야. 찬이 말대로 할게."

다혜는 무릎을 꿇고 내 입술을 더듬었다. 차가운 입술이었다.

"정말 우린 영원히 같이 있게 될까?"

내 목소리가 떨렸다.

"영원히 같이 있기 위해 우린 지금 상처를 받는 거야. 오히려 이게 우리를 묶어주는 힘이 될 거야."

우리는 낮에 하던 것처럼 길고 뜨거운 입맞춤을 시작했다. 아무도 없는 바닷가였다. 차가운 밤바람과 철썩거리는 파도 소리뿐이었다.

우리는 밤을 이렇게 지새울지도 모른다고 생각했다.

넌 혼자가 아니다

"나 고등고시 먹었다."

명식이의 목소리가 내 가슴을 짜릿하게 만들었다.

"이야, 해냈구나!"

나는 전화기에다 대고 소리를 질렀다. 명식이의 들뜬 목소리가 우울했던 내 가슴을 후련하게 해주었다.

"거기 어디냐? 임마, 판사 선생, 한턱내얄 거 아냐."

"내야지. 내고말고."

"어디야?"

"명동성당이다."

"임마, 왜 거기 있어? 설마 성모마리아를 재판하는 건 아니겠지?"

"지랄하지 말고 빨리 나와. 다혜 씨도 데리고 나와라."

명식이가 명동성당의 성모마리아상 앞에서 기다리고 있다는 게 그렇게 아름다워 보일 수가 없었다. 명식이는 사법고시에 합격하면 제일 먼저 성모 마리아상 앞에 달려와 무릎을 꿇겠다고 말했었다.

"혼자 있나?"

"혼자일 턱이 있니? 삼천만 명하고 같이 있다."

명식이 목소리는 자신감에 차 있었다.

"결국 해냈구나. 정말 잘했다."

"다 네 덕이다."

"금방 갈 테니 꼼짝 마라."

나는 다혜에게 전화를 했다. 다혜는 집에 없었다. 집안 분위기를 알기 때문에 자세한 얘기는 하지 않았다.

택시를 타고 명동 쪽으로 달리며 기쁜 마음 뒤에 도사리고 있는 질투심을 감출 수가 없었다.

꼭 한 번 사법고시에 합격하고 싶었던 게 내 솔직한 마음이었다. 그래서 정말 멋진 재판관이 되어 명판결을 해보고 싶었었다. 옹졸하지 않은 마음으로 내 양심을 건 재판을 하고 싶었었다.

성모병원 마당의 잔디밭 모서리에 앉아 있는 명식이의 모습이 꽤 우람해 보였다. 언제나 저는 다리 때문에 피곤해 보이던

312

얼굴이 아니었다. 당당하고 거칠 것 없는 표정이었다. 언제부터 성모마리아상 앞에 쪼그리고 앉아 있었는지 모르지만 초조한 기색도 없었다.

명식이는 이제 초라하고 보잘것없는 병신이 아니었다. 다리를 저는 똥통학교 출신도 아니었다. 그는 당당하게 일류대학 출신과 정상적인 신체를 소유한 사내들도 치러내기 어려운 사법고시에 합격한 인물이었다.

신체장애자라고 해서 법관임용에서 탈락시킨 치졸한 이면을 기억하지만 명식이의 쾌거는 나중에 탈락을 시키든 안 시키든 그걸 넘어서는 기쁨이었다. 신문지상에 신체장애자의 법관임용 탈락을 보며 나는 명식이를 생각했다. 정상인보다 몇 배, 아니 몇십 배 도량이 크고 마음 씀씀이가 넓은 명식이에게도 그런 시련이 따른다면…… 그건 비극이라고 할 수밖에 없었다.

인간이 인간을 재판할 수 있다는 건 엄격한 의미에서 모독일 수도 있다. 그러나 사회의 구성으로 어쩔 수 없는 필요악으로 등장하는 재판이라면 인간 가운데 가장 인간적인 사람만이 하는 것이다. 하물며 신체장애의 어려움을 극복한 사람들을 법관임용에서 제외할 수 있다면 이미 인간을 재판할 도량이 없다고 판단할 수밖에 없을 것 같았다.

법을 다루는 사람을 선택할 때는 어떤 방법이든 최선을 다하여 뽑아야 할 것이다. 차라리 우리들의 신(神)을 뽑듯이 엄숙해야만 할 것이다.

어쨌든 지금 그런 걸 따질 만큼 한가롭지 않았다. 내 친구가, 절름발이 내 친구가, 똥통학교 다니던 내 친구가 사법고시에 당당하게 합격했다는 사실만 기억하고 싶었다.

"명식아!"

명식이는 돌아섰다. 얼굴 가득하게 환희가 담겨 있었다.

"이 새끼야, 내가 해냈어. 내가 해냈어. 무슨 말인지 알아?"

명식이는 비틀거리며 뛰어왔다. 녀석의 얼굴엔 금세 눈물이 번져 흘렀다.

"울지 마, 이 새끼야."

나는 명식이를 잡고 풀밭에 주저앉았다. 그의 병신이 된 다리를 절룩거리게 하고 싶지 않았다. 할 수만 있다면 내 다리 한 짝을 떼어줘서라도 마음 놓고 달리게 하고 싶었다.

"나 좀 울게 내버려둬라."

명식이가 철푸더기 앉아서 이렇게 말했다.

"울지 마, 넌 울어선 안 돼. 이 새끼야, 울긴 왜 울어. 넌 이제 병신이 아니고 한 많은 똥통학교 출신도 아냐."

나는 녀석의 등짝을 후려치며 말했다. 녀석은 내 손목을 힘주어 잡았다.

"왜 합격 소식을 늦게 알렸냐? 신문에 네 이름이 났길래 연락이 올 줄 알았지. 소식이 없어서 동명이인인 줄 알았다. 불합격해서 자살한 줄 알았어, 이 자식아."

얼마 전에 신문의 합격자 발표란에서 나는 명식이의 이름을 찾아냈었다. 최고 득점자도 아니고 최연소 합격자도 아니어서 자세한 신상을 알 수 없었지만 명식이의 합격을 점칠 수 있었다. 그러나 며칠이 지나도록 소식이 없어서 동명이인이란 생각을 했다.

가장 먼저 달려와 합격 소식을 알려야 할 녀석이었는데도 소식이 없었다. 나는 차마 확인할 수가 없었다. 정말 합격자 명단의 이름이 동명이인이라면…… 명식이는 자살했을지도 모르기 때문이었다.

"나는 안 죽어. 살아 있어야 돼."

명식의 목소리가 차갑게 들렸다.

"그런데 왜 이제 연락했냐?"

"그렇게 됐어. 술 한잔 살래?"

"사고말고. 암, 사야지. 가자."

우리는 성모병원을 끼고 걸어 나와 택시 정류장으로 갔다.

"어디 가서 마실래?"

명식이가 물었다.

"무교동, 어때?"

"택시 탈 거냐?"

"판사 나리 모시는데 택시가 문제냐? 헬리콥터 없는 게 한이다."

"지랄 말구 걷자."

"임마, 판사 영감. 오늘은 하자는 대로 해. 까불면 판사 아니라 판사 할애비라도 그냥 안 두겠어."

"난 걷겠다. 다리병신도 잘만 걸어 다닌다는 걸 알아야 돼. 법관이 다리 가지고 재판하거나 기소하거나 변호하는 게 아니라는 걸 알아야 돼. 난 걷겠다. 악착같이……."

명식이는 절룩거리며 걷기 시작했다. 나는 그런 명식이 뒤를 처덕처덕 따라갔다.

"합격자 발표가 나기 전였어. 신문을 보고 내가 병신인 게 왜 그렇게 미웠는지 몰라. 다리병신이 못하는 거 많지. 달음박질 선수도 될 수 없고 야구선수도 될 수 없고…… 그러나 앉아서 하는 건 성한 사람보다 몇 배 잘할 수 있어."

명식이는 일부러 그러는 것인지 빠른 걸음질로 앞서 가며 말했다.

"임마, 이젠 그런 거 따지지 마. 그냥 열심히 살아가면 그만야. 넌 해냈잖아. 넌 병신이 아냐. 그리고 똥통학교 출신도 아냐. 당당하게 네 실력대로 된 거야."

"알아. 그러니까 걷겠다는 거다."

"걸어라. 까짓 거 걷자."

우리는 무교동 쪽으로 걸어갔다. 절룩거리는 녀석의 발걸음이 나보다 빨랐다. 그것이 녀석의 한인지도 모른다고 생각했다. 많은 세월을 그런 방황의 늪과 병신 취급하는 사회 속에 던져져 있었던 명식이의 한은 이제 어느 정도 풀렸는지도 모른다.

당당하게 활보해 본 것도 오랜만일 것 같았다. 명식이는 오늘의 당당한 활보를 위해 숱하게 움츠리고 살았었다. 산속에 들어가 외로운 투쟁을 해온 것도 오랫동안 그의 가슴에 감추어 두었던 승부 기질 때문이었다.

술상을 앞에 놓은 명식이의 얼굴엔 땀이 흐르고 있었다. 명동에서 무교동까지 줄기차게 빠른 걸음걸이였다. 다리병신이지만 누구보다도 잘 걸을 수 있다는 걸 보여준 셈이었다.

"어쨌거나 넌 나쁜 새끼야."

나는 녀석의 식성대로 막걸리와 감자탕을 시켜놓고 이렇게 말했다.

"그렇게 됐었어."

괴로운 표정이었다.

"아무리 그렇더라도 나한테 연락을 않다니. 이거 이러다가 법관임용 되면 상판때기도 안 보여주는 거 아냐?"

"지랄하구 있네. 그렇게 됐다니까."

"뭐가 그렇게 됐다는 거냐? 이 새끼야, 사법고시 패스했다고 느긋하게 재려는 거냐? 넌 혼 좀 나야 돼. 사람 애타는 거 모르고……"

나는 괜히 녀석을 다그치고 싶었다. 사법고시 패스했다고 목뼈가 뻣뻣해지는 친구로 만들고 싶지 않았다.

녀석은 술만 마셨다. 초조한 빛도 없었다. 그저 그렇게 느껴

서인지 모르지만 퍽 느긋한 모습이었다.

"임마, 이제부터 내 말 잘 들어. 사법고시 패스했다고 네 일이 끝난 거 아냐. 이제부턴 철이 들어야 돼. 법만이 만능이고 법만이 진실이고 그따위 생각은 지금부터 버려야 돼. 단 한 사람이라도 억울한 사람이 이 땅에 없도록 발버둥치는 일만이 네 일이라고 생각해야 돼. 법보다 상식이 우선이란 걸 잊지 마. 사람을 사람이 재판하는 건 순전히 인간적으로만 보면 엄청난 모순이지만 또 법 없이 모여 살 수 없는 게 인간이니까 너 같은 사람이 필요한 거다. 잘난 것도 없고 빼어난 것도 없는 거야. 보통 사람, 우리하고 똑같은 사람이라는 걸 잊지 마. 잠시 사람들끼리 복잡한 문제를, 그 어려운 숙제를 풀어달라고 맡겨 준 자리라는 것도 잊지 마."

나는 왜 그런지 명식이한테만은 하고 싶은 얘기를 죄다 해 주고 싶었다.

"실컷 해라."

명식이는 웃고 있었다. 축하해 주는 자리치곤 좀 심한 자리였지만 그만한 걸 이해할 수 있는 게 우리들의 우정이었다.

"네가 조금은 미운 것도 사실이다. 나도 꼭 한 번쯤 사법고신지 그놈의 겁난 시험에 합격하고 싶었던 놈이니까 말이다. 어쨌든 넌 인간이 돼야 해. 상식적인 인간 말이다. 슬프면 눈물 흘리고 괴로우면 가슴을 쥐어뜯고 불의를 보면 소릴 지르고 잘난 척하는 놈이면 턱을 갈기고 억울한 사람이 있으면 신발짝이라도 벗어주는 놈이 아니면 사람을 재판할 자격이 없는 거다. 이제부터 너는 죽을 때까지 매일 통곡하는 놈이 돼야 해."

"내가 왜 통곡해. 매일 기뻐서 웃어야지."

"지랄 말고 듣기나 해. 법을 집행하는 사람, 진정 법의 가치를 아는 사람은 매일매일 통곡하며 살아야 돼. 사람이 사람을 법이라는 테두리로 다루려면 당연히 그래야 돼. 그래도 하느님이 있다면 잘못한 게 있다고 꾸중할 자리가 바로 법을 다루고 행사하는 자리라는 걸 잊지 마라. 양심적인 재판을 진행하지 못할 땐 언제라고 옷 벗을 각오를 해야 한다. 양심을 지키다 그 자리에서 죽는 놈이 돼야 한다."

"지랄하구 있네. 너 벌써 술 취했니?"

명식이가 가볍게 받아넘겼다. 그러나 명식이의 가슴을 나는 읽고 있었다. 내가 말하지 않아도 사람을 위한 상식적인 법조인이 될 친구였다.

"처음엔 다 그럴 각오로 출발하지만 시간이 지나면 지날수록 잊어버리는 게 인간이다. 자꾸 자기 합리성을 주장하게 되고 자기 자신이 옳게만 보이는 거다. 만약 네놈이 그 지경이 된다면 박살날 줄 알아라."

"내가 맨 처음 할 일은 널 잡아들이는 일일지도 모른다."

명식이가 낄낄거리며 한 말이었다.

"나 같은 놈 잡아가는 놈이야말로 진짜 법을 아는 놈이다."

"넌, 진실 빼면 악마 같은 놈이지. 어쨌든 너한테 작살나는 놈은 안 될란다."

"어머니는 어떠시대?"

"돌아가셨다."

"뭐라구?"

"합격 소식 듣던 날. 어머니가 고개를 끄덕거렸으니까 아마 내가 합격한 걸 알고 가셨겠지만, 그날 연탄가스로 돌아가셨다."

"그래서 연락 못했니?"

"그랬어. 그럴 수밖에 없었어. 합격 통지 받고 기뻐할 틈도 없었다. 돌아가시려고 의식도 없는 어머니 귀에다 대고 수십 번, 수백 번 합격했다고 악을 썼지만······."

"이 새끼야, 내겐 연락해야 거 아냐? 느이 어머니는 너 혼자만 어머니가 아녔잖아, 임마."

"미안하다. 그럴 정신이 없었다. 하루만 늦게 돌아가셨던들 춤을 추며 나를 껴안고 실컷 울다라도 가셨을 텐데 말이다."

난 안다. 명식이의 심정이 어떠했었는지를. 병신 자식이 그렇게 엄청난 일을 해냈는데 그 순간을 못 보고 돌아가신 한 많은 어머니와 그런 어머니의 귀에 대고 합격했다고 악을 쓴 명식이의 처절함을.

"난 사법고시 합격증보다 어머니가 필요한 놈이다."

명식이는 술잔을 단숨에 비웠다. 나는 뭐라고 할 말이 없었다.

"네 말마따나 난 병신이다. 병신 자식이 그런 자리에 설마 올라설 수 있겠느냐고 믿지 않던 어머니였다. 내가 대학에 들어갈 때도 어머니는 병신을 받는 대학교가 있으리라고 생각하지 않았었다. 이제 내가 할 일은 어머니의 못살고 찌든 한, 병신 자식 때문에 일생을 조여 산 가슴을 풀어드리는 길을 찾아야 한다. 그게 어떤 건지 정확하진 않지만 이제 법조인이 된다면 네 말처럼 양심을 지키는 놈이 되는 길밖에 없을 거다. 물론 세월이 가면 어머니를 잊을지도 모르고 내 의견만이 진실이라고 우기는 놈이 될지 모른다. 네가 그런 나를 작살낸댔으니까 그걸 믿고 기다리는 놈이 될란다."

우리는 정신없이 퍼마셨지만 여간해서 취하지 않았다. 술에 비교적 강한 체질이지만 오랫동안 술을 입에도 대지 않은 명식이가 제법 견디어내는 걸 보면 술 들어가는 배는 따로 차고 나왔다는 말이 맞는 것 같았다.

"장례는 잘 치러드렸니?"

"합격 통지서 한 통으로 다 되더라. 동네 사람들만 욕봤지."

"그래도 그런 깡촌에서 너 같은 놈이 나왔으니 기뻤겠다."

"판사 영감 쩌렁쩌렁 하다가 내려와서 국회의원 하라더라. 그만한 인물이 나 하나뿐이라면서 말이다."

"그만한 인물이야 충분하지. 국회의원 친구 둬서 나도 째진다. 국회의원이 막걸리에 감자탕이나 먹어서야 쓰겠냐? 쫘악 뽑고 다시 시작하자."

"임마, 선거할 때 이런 거 같이 먹는 연습 미리 해두는 거라구. 나같이 난 놈도 이런 걸 먹는다 이거다."

"동네에서 딸 준다고 난리 치던 사람 없었니?"

"그래도 난 병신 아니냐."

"이 새끼가 뒈지고 싶은가."

"미안하다."

내가 발끈해서 욕지거리를 하자 대번에 고개를 푹 수그렸다.

"우리 시골 사람들은 내가 지금 당장 판검사 영감이 된 줄 알더라. 그리고 판사 검사면 무슨 짓이든 다 되는 거라고 생각하더라. 그동안 사회가 그래서 그랬는지 모르지만."

"가장 양심적인 우리 사회가 그럴 턱이 없지. 아무렴, 그럴 수가 없지."

"지랄 그만하고 술이나 먹자."

명식이는 사정없이 술을 마실 작정인 것 같았다.

"이것 좀 읽어다구. 우리 동네 아저씨뻘 되는 사람이 나 같은 놈을 거들떠보지도 않다가 고시 패스 했다니까 당신 딸 좀 구해달라고 야단이다. 차마 거절 못하겠더라. 우러러보는 동네 사람들, 그 순박한 사람들이 단체로 찾아와서 판검사 영감 실력으로 이것 좀 해결해 달라는 데야⋯⋯. 그래서 네 얼굴 떠오르길래 고개를 끄덕거렸다."

명식이가 내민 편지는 일본에서 온 것이었다. 명식이의 아저씨뻘 되는 사람의 딸인데 인물이 반반한 모양이었다. 편지 내용은 무용 공연하러 일본에 건너갔지만 깡패조직에 팔아넘겨져 몸 파는 신세가 되었다는 사실과 편지조차 할 수 없는 감금생활을 한다고 씌어 있었다.

"이게 우리나라 여자 팔아먹는 계보인가 보구나."

나는 편지 속에 있는 또 다른 편지지에서 그녀가 팔려간 과정과 팔아먹는 조직체가 있는 장소와 팔아먹는 수법을 차근차근 읽어 내려갔다.

"이거 내가 가져가도 되니?"

"베껴라. 내가 가지고 있어야 돼."

"이놈들 잡다가 네가 재판하는 꼴 좀 봤으면 좋겠다."

나는 메모지에 그녀의 편지 내용을 간추려 옮겼다.

"그런 놈 잡다가 칵 목을 비틀어줬으면 좋겠냐?"

명식이가 물었다.

"이건 신종 정신대란 말이다. 이런 자식들은 아예 뿌리를 확 뽑아 없애야 돼."

"바로 네가 원하는 게 내가 앞으로 해야 할 일은 아니다. 나는 법을 지키는 사람이지 감정으로 재판을 진행하는 사람은 안 될 거다."

"니기미…… 네 말이 맞다."

우리는 시끄럽게 웃었다. 녀석은 혀가 반쯤 구부러진 소리를 낼 정도였다. 나도 꽤 취기가 올라왔다.

정말 오랜만에 거나하다는 표현에 어울리게 술을 마시고 무교동 바닥에 나섰다. 절룩거리는 명식이와 팔짱을 꼈다. 명식이는 자꾸 혼자 걸으려고 했다.

"다 뎀벼라아, 이 서울 새끼들아아! 몽땅 뎀벼라아!"

명식이가 두 팔을 휘저으며 악을 쓰고 있었다. 유난히 심하게 절룩거리는 명식이의 발걸음과 취해서 목청이 흔들리는 소리가 그렇게 우스꽝스러울 수 없었다.

"다 뎀비란 말이다아! 잘난 놈들 다 뎀비란 말이다 아!"

명식이의 울부짖음 같은 목청이 골목을 쩌렁쩌렁 울리게 했다. 사람들이 명식이를 흘끔거리며 쳐다보았다. 합격증 원본을 어머니 무덤 속에 넣어주고 새로 발급받은 합격증을 가슴에 달고 카퍼레이드라도 벌이고 싶어 하는 녀석의 응어리진 소리가 밤 늦은 무교동 하늘로 울려 퍼졌다.

"잘난 놈들 있으면 다 뎀벼라아! 이 서울 놈들아아!"

나도 명식이처럼 목청을 높였다. 명식이가 싱긋 웃고 더 큰 소리로 떠들었다.

서울 놈들 다 뎀벼라아!
잘난 놈들 다 뎀벼라아!
못 뎀벼도 벼엉신이다아!
이 쪼다 병신 천치 쭉쟁이들아아!
뎀벼라아!

명식이와 나는 무교동 골목을 누비며 소리를 질렀다.

앞에서 술 취해 어깨동무를 한 열 명 가까운 젊은 애들이 명식이의 말을 받았다.

우리도 니미랄 거, 동감이다아!
다 뎀벼라아!
잘난 놈들 뎀벼라아!
서울 놈들 다 뎀벼라아!

우리는 가릴 것 없이 같이 어깨동무를 하고 무교동 바닥을 휘저었다. 명식이가 절룩거리며 목이 쉬도록 악을 쓰고 있었다. 한두 사람이면 시빗거리가 되겠지만 워낙 우리들 숫자가 많으니까 사람들이 길을 피해주기만 했다.

술을 사랑하는 놈은 여기여기 붙어라아!
서울 놈들 뎀벼라아!
잘난 놈들 뎀벼라아!
못난 놈은 여기여기 붙어라아!
안 붙는 놈은 쪼다다아!

명식이가 날뛰듯 악을 썼다. 어깨동무한 젊은이들이 모두 명식이처럼 악을 썼다. 술 취한 젊은이들이 두어 팀 더 붙어서 골목마다 소리를 지르고 휘젓고 다녔다.

이것이 젊은이들의 특성인지도 모른다. 아무 조건 없이 끼어

들어 어깨동무를 한 채 악을 쓰는 어른은 없을 것이다. 그러나 우리들은 달랐다. 젊었기 때문에 아무 거리낌 없이 모여질 수 있었다.

누가 신고를 했는지 모른다.

골목 저쪽에서 경찰 제복을 입은 사람이 뛰어오고 있었다. 명식이는 아랑곳없이 악을 바락바락 쓰고 있었다.

"경찰이다."

누군가 이렇게 소리쳤다. 어깨동무했던 애들이 모두 도망가 버렸다. 명식이와 나만 덩그마니 남아 있었다. 경찰봉을 든 경찰관 뒤엔 방범대원도 여러 명 따라오고 있었다.

서울 놈들 다 뎀벼라아!
잘난 놈들 다 뎀벼라아!

명식이와 나는 길바닥에 서서 더 악을 쓰며 소리를 질렀다.

"아저씨들, 한잔 했습니다. 기분 좋아서 말입니다."

내가 바짝 다가선 경찰에게 이렇게 말했다. 방범대원들 손에 도 경찰봉이 쥐어져 있었다. 분위기는 금방이라도 내려칠 기세 였다.

"뭐야? 왜 떠들어!"

경찰관이 대뜸 내 멱살을 잡았다.

"놓고 말로 합시다."

명식이가 절룩거리며 경찰관을 잡았다. 경찰관과 방범대원들은 무조건 멱살을 옭아 쥐었다.

"말로 하자니까 그래요. 기분 좋아서 한잔 했다 이겁니다. 그건 잘못 아니잖아요?"

"왜 떠들어?"

"기분 좋으니까 좀 떠들었다 이겁니다. 놓고 말로 하자 이겁니다."

우리는 한참 동안 밀고 당기고 씨름판을 벌였다. 내가 워낙 드세게 밀어내니까 끌고 가진 못했다.

경찰관이 뭐라고 떠들자 방범대원이 경찰봉을 빼 들었다.

"잠깐 참아요."

나는 소리를 높이고 명식이의 윗주머니에서 사법고시 합격 통지서와 신문 오린 걸 내밀었다.

"저 새끼가 사법고시를 수석으로 합격했다 이겁니다. 수석 합격 말요. 신문에 났잖아요. 물론 절룩거린다는 말은 일부러 안 썼지만 말요. 그래서 역경을 딛고 사법고시 수석으로 합격한 내 친구를 위해 한잔 했다 이겁니다. 저 새낀 평생 첨으로 태어나서 처음으로 저렇게 떠든다 이 말입니다."

나는 명식이를 수석 합격했다고 거짓말을 해주었다. 그게 빨리 먹힐 것 같았기 때문이었다.

"그러면 그렇지 왜 시끄럽게 굴어?"

태도가 많이 누그러진 듯한 말투였다. 나는 경찰관의 어깨를 잡고 말했다.

"아저씨, 저 새긴 오늘 떠들고 나면 앞으로 평생 떠들지 않을 놈예요. 떠들 틈도 없잖아요. 명색이 판사 검사 영감이 어떻게 떠들어요. 오늘만 떠들게 냅두쇼."

"서까지 갑시다."

방범대원이 막무가내로 우리를 잡아끌었다.

"그만 떠들고 갈 수 있어?"

경찰관이 나지막하게 물었다.

"한번 상의를 해보구요."

나는 돌아서서 명식이한테 물었다.

"임마, 그만 떠들 수 있니? 용서해 줄 수 있다는데."

명식이가 내 말을 귀담아듣지 않는 눈치였다.

"이봐, 데리고 갈 거지?"

경찰관이 내게 다시 물었다. 나는 그런 경찰관에게 갑자기 호감이 생겼다.

"저 녀석을 강제로라도 끌고 가겠습니다. 적어도 아저씨가 안 보이는 곳까지는 끌고 가겠습니다. 저 자식을 우리는 이해해야 합니다. 절룩거리잖아요. 저 자식이 고등고시 수석 합격했단 말입니다. 똥구멍이 째지게 배고픈 놈이 사법고시 패스했다 이겁니다."

"그러니까 빨리 데리고 가라는 거 아닌가. 어서!"

"이게 노력해서 안 되는 거지만 한번 해보죠. 저 자식은 상의해 가며 해야 할 놈입니다."

나는 명식이 귓가에도 대고 이렇게 말했다.

"임마, 파출소까지 가볼래? 아니면 품위를 지켜볼래."

명식이는 정신이 좀 들었는지 내 귓속에다 이렇게 말했다.

"넌 어쩔래?"

"네가 하자는 대로 하겠다."

"니기미, 나도 너 따라 하려고 했는데 어쩌자는 거야?"

"그럼 마지막으로 한 번만 더 소리 지르고 가자."

"거, 좋네."

"잠깐 기다려."

나는 경찰관에게 다가갔다.

"빨리 데리고 가라. 내 말 들어. 어서! 무슨 할 짓이 없어서
이러는 거야? 어서!"

경찰관은 달래는 투였다. 나는 경찰관을 끌고 가로등 불빛
있는 데까지 갔다.

"아저씨, 소원 하나 들어주십쇼."

"뭔데?"

"저 자식 정말 가엾고 불쌍한 놈입니다. 그런 자식이 고등고
시 수석을 했다 이겁니다."

"그래서 어쩌자는 거야?"

"소원은, 경찰관 아저씨 보는 앞에서 큰 소리로 욕 한 번만 하
게 해주십쇼. 그러면 끽소리 없이 돌아가겠습니다. 정말입니다."

"나 원 차암……."

"저 새끼가 훌륭한 법관이 될 수 있도록 한 번만 봐주십쇼."

경찰관은 난처한 듯이 웃었다.

"이렇게 경찰관이 마음이 넓다는 걸 보여주면 저 새끼가 진짜로 훌륭한 법관 될 겁니다. 모르는 체하고 가세요. 그럼 딱한 번만 욕을 하고 감쪽같이 사라질 겁니다."

"차암……."

"고맙습니다."

나는 무조건 고개를 숙이고 돌아섰다.

경찰관이 방범대원들에게 무어라고 손을 흔드는 게 보였다.

"허락 받았다. 시작하자."

"조오치."

"임마, 세상에 욕하는 것도 허락 받고 하는 거 내 생전에 첨이다."

"다 내 덕인 줄 알아라."

"더럽게 고맙다."

"우리는 법학도 아니냐. 적어도 경찰관 입회 아래 욕을 하는 정도의 법질서를 존중해야 한다."

"꼭 맞았다."

"그럼 시작이다."

우리는 두 손을 모았다. 행인들이 우리들의 엉뚱한 표정과 멀찍이 서 있는 경찰관 일행을 번갈아가며 쳐다보았다. 아까 도망갔던 젊은애들도 그런 행인 속에 끼여 있었다.

서울 놈들 다 뎀벼라아!
잘난 놈들 다 뎀벼라아!

목청껏 소리 지르고 돌아섰다. 사람들이 웃었다. 그러나 경찰관은 웃지 않았다.

"아저씨, 갈랍니다. 고맙습니다. 이 새끼 훌륭한 법관 될 겁니다."

우리는 손을 들어 택시를 세웠다. 문이 열리자 명식이가 뒤로 돌아 거수경례를 붙였다.

"아저씨, 존경하겠슈. 오래오래 살아야 합니다."

명식이는 구르듯 택시를 탔다.

"어디 갈래?"

"네 합격을 축하하는 의미에서 총각 봉합수술이나 하러 가자."

"무슨 소리냐?"

"설악산에서 총각 딱지 떼쳤으니까 오늘은 그걸 찾자 이거다."

"어디 가서?"

"이쁜 색시 끼고 자면서 잃어버린 총각 딱지 하나 줍자 이거다. 이 새끼 귀 먹었니?"

"지랄 말고 나 아무 데서나 자게 내버려둬라."

"가자면 가 임마."

운전사가 뒤를 흘낏 쳐다보고 물었다.

"어디로 갑니까?"

"그냥 가십시다. 가시고 싶은 대로 말입니다. 적당한 데서 내릴 테니까."

"그럽시다."

택시가 요리조리 빠져나가고 있었다. 명식이가 내 손을 잡았다.

"나, 아무 데서나 그냥 잘란다."

"이게 왜 오늘따라 촌닭처럼 이러지? 합격 축하식은 해얄 거 아냐."

"난 못해."

"왜."

"유리…… 유리하고 약속했으니까."

"무슨 약속이냐? 이것들 놀아나고 있네."

"입으로 한 약속이 아니라 마음으로 했다. 난 그럴 수 없어. 합격자 발표 나던 날 유리는 성모마리아상 앞에서 밤새 기다렸을 거야. 난 어머니 시신 앞에서 빌었지, 용서해 달라고. 유리는 혹시 이렇게 생각하고 있을지도 몰라. 내가 고등고시 패스하니까 잊어버린 거라고 말이다. 난 그렇게 나쁜 새끼 아니다. 유린 알 거야. 날 원망하지도 않을 거야. 그런데 내가 어떻게 그런 짓을 할 수 있냐? 그리고 넌 다혜 씨가 있잖아. 난 그런 짓 못해."

"너도 웃길 때가 다 있구나."

"웃기는 게 아냐. 그냥 그러고 싶어."

"알았다. 그럼 우리 집에 가자."

"좋아."

우리는 운전사에게 방향을 얘기해 주고 침묵을 지켰다. 택시는 늦은 밤길을 쏜살같이 달렸다.

"나, 만 원만 줘라."

명식이가 손을 내밀었다.

"꿔달라는 거야, 달라는 거야?"

"그냥 줘."

나는 지갑에서 만 원짜리 한 장을 꺼내 주었다. 녀석은 가게로 뛰어가 깡통을 들었다.

"누나한테 이걸로 우선 땜질 할란다."

"임마, 네가 체면 차리면 강아지라도 웃는다."

"웃을 일도 없는데 강아지라도 웃기자."

우리는 대문 앞에 서서 나란히 오줌을 갈기고 큰소리로 합창을 했다.

누나! 사랑해! 진짜진짜 사랑해! 문을 안 따줘도 사랑할 거고, 따주면 더 사랑할 거야!

"이 새끼 사법고시 처먹었대."

누나가 문을 열자마자 내가 소리쳤다.

"축하한다. 정말……."

누나도 감격스러운 모양이었다. 명식이의 손을 꼬옥 잡아주었다. 명식이 녀석이 은주 누나를 꼬옥 끌어안았다.

"누나, 정말 고마워. 내가 은혜 갚을게. 잊지 않는단 말야."

명식이가 껴안은 대로 내버려둔 채 은주 누나는 명식이의 등을 토닥거려 주었다.

"이 새끼야, 임자 없다고 막 껴안으면 네 턱을 까부술 거야."

"다혜 씨만 안 껴안으면 되잖아."

"임마, 난 다 안 돼."

"알았다."

우리는 문간에 서서 키득거리며 웃었다. 이렇게 오붓하게 만난 것도 오래되었다.

밤늦도록 은주 누나와 우리는 맥주를 마셨다. 은주 누나는 꽤 취하도록 마셨다. 이것이 우리들에게 기쁨을 주는 자리였다. 축하해 줄 사람도 없는 명식이한테 우리가 할 수 있는 일은 술을 마셔주는 일뿐이었다.

하느님,

고맙습니다. 정말 고맙습니다. 저 녀석에게 사람이 사람을 재판하는 게 얼마나 고통스러운 인간의 길인가를 가르쳐주세요.

그리고 죽음이 눈앞에 있더라도 어떠한 유혹의 손길이 달려들더라도 양심을 건 법조인이 되게 해주세요.

아무리 포악한 죄인이라도 사람이란 걸 알게 해주세요.

그래서 실패한 법조인이라도 좋습니다. 사람 같은 법조인이 되게 해주세요.

그에게 다리를 주세요. 육체는 비록 절룩거리지만 정상인보다 몇천 배 강인한 마음의 다리를 주어 버티게 해주세요.

아침에 뒷산 약수터를 오르는 명식이의 어깨는 조금 처진 것 같았다. 어젯밤의 당당함이 많이 사그라진 것 같았다.

"어깨 펴라."

내가 녀석의 등을 때렸다.

"날이 밝으면 왠지 세상이 두렵다. 내가 병신이란 걸 실감한단 말야."

"넌 정신마저 절룩거릴래? 그럴 바에야 아예 지금부터 다 포기해라. 그게 네 일생을 위해 좋아."

나는 모지락스러운 말을 해주었다.

"미안하다."

명식이가 꺼칠한 얼굴에 겸연쩍은 웃음을 담고 대꾸했다.

"넌 혼자가 아니다. 우리들이 있어. 그리고 결코 다리병신도 아니다. 넌 해냈잖아. 그리고 지금 나보다 빨리 산을 타고 있어. 절룩거린다는 건 누구라도 언제나 그럴 수 있는 거다. 만약 자동차 사고를 당했다고 생각해 봐. 사회에서 어떻게 취급당하든 넌 정상인보다 더 잘 걷는 놈이어야 한다. 넌 우리들의 희망이니까."

"해내겠다. 정말 해내겠다. 두고 봐라, 내가 결코 주저앉진 않을 거니까."

명식이는 뒤뚱거리며 산을 타고 있었다.

먼저 약수터까지 뛰어간 명식이가 물을 꿀꺽거리며 마셨다. 햇살이 밝았다.

"넌, 오늘부터 그 편지나 좀 해결해 봐라. 체면이 문제가 아니라 너무 비참하잖아. 사람들이 이럴 때일수록 경찰의 힘을 빌려야 하는데 사회에 알려져 창피당할까 봐 숨기고 있어. 물론 이해가 안 되는 건 아니지만 그냥 놔두면 이쁜 처녀들이 자꾸 팔아넘겨질 거란 말야."

"내가 찾아볼게. 잘난 여자들이 여학교 돌아다니며 정신대 나가지 않으면 황국신민 될 자격이 없다고 겁주던 그 치사한 시대의 잔재 아니겠니? 돈 몇 푼 벌려고 이 땅의 처녀들을 속여 일본의 매춘굴에 팔아넘기는 놈들이 득시글거린다면 제2의 정신대라고 할 수 있겠지."

"아무튼 실수하면 안 된다. 뿌리를 뽑아야 돼. 어디 팔아먹을 데가 없어서 쪽발이 놈들한테 우리나라 여자를 팔아먹는지 모르겠다."

명식이는 몇 번이고 신판 정신대 같은 이 사건을 꼭 해결하라고 졸랐다.

"내가 꼭 해낼게. 무슨 수를 써서라도 그 자식들을 잡아내겠다."

명식이는 새끼손가락을 내밀었다. 나는 웃으며 손가락을 걸어주었다. 보통 조직은 아니겠지만 난 끝까지 캐낼 결심이었다.

〈5권에 계속〉

『인간시장』이 읽히는 시대는 불행한 시대라는 생각엔 지금
도 변함이 없습니다.

내게도 몇 가지 의문이 있습니다. 주인공 장총찬의 행적이
어찌 보면 작고 초라한 행위라는 사실입니다. 보다 커다란 인
간의 본질 문제는 외면한 채 뒷골목을 배회하는 소갈머리 작
은 인물이라는 점이 내게도 의문으로 남습니다.

다혜는 훔쳐지는 여자가 아니라 홀로 서 있는 여인이란 점이
또 의문입니다. 사랑이란 낱말이 천박하고 보잘것없는 낱말로
전락해 버린 세상이지만 이 의문덩어리 여자에게서 육체를 거

부하는 힘의 근원을 내가 찾아 나설 수 없다는 점입니다.

으레 남녀 주인공이 나오면 오래 가지 않아 현란한 잔치를 벌여야 하는 것으로 인식돼 온 것도 사실입니다.

세상 일은 각박한 투쟁만 존재하는 게 아니라 사람끼리 살면서 사람 같은 사연이 많다는 걸 압니다. 또한 어떤 부류나 집단이든 항상 소수 때문에 다수가 몰아서 취급을 받게 됩니다. 그렇다고 언제나 사건의 서두에 소수라는 걸 밝힐 필요는 없다고 생각됩니다.

이 소설이 연재되는 동안 끔찍한 항의를 여러 차례 받았습니다.

이 땅에 성역(聖域)은 존재해서도 안 되며 존재할 수 있는 여건을 만들어주어서도 안 된다고 생각합니다. 잘못한 사실이 있으면 어느 누구라도 책망받을 수 있는 땅이어야 한다고 생각합니다.

식민지 사관으로 이 땅의 역사가 잘못 기술되었음에도, 독립운동사에 훼절자가 독립투사로 기록되었음에도 우리들은 그냥 쳐다보고 있는 것 같습니다.

주인공을 때려주고 싶은 마음이 아직도 사라지지 않은 것도 사실입니다. 이것은 나 혼자만의 생각이 아니라 많은 사람들의 마음도 그러리라고 생각됩니다. 자잘한 일보다는 보다 큰일을 해주었으면 하는 바람 때문일 것 같습니다.

사천사백여 매의 원고를 쓰는 동안 갖가지 갈등 때문에 몇 번이고 포기할 생각도 했었습니다.

　물론 아직도 나는 이 이야기의 끝을 잘 모릅니다.

　나는 가끔 일본이란 나라를 혼자라도 쳐들어가고 싶다는 생각을 합니다. 그래서 주인공을 일본이란 나라로 보낼 생각을 했습니다. 제5권부터 주인공 장총찬은 이 땅에서 잠시 떠날 겁니다.

　어쨌든 『인간시장』이 팔리는 시대는 불행한 시대라는 생각엔 변함이 없습니다.

인간시장 4

초판 1쇄 1982년 12월 15일
제2판 1쇄 2004년 3월 10일
제3판 1쇄 2015년 5월 25일
제3판 2쇄 2019년 1월 20일

지은이 | 김홍신
펴낸이 | 송영석

주간 | 이진숙 · 이혜진
기획편집 | 박신애 · 김단비 · 정다움 · 심슬기
디자인 | 박윤정 · 김현철
마케팅 | 이종우 · 김유종 · 한승민
관리 | 송우석 · 황규성 · 전지연 · 채경민

펴낸곳 | (株)해냄출판사
등록번호 | 제10-229호
등록일자 | 1988년 5월 11일(설립일자 | 1983년 6월 24일)

121-893 서울시 마포구 잔다리로 30 해냄빌딩 5 · 6층
대표전화 | 326-1600 **팩스** | 326-1624
홈페이지 | www.hainaim.com

ISBN 978-89-6574-494-8
ISBN 978-89-6574-490-0(세트)

이 도서의 국립중앙도서관 출판예정도서목록(CIP)은 서지정보유통지원시스템 홈페이지(http://seoji.nl.go.kr)와
국가자료공동목록시스템(http://www.nl.go.kr/kolisnet)에서 이용하실 수 있습니다.(CIP제어번호: CIP2015013173)